蜀地文心

四川文艺大家口述历史

封面新闻　编

四川文艺出版社

图书在版编目（CIP）数据

蜀地文心：四川文艺大家口述历史 / 封面新闻编. —
成都：四川文艺出版社，2020.7
　（《宽窄巷》人文书系）
　ISBN 978-7-5411-5764-6

Ⅰ. ①蜀… Ⅱ. ①封… Ⅲ. ①文艺—文化史—四川—
现代 Ⅳ. ①I209.971

中国版本图书馆CIP数据核字(2020)第129877号

SHUDI WENXIN: SICHUAN WENYI DAJIA KOUSHU LISHI

蜀地文心：四川文艺大家口述历史

封面新闻　编

出 品 人　张庆宁
责任编辑　柴子凡
封面设计　叶　茂
内文设计　史小燕
责任校对　段　敏
责任印制　崔　娜

出版发行　四川文艺出版社（成都市槐树街2号）
网　　址　www.scwys.com
电　　话　028-86259287（发行部）　028-86259303（编辑部）
传　　真　028-86259306

邮购地址　成都市槐树街2号四川文艺出版社邮购部　610031
排　　版　四川胜翔数码印务设计有限公司
印　　刷　四川圣雨金辰科技有限公司
成品尺寸　170mm×240mm　　　　开　本　16开
印　　张　17.75　　　　　　　　字　数　290千
版　　次　2020年7月第一版　　　印　次　2020年7月第一次印刷
书　　号　ISBN 978-7-5411-5764-6
定　　价　48.00元

《宽窄巷》人文书系编撰委员会

主编

陈岚　李鹏

副主编

方堃　赵晓梦

编委

谢梦　杨莉　吴德玉　黄勇

李贵平　仲伟　叶红

丛书编辑

封面新闻

丛书总序

何开四

文化盛宴
宽窄风流
——序《〈宽窄巷〉人文书系》

何开四

　　成都有两个宽窄巷，一个在青羊区，一个在媒体。媒体云何？《华西都市报》是也。四川日报报业集团旗下的《华西都市报》是中国都市报系的开山鼻祖。二十多年来，该报一直秉承改革开放的精神，桴鼓大潮，锐意创新，引领风流。其品牌副刊《宽窄巷》就是一个经典的案例。大凡报纸都有副刊。一般而言，副刊只是"配菜"而已，并非主角，而副刊不副，直做到满汉全席的饕餮大宴，与新闻平分秋色而入云端，则是《华西都市报》的发明。

　　当然，这也有一个发展的过程。20世纪90年代《华西都市报》创刊时，就辟有以"大众化、通俗化、生活化"为主旨的《老街坊》的副刊，它虽然延续和拓展了传统副刊的内涵，但依然未脱出传统的窠臼。随着市场经济向纵深发展，它的式微不可避免，到2000年后，都市报基本上取消了副刊而衍化为专刊。《华西都市报》的专刊在最鼎盛时期，一天曾出版过一百五十多个版面。然而三十年河东，三十年河西，时代的急遽变化令人目眩。21世纪以来，随着互联网的横空问世、电脑和手机的普及，移动阅读成为时尚和不可阻挡的潮流，人们的生存方式和思维方式发生了巨大的变化，获取信息的手段由传统的历时性而变为现代的即时性，跋胡疐尾，纸媒处于一种尴尬的境地。

信息社会，信息爆炸，信息过载，而新闻的滞后和同质化，已经成为传统报纸的致命伤。如何化危为机，突出重围？这时人们开始重新思考副刊在纸媒中的地位和作用。而在这一点上，华西报人高瞻周览，可谓得风气之先。2014年初，华西都市报社开始深化"大众化高级报纸"办报理念，编委会审时度势重新重磅打造副刊，定位为"办一份有文化品位的副刊"，并取名为《宽窄巷》。2017年新年伊始，《华西都市报》再次改版。本轮改版最为抢眼的是，在报纸版面大幅减少不可逆的背景下，《宽窄巷》逆势大幅扩版，从周末两天的八个版，扩为每天四个整版。对此，华西都市报社负责人认为："报纸，尤其是区域报纸，是记录区域文化最好的载体之一。媒体的文化价值和都市话语体系表达，使其能面向基层群众，不管是对历史的记载还是对当下的反映，都是不可或缺的。所以一定要做文化副刊，记录城市的文化，这也是文化副刊能够有所作为的地方。""在移动互联碎片化阅读时代，追求人文价值弥足珍贵。华西都市报社提出做报纸要有做艺术品的追求，就是要用工匠精神打造精品报纸，因为人工智能时代，思想和情感不可替代。"这两段话讲得十分精辟，有战略预判的眼光，特别是其所强调的在高科技勃兴的时候"思想和情感不可替代"更是振聋发聩。

但这仅仅是问题的一个方面。子曰："工欲善其事，必先利其器。"在互联网、人工智能高度发达的今天，纸媒大刀长矛的冷兵器确实已成明日黄花。如果抱残守缺，就是死路一条。如何与时俱进，蜕变更新，让传统媒体搭上高科技的快车，进而将传统媒体和新媒体融合，开创一个崭新局面？在这一点上，华西都市报社再次承续了其黑马雄风的本色，勇于开拓，大胆创新，又一次在业界引领风流，一个颠覆性的变革和转型在华西都市报社启动了。2015年10月28日，由四川日报报业集团打造，承载《华西都市报》融合转型使命的封面传媒成立，致力建设一流互联网科技传媒文化企业。2016年5月4日，封面传媒旗舰产品——封面新闻客户端上线，以"亿万年轻人的生活方式"为定位，为互联网空间提供正能量、年轻态、视频化的信息。封面新闻突出技术驱动，坚持内容为王，强化资本支撑，打造"智能+智慧+智库"的智媒体。作为中国第一智媒体，封面传媒以"引领人工智能时代的泛内容生态平台"为愿景，秉承用户至上理念，深化开放合作，依托大数据、人工智能和区块链等前沿技术，构建跨媒体、电商和文娱的产业链，推动"影响、资本、产业"三环联动跨越发展，实现"重新连接世界"的使命。封面传媒的横空出世和封面新闻APP的上线，使华西都市报社的媒体融合发展之路高歌猛进，封面新闻以人工智能技术重构新闻信息生产与传播的全流程，打造"封面大脑"，建设"智能编辑部"和智媒云，《华西都市报》与封面新闻从相加到相融，至2018年底《华西都市报》整体并入封面新闻，报纸成为封面新闻24小时传播环节中的一环。业界称这是媒体融合"颠覆性变革"案例。

借助媒体融合大潮和插上封面新闻新媒体传播翅膀，《华西都市报·宽窄巷》"天天文化副刊"实现了"纸与端齐飞"的线上和线下同频共振，以端为先的内容生产方式又一次刷新了读者对人文副刊的认识。如今，封面新闻已构建起了全国一流的人文频道矩阵，《宽窄》《读书》《历史》《地理》《千面》《文娱》《新知》等七个人文频道，与《华西都市报》每天五个版的《宽窄巷》人文副刊，是全国唯一每天报端齐头并进的独特人文品牌，在全国媒体界引起瞩目，获得广泛赞誉。这抹与其他传统报纸迥然不同的亮丽色彩在于，当你翻开《华西都市报》，也就打开了封面新闻的一个入口。报纸副刊《宽窄巷》上的每一个二维码都指向连接云端的"封面"，相关海量的资讯扑面而来。另一方面，《宽窄巷》所有的稿件都来源于封面新闻，拓宽和提高了报纸的视野、深度，使得《华西都市报》的传播力、影响力持续增强。每天千万乃至上亿的阅读量，令人咋舌！这是足以载入中国报业史的辉煌篇章。开山鼻祖就是开山鼻祖，排头兵就是排头兵，《华西都市报》就是《华西都市报》！

反者，道之动。这是事物运行的规律。反是相反，是否定；反也是返，是回归。中国文字的这种歧出分训而又同时合训生动地诠释了辩证法的正反合。《华西都市报》的副刊创新之路，由《老街坊》到《周末专刊》再到《宽窄巷》，从纸端到云端再到智媒体的融合正是这一规律的生动体现。于是，我们在纸端和云端的《宽窄巷》上看到了一出前所未有、五彩缤纷的大戏！"名人堂""四川发现""城市笔记""口述历史""身边档案""当代书评""蜀境""华西坝""语闻成都""百家姓""图博志""浣花溪""阅微堂""大历史""看新知"等名牌栏目和版面次第上演，打通中西，勾连古今。它们独具风姿，化堆垛为烟云，化腐朽为神奇，以有思想、有情感、有温度的文化品位吸引了广大读者。尤其是对蜀地文化的爬罗剔抉、取精用宏，更是赢得了读者的青睐。这是对四川文化的深度挖掘和巡礼，也是有利于四川历史文化的大普及。它使昔日的高头讲章、象牙塔中的幽深玄奥不再小众而平易近人，让昔时王谢堂前燕，飞入寻常百姓家。

为顺应读者需求，由陈岚、李鹏主编，封面新闻编辑的"《宽窄巷》人文书系"一套五本出版问世，无疑是读书界的一件盛事。它荟萃了《宽窄巷》副刊的菁华，琳琅满目，美不胜收。其主旨就是要弘扬四川人文精神、传承文化遗产；同时它抢救性地留下本土文化的文脉，也是蜀中文化的一个积累性成果。这套人文书系图文并茂，装帧精美，蔚为大观。应邀作序，我不妨作一简评，有话则长，无话则短，管窥锥指，抛砖引玉而已。

《蜀地文心：四川文艺大家口述历史》

这是一本饶有文化底蕴的书，称之为"蜀地文心"，看得出它的分量。它囊括了蜀地文学、川剧、曲艺、导演、音乐界的众多代表人物，称得上是当代四川的艺文志、当代四川文艺大家的人物画廊。综核名实，有两点给人留下了深刻的印象。

首先，它采用了口述历史的方式，使人物的景深大大扩展。现代口述史中有一句名言："人人都是自己的历史学家。"这里的历史，在我看来是文含两义，它既是个体的私人历史，讲的是自己的故事，也蕴含了社会历史的内容。书中四川文艺大家们丰富的人生履历无不有血有肉、丰富多彩，而折射出的则是四川本土的人文精神内核和风云色变的社会变迁。如《马识途：我的生命当中，没有"投降"二字》一文，就回肠荡气，感人至深。马老是革命家，也是文学家。他的经历富于传奇的色彩，一生的跌宕起伏，波澜壮阔，无不牵连着风云色变的时代。共和国的百年剧变，历历在目。读之令人神往，消去鄙吝的心。

其次，正因为它采用了口述历史的叙事方式，以非虚构类报道为历史留档，彰显了文本的艺术特色。既然是口述历史，就蕴含了对话的主客体，在这种叙事语境中，虽然内容是前尘往事，但却有现场感。历史的过去时和口述的现在进行时，交替融合产生了奇妙的效果，这是单纯的历史教科书所不能比拟的。读《王火：名字是火，气质如水》，你就有温馨之感。老作家蔼然仁者的音容笑貌，春风风人、夏雨雨人的君子之风，跃然纸上，极具画面感，令人感佩不已。其他如《白航：诗意洒人生，掌舵〈星星〉诗刊》《阿来："乡村之子"攀登文学高峰》《张新泉：从铁匠到鲁奖诗人》等，也都是优美的篇什，值得反复玩味。

以上我仅仅选择的是文学大家的个案，但管中窥豹，可见一斑。其他艺术门类的人物也同样精彩，魏明伦、许倩云、沈伐、李伯清、金乃凡、黄虎威等等，群星荟萃，都是看点。

《你不知道的成都：一个城市的风物志》

这是一本当代的成都风物志。成都的风流倜傥，成都的风花雪月，成都的温柔富贵，早已享誉海内外。张艺谋的成都宣传片中"成都是一个来了就不想走的城市"、时下传唱的赵雷的《成都》，都是这个城市的真实写照。本书文章选自《宽窄巷》副刊"语闻成都""城市笔记"等品牌栏目，浓墨重彩讲述了成都新兴的人文生活方式，聚焦于本土特色人物和有个性、有品质的成都式人文生活样本，生动地反映了当下多元化社会所带来的不同生活类型、别样生活态度、趣味生活圈子等，活脱脱地通过城市与人的故事，从不同角度展示出城市文化生活、普通市民生活图景和新旧地域文化，真实细致而又活色生香地描摹出成都这座新一线网红城市的迷人魅力和城市文化的立体形象。对于这本书我不想作具体的评述，而是提供一种比较阅读方式。观今宜鉴古，无古不成今，从古代的成都看今日的成都。

古代典籍中描绘成都市井风流和成都物候的著作当推元代费著写的《岁华纪丽谱》。费著是成都人，该作即成都人写成都。姑引其开篇，以概其胜：

> 成都游赏之盛，甲于西蜀。盖地大物繁，而俗好娱乐。凡太守岁时宴集，骑从杂沓，车服鲜华，倡优鼓吹，出入拥导，四方奇技，幻怪百变，序进于前，以从民乐。岁率有期，谓之故事。及期，则士女袨比，轻裘丫服，扶老携幼，阗道嬉游。

这种繁庶燕乐之境，在书中得到淋漓尽致的展现。不唯如此，《岁华纪丽谱》还把成都的游赏之盛和成都的物候季节相融，以元日为始次第其事，而终于冬至。一年四季，春花秋月，无不扫而包之。凡事都有其源，万物都有其根。探源溯流，对认识今日成都大有裨益。有趣的是，该书的主要内容"成都人的风花雪月"及"成都物候记"，和《岁华纪丽谱》并无二致，风流繁华，古今一揆。然"吾犹昔，非昔人也"。今日成都的风花雪月是现代都市的风采，已为古人所不及；何况本书还有《岁华纪丽谱》不可能有的内容，如"老外蓉漂系列"等。但总的来说，把《你不知道的成都：一个城市的风物志》和《岁华纪丽谱》参照阅读，你一定兴味多多，别有一番风趣。

《历史的注脚：档案里的四川秘史》

这是一本丰富多彩、兴味无穷的奇书。四川从来就是一个神奇的地方。复杂的地形地貌、瑰丽的民族文化、扑朔迷离的古蜀文明、虚无缥缈的仙道文化、沧桑巨变的历史演化，说不完，道不尽。其中蕴含了众多的不解之谜。行走天下，破解未知，是人类的天性，也是认知的重要内驱力。所以密中有奇，奇中有智，于人大有裨益。

书中所述，主要来源于《宽窄巷》副刊的"身边档案"和"四川发现"两个栏目，包括了"蜀地宝藏""老成都记忆""大师云集的华西坝""晚清十大四川总督""老照片背后的故事""大西王谜档"等系列报道中本土文化历史的内容。在我看来，既是四川秘史，也是四川的探奇觅胜和四川的揭秘、解密。以下试做分析。

本书的"黄虎秘档"部分，颇能吸睛万千。张献忠是家喻户晓的历史人物，历来为人们关注，传说多多。其内容包含了《张献忠的百亿财富谜局》《为张献忠造天球仪的洋人》等。这些内容包含了很多以前为人所不知的信息，颇能满足人们猎奇的心理，全可作茶余饭后，消痰化食的谈资。但是我认为最有价值的则是《神经大王随心所欲的杀人哲学》一节。它对张献忠作了理性的分析。作者从权力的异化导致的人的疑心病、黄虎性格的极端性、幻觉的妄想症及多重病态作了弗洛伊德式的精神解析，真正从心理上挖掘了张献忠的行为动机和行为方式，洞烛了张献忠的内心世界，可谓别开生面。

类似的文章还很多，也同样令人兴味盎然。如《十节玉琮　三千年前的"进口古董"》《东汉养老画像砖的蜀风汉韵》《二十四伎乐　雕像里的亡国之音》《骆秉章与石达开的生死赌局》《朱自清的背影　消失在成都》，这些文章值得向读者推荐。其故事的神秘性和解读的科学性，既有妙笔生花的文学斑斓，也有逻辑缜密的条分缕析，皆有可观者。

《人文蜀地：一份记者的行走笔记》

人文地理学是当今的显学，它有众多的分支。在我看来，本书大略可归为区域人文地理学。它关注的是人文现象的地域分布空间，以及与地理环境的相互关系。自古江山不负人，四川历来山水甲于天下，人文鼎盛古今，有得天独厚的人文地理资源。随便行走，三里有奥迹，五里见奇踪。散布川中的古镇子、古战场、古村落、古驿道、古宅院、古碉楼、古官寨、古作坊、古寺院星罗棋布，触目皆是。这些深深烙上"四川人文地理"元素的地方，既是远足的胜地，也是发思古之幽情，寻觅江山代谢、人事兴衰、商业沉浮和众多人类文化遗产的重要场所。《人文蜀地：一份记者的行走笔记》据此发扬，广采博收而匠心独运，融以百花而自成一味，虽然都是蜀中的文化景观，但是作者能以一方而窥天下之大，形成宏大的历史气象，蔚为泱泱大观之势，读之有开拓心胸、益人神智之慨。我略加理董，拈出两点略做评述。

此书有独特的学术品位。它破除了单纯的"以书考地"的路径，把古文字、历史文献、古器物、现场勘探融为一体，交互对照印证，还包括了民俗学、民族学和人类学的内容。在一定意义上而言，契合了徐中舒先生的多重论据法和任乃强先生的比较研究法，并非牛溲马勃，拉杂成篇，看得出作者是下足了功夫。像书中的《郪江：巴蜀古国的另一"高地"》《德格印经院的雕琢时光》《马湖有个孟获岛》《巴塘关帝庙：汉藏交融"大庙会"》等篇什都是典型的代表，其学术性由此可见。

另一方面，此书又具有很强的文学性。如果是一本正儿八经的历史人文地理学专著，它固然也有相应的读者，但圈子很小，不可能走进千家万户。而本书则以游记出之，进入了文学的范畴。文学是思想和情感的体现，具有感性的色彩，它有温度，有画面，有感受。在审美观照下，万物都焕发出异样的光彩。本书的四十篇深度游记，图文并茂，文笔优美，视角独特，有我之境与无我之境兼而有之，既有金戈铁马的铿锵之声，又有散文小品的灵秀和隽永，发人深省，耐人寻味。科学认知和艺术熏陶如"水中盐，蜜中花，沉瀣融合，无分彼此"，是值得一读的作品。

《祖辈的荣光：四川百家姓故事》

"百家姓"是《宽窄巷》的一个名牌栏目，长期连载，至今不辍，现在结集成书，可喜可贺。人是符号的动物，人类构建的符号系统是人类最伟大的成就之一。如果没有这个系统，人类早就崩溃了。钱锺书先生甚至提出"未名若无"的观念，可谓发唱惊挺。圆颅方趾的人类，千奇百怪，形形色色，但都有一个共同的特征，就是每个人都有姓有名。没有姓名的世界，只能是蛮荒混沌。而姓名对于中国人尤其重要。中国拥有世界上最悠久的姓氏文化，这是因为农耕文明是以血亲为纽带，瓜瓞绵绵就靠此维系。所以姓氏家谱与方志、正史构成了完整的中国历史，成为中国珍贵文化遗产的不可或缺的部分。四川是一个移民的省份，五方杂处，八面来风，很容易数典忘祖。现在好了，一册《祖辈的荣光：四川百家姓故事》在手，四川的赵钱孙李周吴郑王们都可以心满意足。移民的后裔是怎么修撰家谱的？蜀中如今现存的宗祠、老宅院，背后都有着怎样的故事？吾蜀历史上有哪些著名的名门望族和名人？他们对历史有着怎样的贡献？都可以在书中找到答案。所以此书服务大众，是有功德存焉。如果略做评述，以下三个方面不妨注意。

一是本书有完备的编排，有一定的系统性。它从移民有谱、宗祠宅院、名门望族、蜀地名贤四个方面着手，梳理出了四川百家姓的脉络和空间分布，线索清楚，便于查检。就陋见所及，也许是四川姓氏文化全方位概述的第一次，有开创之功。

二是它讲好了四川百家姓的故事。当然，四川百家姓的故事也是中国故事，算是满满的正能量。如《资阳黄氏宗祠：祠堂藏着族人迁徙密码》《新都刘氏宗祠：鼓励子孙读书，先祖立毒誓》《青白江刘家老屋：两百年老祠堂是座土墙房》《龙泉驿刘氏宗元祠：家训家风融在字辈中》等，都是叙事有方，行文波澜起伏，颇能引人入胜。而在"名门望族""蜀地名贤"两个栏目中，更是把祖辈的荣光发扬踔厉，为后昆树立了学习的榜样。

三是作者探赜索隐，钩深致远，发掘出了不少众所不知而又非常重要的文史资料和饶有情趣的人物行状。如大家都知道历史上的湖广填四川，却不知道历史上的四川"填山东"。而明朝初期，"四川曾经'填山东'"和"四川填山东移民传说中的'铁碓臼'真相"两节文字就生动地还原了这一深埋的历史。至于人物行状的发掘在书中更占据了相当的篇幅。如《何武：西汉政权职能改革"第一人"》《赵抃：铁面御史四次入川治蜀》《蒲宗孟：备受争议的北宋另类名臣》《清初移民傅荣沐：四川烟草引种第一人》等等，不胜枚举，相信读者在阅读中都会有浓浓的兴趣。

现在，正是我们民族文化复兴的伟大时代。"《宽窄巷》人文书系"为我们的价值阅读提供了一个范本。中国历来重视历史文化的传承，甚至提高到了治国经邦的高度。清代诗人龚自珍在《定庵续集》里说："欲知大原，必先为史，灭人之国，必先去其史。"这句话至今令人警醒。这里的"史"，其外延也包含了文化，可见历史文化对我们的重要性。历史文化就是我们的根系，就是我们的精神家园，就是我们民族生生不息的凝聚力。由是"《宽窄巷》人文书系"的出版不仅适得其时，而且很有意义。枕藉观之，不亦宜乎，不亦乐乎！末了，还有几点建议，这套书系应该继续出版下去，品牌报纸，品牌书系，一定会得到读者的长久欢迎。另外，它还可以作为乡土教材或课外读物进入学校。再者，在文创事业勃兴的当下，它应该衍生出自己的产业链。

我是《华西都市报》和封面新闻的老读者和老作者，我对这张报纸和新闻客户端深有感情。谨祝《宽窄巷》副刊越办越好，更上层楼！谨祝《华西都市报》永葆青春，其命维强，其命维新！

2020年5月28日　成都

走近名家
打捞历史
— 前言

"历史给我们的最好的东西，就是它所激起的热情。"

歌德的随想告诉我们，历史有自己的生命，它就像一个人，像一个故事，抑或是一条河流。

而追寻蜀地历史，追寻这块土地上的人，就是打开过去与未来的门径，记录历史留给我们的精髓。

定格影像，打捞历史。2018年7月16日起，封面新闻、《华西都市报》推出《口述历史》系列报道，用文字+视频的融媒体形式，与文艺名家面对面，聆听他们经历的如烟往事。他们历经岁月洗礼，创造历史，灵魂铸成琥珀，自身亦是丰碑。他们或传承文脉，让思想绽放；或潜心艺术，让经典闪光；或钻研技艺，为匠心彰显。

事实上，像这样的与时间赛跑、抢救性报道蜀地文化巨匠的人文工程，封面新闻、《华西都市报》从2012年起就一直在持续推进，从《名人堂》到《口述历史》，将报道对象锁定四川文艺领域的大家巨匠，让这些活化石般的"瑰宝"，通过亲身讲述自己的成长史，回忆历史长河中的个体故事，借以从一个小小的侧面反映百年来中国的社会变迁。

《口述历史》系列融合报道，首次将新媒体技术运用在报道中，用文字+视频的融媒体形式，面对面访谈名家，用文字刻印文化，用光影留住音容。从马识途到阿来，从许倩云到许明耻，以及徐述、沈伐、包德宾、谢洪、朱宝勇、敖昌群等人，囊括文学、川剧、曲艺、编导、音乐等领域共三十位蜀地名家大咖，汇集成这本蔚为大观的《蜀地文心：四川文艺大家口述历史》。

借助新媒体的力量，所有《口述历史》报道均以文字+视频的形式首发于封面新闻，每个人物持续报道一周，《华西都市报》则在每周一用两个整版推出深度文图专题。毫无疑问，作为四川当下最为闪亮的文化符号，马识途马老成为《蜀地文心：四川文艺大家口述历史》的开篇。封面新闻连续五天推出五篇报道：《我的生命当中，没有"投降"二字》《谈新作〈夜谭续记〉：常梦到故事里的人物与我对话》《发奋写作，让癌魔甘拜下风》《我有一个梦：希望能将飞虎队的故事搬上银幕》《长寿之道：多达观，少烦恼》。文字+视频在封面新闻APP的总阅读量达到230多万，微博微信阅读量总计140多万，各平台视频播放量300多万，话题#蜀地口述历史#阅读量447万，全网阅读量高达千万级。每篇文章都引发读者的共鸣，"马老讲的故事太生动了！喜欢看《让子弹飞》，也重新看了马老的原著《夜谭十记》"。五期视频访谈，五篇文章，90后读者小谢每天早上都会第一时间认真看完，"一直在追看！这个系列报道文字新鲜，加上直观的视频，带我进入那个风云际会的年代"。

之后，《口述历史》又陆续推出了王火、白航、李致、流沙河、张新泉、阿来等作家的口述实录。随着读者的关注度越来越高，《口述历史》栏目报道组又深入采访、拍摄了川剧界的名家，川剧皇后、川剧名丑、川剧小生次第登场，再现川剧昔日辉煌及今日的传承创新；曲艺界的清音艺术家程永玲、扬琴艺术家徐述、谐剧艺术家沈伐、散打评书艺术家李伯清等，他们或说或演，古韵试新风，低语传馨香。导演界与音乐界的大腕们，则通过对一部部经典作品诞生的台前幕后的揭秘，再现那一段段传奇过往。他们睿智，在思想的淬炼中留下文化精髓；他们执着，一辈子只做一件最痴心的事；他们不屈，在艰难困苦面前愈挫愈勇；他们有梦，期待后浪们能够奋勇向前赶超前浪。

在历时一年多的抢救性采访中，最让编采人员揪心的是与时间赛跑的紧迫性。有些名家，在采访报道过程中，永远地离开了。2018年12月15日晚9点32分，中国川剧界国宝级传奇人物、著名川剧表演艺术家蓝光临去世。在这之前的9月，我们刚刚做完他的专题报道，也正因为留下了他生前珍贵的影像资料，蓝光临夫人赖茵女士第一时间致电我们："感谢封面新闻，感谢《华西都市报》，在蓝光临生命弥留之际，《口述历史》为蓝光临拍下了珍贵的视频！"

这样的遗憾还在继续。"理想是石，敲出星星之火；理想是火，点燃熄灭的灯；理想是灯，照亮夜行的路；理想是路，引你走到黎明。"这首发表于1981年6月《诗刊》上的《理想》一诗，曾经点亮很多人的心；《就是那一只蟋蟀》被收入中学语文课本多年，影响甚广。他是诗人，是作家，更是一位为大众解读经典的学者，一位几十年浸润钻研传统文化的文人。人们称他"文字侦探"或者"文字的福尔摩斯。"他，就是流沙河，2019年11月23日，流沙河先生病逝。所幸的是，《口述历史》将他的音容笑貌定格，让他的学术精华永世留存。

作为时代的记录者，我们有幸用文字、用影像记录下这些文艺大家的"个人史"，从时间的利刃下抢出了这本《蜀地文心：四川文艺大家口述历史》，抢救性地留下本土文化的文脉，以时代大潮中个体的人生历程，折射四川本土的人文精神内核和社会发展变迁的洪流，让历史变得鲜活起来，因而具有珍贵的史料价值和非凡的意义。

诗人洛夫说："历史睡了，时间醒着；世界睡了，你们醒着。"

为历史存档，正是此书的意义之所在。

封面新闻
2020年5月

目录

第一编

文 学 界

马识途：我的生命当中，没有『投降』二字

|名家档案|

马识途，1915年1月生，1938年加入中国共产党。历任鄂西特委书记、川康特委副书记、四川省建设厅厅长、四川省建委主任、中国科学院西南分院党委书记、四川省委宣传部副部长、四川省人大常委会副主任、四川省文联主席、四川省作协主席、中国作协理事等职。他自少年时代起即投身党领导的抗日救亡运动；后长期从事地下革命工作，出生入死，功勋卓著。他在担任政务职责和繁重的工作之余，坚持文艺创作，几十年来写下了700余万字的各类体裁的文学作品，其中大多反映中国革命斗争的历史，是中国革命文学、中国现当代文学史上一笔丰厚的宝贵财富。

一个人一生中做好一件事都不容易了，但传奇正在于，有人可以同时在两个领域成绩卓著。

马识途正是这样一位传奇人物。少出夔门，志怀

报国，奋斗百年。戎马与笔墨，革命和文学，他将两项事业，完美融为一身。

比传奇更令人称奇且深感敬佩的是，2018年，马识途103岁了，但他还在写，而且以强大的求生意志和对文学的炽热之爱，再次战胜了癌症。

他说："我还在发奋。"

用作品书写壮阔革命史

2016年，马老写了一本人物回忆录《人物印象——那样的时代，那样的人》。他将自己记忆中敬佩的人物写下来，有他从事革命工作接触到的领导，也有鲁迅、巴金、吴宓、夏

2014年8月，马识途在新书发布会上
陈羽啸摄影

衍、曹禺、李劼人、吴祖光、艾芜、沙汀这样的文坛名家，一共写了90多个人物。2017年，马老查出得了肺癌。病魔没有阻挡一颗渴望生命和文学的心，他在病房里写出了《夜谭十记》的续集《夜谭续记》。写好10个故事后，他的病奇迹般地好了。

2018年，18卷700万字《马识途文集》出版。这部全集将马老的小说、文论、散文等作品进行了迄今为止最全的收录。当世人还在惊讶他的创作力旺盛，马老又想起来70多年前在西南联大读书时，师从陈梦家等老师学的古文字学，研究起了甲骨文，并开始动笔写一些学术性质的文字。

马老的文学作品，题材上多与革命生涯、人生经历分不开。而将这种经验转化为文学，除了得益于自幼受到的书香熏陶，还跟他在西南联大就读获得的营养相关。1941年，地下工作暂时受挫，按照上级传达的"长期埋伏，积蓄力量，以待时机"的精神，马识途以"马千禾"的名字，考入西南联大就读。

在西南联大中文系，马老受到闻一多、朱自清等文学名家的教诲，接受了文学创作的科班训练。在良好的教学环境中，加上自己对文学有浓厚的兴趣，便开始了文学写作，散文、诗词、小说都有习作。但在当时，马识途意识到，写作和职业革命家生涯是不相容的，调离昆明时，为了遵守党的秘密工作纪律，忍痛将一切文字性的东西一火焚之，并且下决心和文学绝缘，投入出生入死的地下斗争中去。直到1959年，《四川文学》主编沙汀找到马识途，约写了关于新中国成立十周年的文章《老三姐》，才重续他的文学创作之路。

在马老的诸多作品中，《清江壮歌》是尤为特别的一部，这部小说以他和革命伴侣刘惠馨同志真实的革命经历为原型。1941年1月20日，时任中共鄂西特委妇女部长的刘惠馨，不幸被捕，同年11月17日，壮烈牺牲。刘惠馨被捕时，马老的女儿才刚生下一个月，从此下落不明。1960年，马识途才在武汉找到了离散近20年的女儿。女儿被一对工人夫妇抚养成人，马老不让女儿改姓马，让她仍与养父养母住在一起，以便侍奉。

2011年，时近百岁的马老，还去湖北参加纪念何功伟、刘惠馨烈士英勇就义七十周年的活动。马老当时写了一首诗："暌隔阴阳七十年，今来祭扫泪涟涟。我身愿作恩施土，雨夕风晨伴凤缘。"这种深厚的爱情，令人动容。

遗憾没能写出"传世之作"

在长江三峡明珠的旅游胜地石宝寨附近，有一个由长江回流冲击而成的肥沃的平沙坝。

坝里的一个小山脚下，曾经坐落着一个马家大院。这里世代住着几十户马姓人家，其中一家的主人便是马识途的父亲马玉之。马家大院的大门两边悬着"忠厚传家久，诗书济世长"的大字对联，也彰显出马家书香门第本色。马玉之早年参加辛亥革命，和熊克武等革命党人私交甚好，思想非常开明。马玉之以区督学身份，竞选当上县议会议员，后又被推举为议长，得到当时四川最大的军阀、四川善后督办刘湘赏识，被任命为洪雅县长。作为一个县的父母官，马玉之刚正不阿，治县有方，成绩卓著，在当地有不小的威望。

行政事务繁忙，马玉之对子女教育也没有放松。"我当时最喜欢的是清代学者吴乘权著的简明中国通史读本《纲鉴易知录》，激发了我对中国文化的热爱和对中国历史的了解。"马识途在亲笔自传《百岁拾忆》中写到。马家有一个不成文的规矩：家里男孩满16岁时，一律赶出三峡，到外面闯荡安身立命。16岁初中毕业的马识途，离开家乡，出峡求学，辗转北京、上海、南京、昆明，最终一路成长、磨炼，从最初"工业救国"转求革命道路，成为一名革命者、文学家。

传奇流转，但传奇本身是谦卑、冷静的。马老对自己的文学是不满意的，在2013年举行的四川省文联成立六十周年纪念大会上，马老被授予"巴蜀文艺奖终身成就奖"。做颁奖答谢词时，马老说："我没有什么终身成就，只有终身遗憾。"

他认为自己本可以做得更好，回想起自1935年就开始在上海发表作品，1941年开始在西南联大中文系学习四年，接受许多文学大师如闻一多、朱自清、沈从文等教授的教诲。他又联想到在革命生涯中有很多积累，经历中国20世纪的一百年，亲自看到中国的大变化。"照理说，我应该创作出远比我已发表作品更好的作品，然而我没有实现应有传世之作的理想。革命胜利后，我又走上从政的道路，白天工作很忙，晚上就抽时间写作。我写的很多文学东西，都是为革命呐喊，但在艺术水准上还不够。"

写小说斗病魔，癌症都落荒而逃了

每每想到不少作家创作生涯早早结束，心里对马老的敬意就更多几分。跨越百岁高龄大关之后，马老又新写了几本书，而且他再一次战胜了癌魔。最新出版的《马识途文集》18卷里，有不少是马老百岁之后写的。而且还有两本新写的书，没有收入全集。他还特别推荐读《毛泽东诗词读解》："这是我把毛泽东的诗词都读了以后，加以注解、介绍、研究，是一个研究文本。我对毛主席诗词非常推崇，所以一篇篇读了写下来。30年了，终于出版了，希望大家能看看。"

2001年，马老患了肾癌，一个肾被切除。马老很幽默，自嘲"我是孤圣（肾）人"，乐观心态让人佩服。他反过来还会安慰大家："你们不用担心，现在癌症完全痊愈了，我就是肾功能有些不好，而且因为少了一个肾的原因，有条腿一直比较肿。"

2017年，就在马老动手写《夜谭续记》时，却在体检时查出得了肺癌，这本书的创作眼看可能半途而废，但病魔没能阻挡住一颗渴望生命和文学的心。他让子女将手稿带到病房，继续他的写作，出院后也坚持一边治疗一边写作。就在家里人为他的病情担忧之际，马老想起了司马迁发奋写《史记》的故事："司马迁激励了我，我也要发奋而作。我曾经对朋友说过，我的生活字典里没有'投降'二字，我决不会就此向病魔投降！我要和病魔斗争，和它抢时间，完成这本书稿的创作。"

于是，马老一边积极治疗，一边坚持写作。医生护士看到马老如此坚强，就说："得了这么重的病，您还在那儿写东西？真是怪人。"马老说："这毫不奇怪，我就是要和病魔战斗到底，正像当年我做地下革命斗争不畏死一样。"

就在马老完成《夜谭续记》这本书的初稿之际，马老的保健医生告诉他，经过半年多的药物治疗，马老肺上那个肿瘤阴影竟然看不到了，查血的指标也完全正常了。马老的身体奇迹般地好了！一家人皆大欢喜。马老还请大家吃饭，正式宣布自己已经战胜了癌魔。他还戏说道："咋个，癌魔和我斗，落荒而逃了吗？哈哈！它看我写完小说，它就甘拜下风，它也下岗了，逃跑了。"

真是令人欣喜！马老再次战胜了癌魔，恢复了健康，这是马老旺盛生命力的展现，想必也有对文学热爱、炽热追求的精神力量。在《夜谭续记》后记中，马老意志铿锵："一个人只要不怕死，便会勇气百倍，一有勇气，更有力量战胜危险和痛苦。"

或许有人会问，活到103岁了，为什么还要继续写东西呢？马老回答说："我现在眼睛也看不清，耳朵也不灵了。看书、写作是比较困难了，没有以前那么自如了，但我不能总是无所事事嘛，两度遭受癌症侵袭，居然两次都战胜了，和时间赛跑，我尽量发奋写东西。"

如今，大病痊愈，闲下来，马老又开始写了。而且对于这种状态，他自嘲，"像发疯了似的"。

很多人都想问马老为何如此高寿，马老笑了："我也不知道怎么搞的，一活就活到了现在，今年都103岁了，好像另外一个世界给我的通知书搞丢了。"

对话马识途：
新作《夜谭续记》更有四川特色

　　马老所著的《夜谭十记》包含十个故事，讲的是衙门里的十个穷科员每人抓阄，抽中的就得讲一个故事，再现了20世纪30年代的社会百态。2010年，著名电影导演姜文的《让子弹飞》票房和口碑爆棚，其故事正是改编自马老的《夜谭十记》之"盗官记"。

　　如今他的新作《夜谭续记》大概是怎样的结构和内容？时隔多年，为什么再叙写"夜谭"系列？对此，封面新闻-华西都市报对马老进行了专访。

　　马老透露，《夜谭续记》结构跟《夜谭十记》是一样的。还是十个人，现在叫公务员了。他们组织了一个龙门阵茶会。大家在一块儿喝茶，抓阄，谁拈到一个，谁就先讲一个故事。十个人讲十个故事。原来《夜谭十记》里的十个讲述人，没有女性。这次续记里的十个人，其中有两位女性。前面五个发生在旧社会，后面五个讲的就是1949年后的事了。写这个续记系列，并没有说一定要表达什么主题思想。主要就是摆龙门阵，讲过去的奇闻异事，算是比较耐看吧。

封面新闻-华西都市报：《夜谭十记》可读性非常高。语言通俗幽默，旧社会奇闻趣事很好看。这样的创作风格，您有怎样的考虑？

马识途：我在写的时候，就想到必须要讲好故事。首先要能够吸引到人来读。思想是潜移默化传达给读者的。所以我的小说很注重传奇性，将革命的思想性和世俗的传奇性结合起来。我当然希望《夜谭续记》能够出版，却也有几分忐忑。它能侥幸获得人民文学出版社编辑的青睐而出版，但能逃过文化市场里读者的白眼吗？管它的，让它去吧，只要没有一出版便遭遇被投入纸浆厂的命运，余愿足矣。

四川的口语非常生动。所以我这次写《夜谭续记》也是充分运用了四川的口语，与《夜谭十记》比起来更接近四川方言、本土特色。总体来说，就是四川人用四川话讲四川故事。

封面新闻-华西都市报：夜谭系列中有很多传奇的故事。这些故事来源于哪里？

马识途：书里面写的都是我所听到的奇闻异事，都是一般人很难想象的一些奇怪的事情。曾经身为隐蔽战线的共产党员，因为搞革命的缘故，我需要用各样的职业来掩饰身份，当过小公务员和行商走贩，做过流浪汉，跟三教九流的人都有往来。在与他们接触的过程中，我就听到了这些奇闻异事。让我意识到当时那个社会是多么乖谬绝伦、荒唐可笑；那些普通人的灵魂是多么高尚和纯洁，性格多么乐观，语言多么生动而富于幽默感。我简直像站在一个才打开的琳琅满目的宝石矿前一样，这是多么丰富的文学创作素材呀。我都把它记下来放脑子里。

封面新闻-华西都市报：这次写《夜谭续记》的契机是怎样的？

马识途：1982年，在人民文学出版社当时的总编辑韦君宜推动下，我出版了《夜谭十记》。初版印了二十万册，随后还加印，一时颇为红火。于是韦君宜专门来成都找我——我们本就是1937年冬鄂豫皖苏区为湖北省委办的党训班

《让子弹飞》成都首映式，姜文拥抱马老 （资料图片）

的同学，以后在白区一同做过地下工作，成为朋友。她一来就对我提出一个文学创作建议，她知道我长期从事党的地下工作，曾经以各种身份为职业掩护，和社会的三教九流多有接触，亲历或见闻过许多奇人异事。

她说，《夜谭十记》出版后反应很好，你不如把你脑子里还存有的那些千奇百怪的故事拿出来，就用意大利著名作家薄伽丘的《十日谈》那样的格式，搞一个"夜谭文学系列"。我当时就脑子发热，在记忆库里搜索，一口气就说出十个故事的题目和几个故事的梗概。韦君宜很高兴，我们当场商量先出一本《夜谭续记》。不久，我就动笔写故事提纲了。但不幸的是，韦君宜突然中风，没有人再继续督促我，加之我确实公务繁忙，就放下了这个写作计划。但这些故事本身，一直存在于我脑子中，常常在梦中还会与故事里的人物对话。

我这一放，就是三十年，前面出版的《夜谭十记》也随着岁月流逝，理所当然地逐渐淡出读者的视线。直到2010年，导演姜文将《夜谭十记》中的《盗官记》改编成《让子弹飞》搬上荧幕，一上映就出人意料地大行于市。于是，原著小说《夜谭十记》也附丽于《让子弹飞》而飞了起来。几个出版社争着出版，连台湾地区也来凑热闹，出了一版繁体字的《夜谭十记》。因此，我头脑又开始发热，想把原来和韦君宜一起计划好的《夜谭续记》重新完成，也算是纪念韦君宜吧。

封面新闻-华西都市报：您期待《夜谭续记》被拍成电影吗？您对电影这个载体一直很看重，认为它可以拓宽受众。

马识途：对影视这个问题，我一直是非常支持的。我希望有一些写雅文学的作家，转过来学习通俗文学的优点，写更多喜闻乐见的作品。文艺要为更多的群众服务，影视剧是非常强的传播形式。一本书的受众，很难比得上一部影视作品。100个作家出100本书，每本书如果平均卖到3000—5000册，总量才几十万册，但一个电视剧出来就有几千万人看。依我看，作家拿出一部分精力投入到影视编剧领域，值得尝试。

（本文原载于2018年7月23日《华西都市报》
封面新闻记者：张杰）

王火：名字是火，气质如水

|名家档案|

王火本名王洪溥。原籍江苏南通如东。1924年7月生于上海。1948年毕业于复旦大学新闻系。1949年后，在上海总工会筹委会文教部工作，任编审干事。1950年，王火参与筹建劳动出版社，任副总编辑。参与创办《工人》半月刊。1953年调北京中华全国总工会，筹办《中国工人》杂志，任主编助理兼编委。1961年被调往山东支援老区，做过十几年中学校长等工作。曾任山东省作协常务理事。1983年到成都，任四川人民出版社副总编辑，参与筹建四川文艺出版社，为第一任书记兼总编。王火自20世纪40年代开始文学创作，发表和出版了大量优秀的文学作品，其中包括《英雄为国——节振国和工人特务大队》《霹雳三年》《外国八路》《东方阴影》《禅悟》《流萤传奇》《雪祭》《王冠之谜》。电影文学剧本《平鹰坟》等。1995年，其长篇三部曲《战争和人》，获第

二届国家图书奖；1997年，获第四届茅盾文学奖。2013年，王火被全美中国作家联谊会授予"东方文豪终身成就奖"。2014年，北京中国现代文学馆设立了"王火文库"。

王火 朱建国摄影

王火曾说："岁月像流水，在流动的过程中，会遇到阻力，但是流水不会停止，它会另外找一条道路，继续前行。而且，遇到阻力的水流，往往会进溅出美丽的水花，具有平常所没有的动人之致。"

人对时间是敏感的，担心时光匆匆，容颜易老。但人对时间又是势利的，迟钝的。对于一个老人，人们总不太真的相信，他也曾经是对世界好奇的儿童，是风华正茂的少年。

作家王火，原名王洪溥，出生于20世纪20年代的上海，父亲毕业于日本早稻田大学法科，是上海滩最早一批大名鼎鼎的律师之一。他从小住在上海小东门裕福里，邻居都是上海滩的名人，比如著名学者章太炎，中国流行音乐奠基人、音乐家黎锦晖。后来父母离异，6岁的王火随父亲从上海搬到南京生活，幸运的是，后母对他的教育很看重。这段心路历程也被王火写进童年自传《金陵童话》。

当记者时写出大量抗日报道

个人的命运总是与时代紧密相连。1937年，抗日战争全面爆发。日寇轰炸南京，正在读初一的王火，随家人躲避战火辗转安徽、湖北最终到香港。1942年，怀着满腔抗日热情，18岁的王火冲破封锁，从上海只身前往西南求学。一路颠沛流离，他先坐火车到南京、合肥，之后因战火阻隔，翻山越岭绕道，拉纤乘船渡水，经河南、陕西到达重庆江津。之后他考上当时在重庆北碚的复旦大学，就读于新闻系。出于"为人民发声""为公平正义鼓与呼"的理想，王火成为一名新闻记者。在重庆、南京等地写出大量抗日的新闻报道，曾在《时事新报》等报刊上发表了一系列产生较大影响的新闻通讯。

1949年后，王火进入上海总工会工作，在当时新成立的劳动出版社当上了副总编辑。1953年，王火由上海总工会调至北京中华全国总工会，后参与筹办《中国工人》杂志。王火的职务是出版社主编助理兼编委，很得重用，"我可以常到中南海组稿"。

1961年，王火又被调到山东临沂从事教育工作，在当地一所重点中学担任校长多年。1983年，王火又经友人邀请，来到四川成都从事出版工作，在四川人民出版社任职，之后参与筹办四川文艺出版社，出任总编辑。

过往经历都成创作素材

"凡珍珠必产蚌腹，映月成胎，经年最久，乃为至宝。"沙粒刺入蚌腹，蚌忍受痛苦，经年累月将之淬炼成"至宝"珍珠。王火的一生，多处辗转，充满变动，尝遍各种滋味。王火说："如果我没有那些真实的经历，是肯定写不出这些作品的。"

的确，过往的见闻、经历都成了他创作的素材：他把和妻子凌起凤的爱情故事艺术加工为电影剧本《明月天涯》；从苦难中升华出充满对"美好生活的憧憬希望"的《九十回眸》；把自己"亲见、亲闻或亲历"的人和事汇聚成封笔之作《东方阴影》。他的文学作品，多反映人物在巨大历史变动中的命运沉浮和心灵轨迹，留下了作家对现实生活的满腔热忱和对历史曲折的严峻审视。

虽然已是94岁高龄，但王火皮肤白净，身板挺拔。再加上气质温和，处事低调，如果不是深入了解，很难猜到，这位风度翩翩的老人，已经年过九旬。回望自己的一生，王火很豁达："事情都是有两面性的。一方面，在大时代的背景下，我的一生确实充满变动，尝遍各种滋味。另一方面，大时代走向与个人际遇共同推动的丰富经历，也是我一笔宝贵的财富，可以让我深刻感受社会、思考生活。"

报道南京大屠杀案轰动一时

在王火珍藏的剪报册中可以看到，早在20世纪40年代，他就用"王火""王洪溥""王公亮"等多个名字，在报纸上发表过众多精彩的新闻特稿。王火这个笔名，是他自己起的，源自高尔基的"用火烧毁旧世界建设新世界"。"这个'火'字又简单又是红颜色的，红颜色的火又可以烧毁旧世界。就取名为王火。我觉得这个笔名好。"

1944年，王火考入复旦大学新闻系。在复旦读书期间，著名战地记者、翻译家萧乾是王火的老师。

提到萧乾，王火的语气充满崇敬："萧乾先生教了我两年，他讲授英文新闻写作。曾作为随军战地记者，亲历过诺曼底登陆等重大国际事件，他是真正的大记者。"萧乾曾说，一般的新闻，生命力总是很短暂，优秀的记者要努力将原本只具有短期生命力的新闻，变成价值持久的历史记录。"我当年的职业理想并不是当一名作家，而是要像萧乾、'大兵记者'恩尼·派尔那样，成为一名战地记者，为公平正义鼓与呼。"

1946年，还在读大三的王火作为特派记者，同时为重庆《时事新报》、上海《现实》杂志等报刊写稿。《匮乏之城——上海近况巡礼》《我所看到的陇海线——换车误点旅客饱受辛苦，沿路碉堡使人触目惊心》等通讯、特写不断见诸报端。"当时还有读者写信到复旦大学，称我为'教授'，其实当时我大学还未毕业。"

值得一提的是，王火还是第一批报道南京审判、南京大屠杀案的新闻记者之一，当时，他率先采访报道了因抗拒被侵犯，而被日军刺了37刀的南京大屠杀幸存者李秀英等。

1946年2月，王火奉命前往南京采访日本战犯谷寿夫的审判现场。那天，有不少南京大屠杀受害者出庭作证。"一位满脸刀伤的少妇，用围巾半遮着自己的脸，在丈夫的陪同下走进法庭，对侵华日军在南京犯下的罪行作证，她就是李秀英。"王火说，"当时并不是所有人都有勇气站出来。李秀英能主动出庭作证，引起了我的注意。庭后，我主动约访李秀英。"随后，王火在上海的《大公报》和重庆的《时事新报》上，以笔名"王公亮"发表了长篇通讯《被污辱与被损害的……》，报道了李秀英在侵华日军南京大屠杀期间的不幸遭遇，轰动一时。

几十年后，王火在四川听说李秀英仍健在，还托自己在南京工作的侄儿去医院探望，引来南京媒体的关注。正是因为有这些亲身经历，王火才写出了获得第四届茅盾文学奖的长篇小说《战争和人》。这部以抗日战争为背景创作的抗战三部曲中，第一部《月落乌啼霜满天》里塑造的，在南京大屠杀惨案中宁死不屈的妇女形象庄嫂，其原型就是李秀英。

时隔多年，提到李秀英这个人物，王火依然充满敬佩："她是个了不起的女英雄，当时我是第一个采访报道她的。我采访她的时候，她的脸就像《夜半歌声》里的那张脸。日本人要侮辱她，她同日本人搏斗，被刺了37刀，脸上拿刀削的，她还怀着七个月的身孕。她的父亲会武术，她也会武术，她还夺日本人的刀，宁可死也不被侮辱。"

1948年，王火从复旦大学毕业留校当助教。1949年，王火获得赴美国哥伦比亚大学新闻学院深造的全额奖学金，但他主动放弃了这次机会。"当时我觉得，世界从此进入和平时期，不会出现大的战争，成为战地记者的可能性比较小。而且更重要的是，新中国即将成立，我想要留下来与大家一起见证、一起建设新中国，我不愿错过这么一个机会。"

55岁时重写《战争和人》

中华人民共和国成立以后，王火开始构思写《一去不复返的时代》（《战争和人》的前身），打算用100多万字，用三句古诗作书名，即《月落乌啼霜满天》《山在虚无缥缈间》《枫叶荻花秋瑟瑟》，时间的跨度由西安事变到抗日战争胜利、内战爆发。从1950年到1953年，在上海工作的王火利用业余时间创作，进展较慢，但雄心勃勃。1953年春天，王火由上海总工会调至北京中华全国总工会，任《中国工人》杂志的主编助理兼编委。三年"困难时期"，他经常饿着肚子奋笔疾书，总算突击完成了120万字的初稿。然而，这时的王火接到通知，《中国工人》停刊，由他率队去山东沂蒙山区支农。走之前，王火将书稿交给了中国青年出版社。非常年代，这部书稿被说成"文艺黑线的产物"，王火心灰意冷，他在门口把这部凝聚了自己十几年心血的书稿烧掉了。

1978年，人民文学出版社的编辑给王火来信，询问这部稿件情况，鼓励他重新写出来。王火早就熟悉明清之际史学家谈迁的故事。谈迁花了二十多年完成的《国榷》被小偷窃去，在55岁时重写《国榷》。受此激励，55岁的王火决定重写《战争和人》。在山东临沂工作时，他完成了第一部《月落乌啼霜满天》。

1983年秋，复旦大学的同学马骏邀请王火去四川人民出版社任职，王火带着已完成的第一部手稿前往成都。然而就在王火刚动笔进行第二部的创作时，出现了一次大的意外。在一个大雨天的工地上，他只身营救一个掉进深沟里的小女孩，自己的头部不小心碰到钢管，导致颅内出血，变得不会说话。而且开颅手术出了意外，导致他左眼视网膜受损。左眼失明，并开始影响右眼。后转院到上海华山医院全力抢救，得以保住右眼，但视力只剩下了0.8。

仅用右眼完成百万字长篇巨作

历经磨难的王火，最终还是恢复了记忆力，心中的激情重新点燃，在要把浪费了的光阴夺回来的心愿驱使下，全力以赴，靠一只右眼完成了第二部《山在虚无缥缈间》和第三部《枫叶荻花秋瑟瑟》。凭借一只眼睛写作，困难可想而知。写稿的时候，他需要戴400度的老花镜再用放大镜。一只手拿笔，另外一只手拿着放大镜，用手压住纸写。

这部共167万字，浸透了王火半生心血的重磅长篇巨作终于完成。1993年，该作品由人民文学出版社出版后反响极大，被誉为反映抗战的雄伟史诗，获奖无数——将郭沫若文学奖、人民文学奖、国家图书奖等重要奖项一一收入囊中，被选入"世界反法西斯文学书系"及"中国新文学大系"。1997年12月，《战争和人》三部曲以全票获得最高荣誉的长篇小说文学大奖——第四届茅盾文学奖。

《战争和人》以主人公童霜威、童家霆父子在抗战过程中的行踪为线索，表现了从1936年12月西安事变到1946年3月这一时期的中国社会。人物行踪遍布大半个中国，具有突出的史诗结构和鲜明的史诗风格。记者问到这部作品是否具自传性质时，王火想了想说："小说不同于报告文学，艺术渲染和加工是必要的。不过，小说中确有很多我的影子。或者说，如果没有那些真实的经历，我是肯定写不出这部作品的。"

妻子假装自杀跨越海峡与他相聚

1997年，王火凭借作品《战争和人》三部曲获得第四届茅盾文学奖，在《战争和人》的扉页，印着他与爱人凌起凤的合影。王火写道："熟人都知道我有值得羡慕的'大后方'。几十年来我和凌起凤在生活和创作上始终是最好的'合作者'。"王火著述逾600万字，他说："每一部作品都应该有妻子的名字。"

王火的爱人凌起凤原名凌庶华，1924年出生，其父是辛亥革命元老、著名爱国人士凌铁庵。1942年，两人相识，坠入爱河，1948年订婚。1949年前夕，凌起凤随家人去了台湾，两人分别四年，一直靠书信往来。1952年，凌起凤为了与王火团聚，告别台湾的家人，先在香港制造了自杀假象，改名字后回到上海，与王火结婚。回忆起这段往事，王火说："那件事不光是风险极大，而且她当时在台湾拥有很好的生活，她都毅然放弃。此后几十年，她都不能与家人联系。"王火为此创作了一个电影剧本《明月天涯》，就是以妻子凌起凤的故事为原型。

王火说，凌起凤有学问有教养，既可执教，也可为文。"然而她为了全身心地协助我，放弃了很多，她无微不至地照顾我，是我的'大后方'。而且，我写一部作品，她是我第一个读者，给我提了很好的建议。可以说，她为我付出很多。"

2011年7月2日，凌起凤因病去世，王火悲痛万分。当年10月，《华西都市报》记者曾到王火家中采访，刚刚失去老伴的王火神情憔悴，沉浸在悲痛之中。当时，他的书房里到处都放满了还未开封的书籍包裹，连摊开的诸多杂

1953年冬，王火与妻子在北京香山留影　受访者供图

志，都不曾动过。提及当时的场景，王火说："她住院，我也陪住，基本三年都在医院里生活，很少回家，所以书桌什么的，都几乎没怎么动过。而且，我闭门谢客，推掉了所有的邀请，没有参加任何社会活动，全身心地陪她走完最后一程。"

与马识途、李致的君子之交

自1983年定居成都至今，王火对这里的人和事都有很深的感情。他与百岁文学家马识途，巴金的侄儿、作家李致交情深笃，一些重大节日，三人都会聚在一起。1983年王火到成都认识马老，一见如故，"我们谈人生、文学，非常投契，大有相见恨晚的知音之感"。

2017年8月4日上午，由四川文艺出版社最新出版的10卷12册680万字《王火文集》，在成都举行首发仪式。93岁的王火出席活动现场，讲述了他创作获茅奖作品《战争和人》与四川的关系，他当年从山东来到四川，从事出版、写作的心路历程。102岁马识途和88岁李致冒着酷暑，亲临发布会现场，庆祝《王火文集》出版。三位好友见面握手、拥抱，现场情景令人感动。

马识途与王火　张杰摄影

　　首发仪式上，当时102岁的马老上台发言，讲述了他与王火夫妇的深厚友情："王火同志及他爱人同我相交了几十年。君子之交淡如水。王火同志常常关心我的健康，常来家里看望我，我们说话很少但是情真意切。我是深有感受的。我和王火同志的感情心心相印，是知心朋友。王火同志对我的创作一直比较关心。王火曾说，90岁以上的作家还在创作的，在文学界实属罕见。所以我这些年仍然在从事创作，这正是朋友们给我激励的信心。近年我又提起纸笔，写了几本书来。"马老还朗诵了一首自己此前写给王火夫妇的七律诗，用李白和汪伦之间的感情来表达他和王火之间的情感："淡水之交几十春，潭深千尺比汪伦。同舟共度风雷夜，相见无言胜无声。"

　　王火感慨地说："我比马老小十岁，我与他是君子之交淡如水，有时半年都见不到一次，但是一见，谈起往事就非常亲。我也不怎么打电话给他，怕打扰到他，虽然是'淡水之交'，马老却认为我们的友情深厚如李白和汪伦。"

（本文原载于2018年8月6日《华西都市报》

封面新闻记者：张杰）

白航：诗意洒人生，掌舵《星星》诗刊

白航，本名刘新民，1926年生于河北省高阳县路台营村。11岁去北平、天津读书。抗日战争胜利前夕进入解放区，做过地下工作。1948年入华北联大文学系，毕业后参加中国人民解放军，在十八兵团文工团创作组任创作员。转战太原、西安，后入川。曾任川北文联创作出版社主任，四川文联创作研究组组长，《四川文艺》编辑。1957年主力参与创办《星星》诗刊，任出版部主任。1978年后续编《星星》十年。诗作优美流畅有幽默感，著有专论《简论李白和杜甫》等。曾获全国文学期刊优秀编辑奖。

在中国新诗发展走过的百年历程版图中，四川是一座重镇。这里滋养、诞生了一大批诗人，发生过很多影响深远的诗歌事件。这些诗人、诗事，与一本重要的纯文学刊物分不开：《星星》诗刊。

高缨（左一）、白航（左二）、流沙河　受访者供图

　　1957年1月1日创刊的《星星》是新中国诗歌史上创刊最早的诗歌刊物。六十多年来，参与《星星》诗刊的编辑家、诗人者众。但诗歌圈公认的"星星"诗刊元老级人物，则当数"两白、两河"：白航、白峡、石天河、流沙河。

　　身为"两白、两河"之一"白"的白航，参与《星星》诗刊的创办，掌舵过《星星》诗刊的发展。从燕赵大地到巴山蜀水，从战地文工团的话剧创作员到四川文联创作研究组长，从军人到诗人，从农家少年到耄耋老人，白航的一生，是随着时代的潮流沉浮的一生，也是丰富的一生。

回到家乡，从事地下革命工作

　　1925年农历腊月，白航出生在河北省高阳县一个叫路台营的村庄。父亲当时是一名教师，家里虽不富有，但温饱有余。

　　白航自幼勤奋踏实，是家里的小小顶梁柱。在小诗《当家人》中，白航写了"我是娘的一只手/姐姐是娘的一只纺车/终日鸣啊鸣的响得很动听/十岁便干大人的活了/骄傲又威风/婶子大娘们/指指点点地说：看，刘家小做活的/过来了/这时//我肩头的担子/突然轻了许多/脚步也更来劲了/从此我成了当家人"。

随着父亲到北平一家小学出任会计工作，11岁的白航去了北平读高小。

"七七事变"后，白航又随父亲就读于天津新开河畔的天津市立师范（北洋大学校址的一部分），1945年6月毕业。"当时，日本已占领了大半个中国了，大家都不愿当亡国奴。我有一个同学，家里人都是中共地下党员，他介绍我去解放区。我当时连天津市立师范文凭都没顾得上拿，就出发了。"

白航在冀中军区敌工部当上了一名工作人员，经过训练，被派回到家乡从事地下革命工作：在被日本占领的区域，搜集情报。回忆那段日子，白航坦言非常危险，"一旦被抓住，就很可能没命了"。

1946年秋，白航考取了华北联合大学文艺学院文学系，受教于丁玲、艾青等文坛大家。在诗作《华北联合大学——散在冀中几个小村里》中，白航写道："小村里/走出一所/大学校/当年谁也不知道/自己后来的结局/说话南腔北调/人人的脚印都连着//一串浪漫的故事……过节时/围成一个圆圈/又一个圆圈/如花朵般快乐地/咀嚼粉条和包子/直到把喉咙塞满/清早跑步唱歌：一、二、三、四/一、二、三、四……"

太原前线，"尸埋大漠，侠骨也香"

1948年，白航入伍从军，在中国人民解放军十八兵团文工团从事文艺创作。白航曾坐车穿过娘子关到太原前线，体验战斗生活，搜集创作题材。

白航对此记忆依然生动清晰："当时前线正在围攻太原，形势十分紧张，过路的一些地方被敌人用机枪封锁了路段。敌人封锁是子弹一梭子一梭子地打，打完了又换一梭子，要想过去就得等换梭子的间隙。"

在太原前线，白航第一次闻到硝烟的呛鼻味和危险味，炮弹嗖嗖地从头上飞过，很骇人。"太原战役是名副其实的攻坚战，阎锡山在西山修了无数个大大小小的碉堡，什么子母碉、梅花碉、铁门大碉，碉碉相通，连队每打下一个碉堡，常常百多号战士只剩下一二十个。"这段经历，也被白航写到诗歌里："车过娘子关/依稀的梦提醒我/男子汉终于/走出了家门/前去开拓大荒/脚步来去匆匆/车轮咣当咣当/一名军人/去赴战场/纵然尸埋大漠/侠骨也香/烽火崎岖路/男儿向八方/雾时聚时散/路短短长长/阳泉到了/炮声隐隐来前方"。

《星星》诗刊

战斗过程中,炊事员们很辛苦。"炊事员要负责把热饭热菜送去给战士们吃,我们个人可以很快地钻过封锁区,但对于炊事员来说钻过去比我们要危险得多。当我们要占领一个地方,要冲锋的时候,一些地方的炊事员还要把热饺子和热菜送给战士们吃。他们虽没打仗,但也经过了枪林弹雨,还有被打死的危险。"目睹了这样的情况,白航有了写诗的冲动,于是他在前线写下了人生中的第一首诗《我是炊事员》,歌颂战场上英勇的炊事员。

太原胜利解放后,白航又跟着部队去解放大西北,从太原向前进军,过风陵渡到潼关,入西安,下宝鸡,长途跋涉,行军艰苦。至今,白航都很爱走路,"这都要感谢那时的锻炼"。

创办《星星》诗刊,掀起诗歌热潮

中华人民共和国刚成立,白航心中充满对未来的激情。他与同事们谈到四川文艺的未来发展。"四川的诗人比较多,诗歌创作是一个优势。写诗的人虽然多,但苦于没有足够的发表空间。"白航与同事们就想:不如办一个诗歌刊物吧!大家热情高涨地商议后,集体决定让白航写一份报告,上交给省委宣传部。几个月后报告获得批准。白航与同事们立即搭起编辑班子,征稿和征集刊名的工作立即展开。

白航回忆,一开始大家认可一个字"星",作为这本诗歌刊物的名字,后来有人发现苏联有本杂志就叫作《星》，于是就改为《星星》。"星星每天在天上闪光，很多人都看它，它最明亮，指引着人们的方向，又有诗意，最后诗刊就定名为《星星》了。"

1957年1月1日，《星星》首期出版，影响甚大。

挤破文化宫礼堂，只因诗人开讲座

"新中国刚成立，大家都心情愉快，来稿非常踊跃。"回忆起《星星》创刊时的场景，白航的记忆是愉快的。大家都志同道合，工作和私下都很投缘。一开始，白航就与同事们讨论过编辑发稿方针：

一、诗歌应该来源于生活，从生活中感受思想，有感而发。

二、看诗不看人，诗歌面前人人平等，不管诗人有名与否。

为了做到这两条，在特殊时期，他们付出了代价，但白航并不后悔，"吸取生活养料的作品才有生命力，好的作品终究会被人理解被人接受的"。

20世纪80年代，阅读、思考成为青年们的灵魂解渴剂，全国各地出现多个流派的诗人、诗社。1986年，《星星》诗刊发起了"我最喜爱的十位当代中青年诗人"评选活动。全国各地诗人和诗歌爱好者激动不已，纷纷给自己心中喜爱的诗人投上了庄严的一票。评选结束后，舒婷、北岛、傅天琳、杨牧、顾城、李钢、杨炼、叶延滨、江河、叶文福最终当选。

当年12月，为庆祝《星星》创刊三十周年，《星星》在成都举办了为期一周的"中国·星星诗歌节"。"我最喜爱的十位当代中青年诗人"除杨牧、杨炼、江河三人因故未到，其余七人都应邀到了成都，掀起一股前所未有的诗歌热潮。

白航回忆，邀请每位诗人开讲座，门票五元一张，这在当时是很贵的，但依然没有挡住大家对诗歌的热情。"买不到票的青年人，甚至把讲座所在地的文化宫礼堂的门都挤破了，我们还为此赔了钱。"

作为20世纪七八十年代风靡万千读者的朦胧诗代表，舒婷的《致橡树》、顾城的《一代人》，已经成为中国现代诗歌的经典之作。舒婷、顾城等人的朦胧诗当时能在国内得到如此高的关注，跟支持他们的一批刊物及编辑分不开，其中就包括《星星》诗刊。

"舒婷当时还是一个普通女工，业余写诗。最早发现她的是蔡其矫先生，蔡其矫是我当年在华北联大读书时的老师。他把舒婷的诗歌推荐给我看。我一看觉得非常好，她的诗歌不光有艺术性，在强调女性独立自主精神、思想性和主题性方面，都非常突出。所以，我是坚定支持她的。另外，还有当时被称为朦胧诗人的顾城，也占据过《星星》诗刊的重要位置。"

20世纪80年代初，朦胧诗带有强烈的自我意识，激发了读者的空前热爱，引发了诗歌的创作热情。《星星》在支持这些新颖的诗歌流派上，站在了前列，陆续重磅推出舒婷、傅天琳等朦胧派诗人的力作，无疑助推了朦胧诗潮流的发展。

曾求学华北联大，师从丁玲艾青

1946年秋，白航考入华北联合大学文艺学院文学系。他就读时学校在冀中束鹿县的贾庄和杜科。除了校长成仿吾，"老师还有陈企霞（系主任）、厂民（严辰）、萧殷、何洛、蔡其矫等，文艺学院还有丁玲、朱子奇。艾青是文艺学院的副院长，他教过我大课。抗日战争期间，艾青写了很多抗日战争的诗，很有影响。我们都很崇拜他"。

在华北联大读书期间，白航还与著名作家丁玲有过一段不浅的师生之谊。"她是作家，也是我们学校的老师。我们系当时承包了一块地，地附近有条河，名字叫桑干河，河水经常泛滥。丁玲那部著名的小说《太阳照在桑干河上》，写的就是那条河。我们系里有七八名学生，还帮她誊写过一遍《太阳照在桑干河上》，其中就有我。"

回忆往事，白航很感慨："那个年代条件非常艰苦，华北联大还没有固定的教室和办公室，教员、学生都是住在当地老乡家里。誊稿子都是分散在老乡家里。后来河北省正定县的一个大教堂，成了我们的校址，才算稳定下来。"

在华北联大学习期间，白航主编了生平第一个"刊物"——墙报。"五一节的时候，我们文艺学院出了一个墙报。当时办墙报很困难，没有现在的印刷条件，我们就拿白纸写稿子，在外面墙上挂一张布，把稿件都钉在布上，就算是刊物了。"艾青负责指导学生们办墙报，于是白航就去找艾青请教，"艾青说，可以，不过有些文章不新颖。比如，歌颂不能光用'红色'，艺术手段要丰富、生动、多样化，艺术性和思想性都要好。他的评价，我一直记在心底。"

中华人民共和国成立后，一次在北京的文艺聚会上，艾青还赠给白航一句诗："白航不白航，只要有方向，一定能到达彼岸。"

"青春、爱情、诗歌引导着我"

"辛苦一辈子/所以才生得总是那么/又黄又瘦"。这是白航的诗作《蜜蜂》。精简、有味。一位有眼光有思想的资深诗歌编辑，往往本身也是一名对诗歌深有感悟的诗人。白航正是如此。

白航的诗心，萌发自少年时代。读小学时，学校墙上贴了很多古诗词，苏轼、杜甫的诗，他心里很喜欢。课堂上也有新派的老师教新诗，比如胡适的诗。最早《新青年》上的几首，到现在他还记得："霜风呼呼的吹着，月亮明明的照着，我和一株大树并排立着，却没有靠着。"开始读的时候，他还不晓得是什么意思，后来才懂。句子中的节奏，让白航觉得"很美妙"。

战争年代，从军的白航生活不固定，爱上了写诗，"相比写小说来说，写诗比较方便。我喜欢诗的简略、语言精致、方便，感受忽然来了就写出来了"。他的诗歌创作多取材于现实生活，比如有深刻自传色彩的《长城外》《入川记》《嘉陵江》，回忆自己早年学习及战斗经历的《华北联合大学》《在太原前线》《剑门关之夜》《车过娘子关》等。

这些诗的风格雄健大气，清新质朴，别有一番独特的气质。比如他在《长城外》中这样写道："大雁，流水，秋风，脚步匆匆，太行山前少人行；荞麦绿，僧塔白，山花红，沸腾热血青春梦。有夕阳送我过长城，听山歌/两三声，人无影，事无踪，十八盘下流水情，土炕暖/夜灯明。"

白航的诗，都很短。白航有自己的琢磨："用的词句越少越短，表达意象会更有意味和难度。我的想法是，尽量写短诗，诗意更浓，更有味道，读者也愿意看。"

写新诗，编新诗，但白航对旧体诗的美深有感悟："我们的诗歌有几千年的传统，历史上伟大的诗人很多，影响至今。年轻的诗歌爱好者，应该多读我们的古诗。古诗是越读越觉得好。尤其是杜甫的诗，更应该多读。既有实际的现实生活，眼光也开阔。我们写新诗，也可以在继承古诗的优点基础上来发展。新诗如何与古诗结合，这是一个很重要的问题。"

除了书面精英系统的文学，白航还善于从普通百姓的艺术中汲取营养。

20世纪50年代，白航在川北文联工作。他下乡开展工作，访贫问苦，他发现当地的民歌非常好。"歌词的内容，既可以了解民间情况，其音乐性又是很珍贵的艺术资源。"那些民歌都是口口相传。一般说，男人很少唱民歌，民歌一般是妇女创作的，特别是青年妇女。"南充地区我基本上都跑遍了，常去老乡家里。其实他们本身的语言是很生动的，城里的诗人也该学习。我在川北待了三年，做工时妇女唱起民歌来，一天一夜都唱不完。"

2013年1月，白航收集的几百首民歌，被出版社结集成书《川北民歌》出版。

《沧浪诗话》有言："诗有别材，非关书也；诗有别趣，非关理也。"说明写诗的神秘性。

白航也认为，诗歌的灵感很多都是一瞬间，很难刻意去寻找。但是诗人也要先有足够的人文素养积累，底子厚，灵感才更容易出现。"诗人应当关心这个世界。不管是国家大事，还是普通百姓的日常生活，方方面面要有兴趣。对待灵感这位先生，绝不能'守株待兔'，要时时事事迎上前去，和它握手言欢，揪着不放。"白航是这么说的，也是这么做的。如今他已经92岁了，写字很慢，握笔的手会抖。但他每天还会在笔记本上写日记。字不多，但都很有趣。

比如2016年8月31日，他这样记道："秋高气爽人通泰。人性：一半是善（偏少），一半是恶（偏多）。多在生活中提炼善，甩掉恶。"

2017年12月1日，白航与流沙河、高缨老友相聚，白航这么记："三个老头摆龙门，大海越摆越深沉。"

跟诗歌打交道几十年，白航很信任诗歌。他说，创作、写诗是不分年龄的。诗歌属于妙龄少女、伟岸壮男，也属于痴情老叟，长发婆姨。但不得不说："诗歌更容易与年轻、青春、理想联系得更密切。在我的一生中，有三颗星深深引导过我，青春、爱情、诗歌。"

白航说，诗歌应该和足球一样倡导快乐，像米卢所说的快乐足球。"诗歌的主要目的还是应该以感到共鸣为主，读者喜欢看并且从中得到乐趣。现在的先锋诗除了作者本人，恐怕再难找到其他更多的看得懂的人。"在他看来，写诗终归是一件快乐的事情，"不管是忧伤还是喜乐，只要用诗句表达出来，内心就会感到愉快。把对自己、对人生的理解写下来，写到诗里。哪怕是不开心的事，写出来也就开心了。"

对话白航：如果太热闹就没有诗了

封面新闻-华西都市报：在普通人的印象中，诗人总是与众不同，甚至有点"怪"。您当了那么多年诗歌编辑，与很多诗人打交道。您怎么看待这个"怪"？

白航：人有个性，往往写出的诗也有个性。生活中展现出来的"怪"，其实是他们的个性。对于这种"怪"，不用过于苛责。

封面新闻-华西都市报：中国新诗走过一百年，新诗取得的成绩，以及未来可能的发展，经常被讨论。您是怎样的观点？

白航：一百年的时间当然不短。但在历史长河中，一百年往往一瞬间就过去了。我认为，新诗未来的发展前景，是宽阔的。会比现在更好。新诗虽然不讲究押韵，但却有内在的韵律。

封面新闻-华西都市报：怎么看待诗坛的热闹与

寂寞？

　　白航：20世纪80年代，读诗的人是特别多，诗坛显得很繁荣很热闹。现在，读诗的人很少，诗坛显得寂寞。但仔细想想，20世纪80年代，诗歌的状况，并不是自然的常态。因为跟当时特殊的时代有关。比如说，当时娱乐形式很少，诗歌成为一种大众娱乐的方式。现在娱乐方式各种各样。其实，诗歌原本就与寂寞有缘。如果太热闹，就没诗了。我就是一个甘愿寂寞的诗人。

　　封面新闻-华西都市报：您喜欢读外国诗吗？

　　白航：我个人受中国古诗影响比较大，像是白居易、李白等的诗。外国诗人里我喜欢一些，比如泰戈尔的诗，他的诗更具人性，和中国诗歌比较接近，长短都差不多。我写短诗也提倡短诗，诗歌如果太长就容易流水化，意向等方面都变差了许多，像艾略特的《荒原》、帕斯的《太阳石》我不太喜欢。同时读了后让我感到比较茫然。而且我觉得诗歌要读原著，诗歌是不能翻译的，中国古诗很多经典翻译后往往不知所云，而外国诗歌翻译过来也如此，翻译难免加入译者再创作，没有再创作的译者肯定没有。译者自身的知识、思想、信仰等，对诗歌个性化的理解，相对原著来说都有或多或少的某些变化，所以还是原汁原味好。

　　封面新闻-华西都市报：在您看来，诗歌的魅力何在？

　　白航：诗赞扬美，促发思考。我感谢诗歌给我带来了愉快，快乐。很感谢我的工作就是诗歌，和我的兴趣结合在一起。我没有写传世之作的想法。不是说写一首诗，一定要流传万世才算成功。有一些读者、知音，自己快乐就行，在诗歌中有所获得，就很好了。

　　封面新闻-华西都市报：就您的经验而言，诗歌创作有哪些心得？

白航：不管是诗歌，还是别的什么艺术门类，创作就是要新颖，不能走老一套。既不能重复别人，也不能重复自己。对于一个诗人来说，如果他的语言、句子不是新的，那就干脆不要写。我很喜欢艾青的诗，是因为，他的诗句除了流畅，语言往往别出心裁，"不规范"，很有流动性。

　　封面新闻-华西都市报：跟白峡、石天河、流沙河等同时在《星星》诗刊一起工作，感觉如何？现在还有来往吗？

　　白航：当时《星星》诗刊还没有设主编，只有出版部主任，我当时就是这个主任。我们很和气，互相配合工作，私下是很好的朋友。前几天还见到流沙河，我们会一起聊天。我很佩服流沙河，他以前写诗出名，后来转行当学者，深入研究文字去了，出了很多书，很了不起。

（本文原载于2018年8月20日《华西都市报》
封面新闻记者：张杰）

李致：
官衔之外，实则一介书生

|名家档案|

李致，1929年生于四川省成都市，1946年加入中国共产党；中华人民共和国成立后，长期在共青团系统工作。先后任共青团四川省委《红领巾》杂志总编辑、共青团中央《辅导员》杂志社总编辑。改革开放后，先后任四川省出版局副局长兼四川人民出版社总编辑，中共四川省委宣传部副部长兼省出版总社社长、四川省政协秘书长。1991年至2009年任四川省文联主席。

"我是受五四新文学影响，踏上人生旅途的。"在散文系列"往事随笔"总序中，李致开篇写到。

在李致的少年时代，巴金因为发表"激流三部曲"成为大作家。当时整个时代的气氛，对李致不能不造成影响。跟当时很多青少年受鲁迅、巴金影响，崇尚五四新文化运动精神一样，李致在成都私立高琦中学读书时，就从老师那里接触到思想的火苗。多年

李致　张杰摄影

后，他依然记得，有一次他和同学到国文老师杨邦杰老师的寝室玩，杨老师取下一本《新青年》杂志，给他们念了鲁迅的《狂人日记》，并做讲解。听完杨老师的讲解，李致激动得发抖，心里像点燃了火："原来几千年来的历史，满本都写着'吃人'两个字，而鲁迅先生是那样勇敢地举起了投枪！"

热衷新文学，尤其喜欢《阿Q正传》

后来，另一位老师出了一个"一年容易又秋风"的作文题。李致设想了一个日本妇女的丈夫参加侵略中国的战争，一到秋天她特别期望丈夫回家，为她作了反战的心理描写。老师给他这篇作文做了这样的批示："笔姿婉转，意思深刻，可造之才。"给李致很大的鼓舞。他开始读家中藏书，尤其是新文学作品，"我读了鲁迅的《呐喊》和巴金的《家》等小说，特别喜欢《阿Q正传》"。直到今天，在李致的家中书房，放在最显眼位置的，仍然是鲁迅的作品。"鲁迅是伟大的思想家！他的文笔锋利、幽默，对人性的剖析和反讽，犀利深刻，我极为佩服！"

就这样，受鲁迅、巴金、曹禺、艾青等人的作品启发，李致开始提笔写作，并表现出不俗的文学才华。在中华人民共和国成立以前，李致已经写了近百篇习作，有小说、诗歌、散文。之后就读华西协合高级中学，李致和同学陈先泽办壁报《破晓》，被国文老师、巴金的朋友卢剑波发现。在卢剑波的鼓励下，李致在《今日青年》发表了多篇散文。1945年，"一二·一"反内战的运动后，李致与一批志同道合的同学成立了"破晓社"，办铅印《破晓半月刊》，李致发表了散文和小小说。1948年到重庆以后，李致又开始在《大公报》和《新民报》上发表评论和散文。

除了阅读文学作品，青年时代的李致尤其喜欢话剧。抗日战争时期，全国许多话剧名演员集中在重庆和成都两地，演出了许多好戏。李致特别喜欢曹禺、夏衍和陈白尘等作家创作的戏。他经常买最后一排价格最低的票，然后站在剧场前边把戏看完。

　　李致喜欢曹禺的戏，痴迷到可以背诵大段台词的程度。"我背书并不在行，但《雷雨》《日出》《北京人》的台词，都能大段大段地背。以至于，很多年以后，我在出版界工作，到北京向曹禺约稿，在曹禺面前我还能背起《日出》里的台词，让曹禺感到非常吃惊。"

　　中华人民共和国成立后分配工作，李致的入党介绍人和川康特委的委员，问他愿意干什么工作，李致的回答是：愿意当话剧演员。为此，李致还受到了一点很温和的批评，"他们说正是最缺干部的时候，你当什么演员"。最终李致被分配到青年团任职。他当过重庆市的少年儿童部长，共青团四川省委《红领巾》杂志总编辑，之后在共青团中央担任《辅导员》杂志总编辑。

　　然而，李致并没有忘记青少年时代就开始的文学梦。20世纪90年代初，从工作岗位上退下来的李致，重新拿起笔，创作出以"往事随笔"系列为主的一批随笔散文佳作。2014年，李致"往事随笔"系列由天地出版社出版，包括《铭记在心》《昔日足迹》《四爸巴金》。

　　李致写到他个人在大时代里寻求真理和光明的人生道路，写到对他人生有重大影响的人物，其中有领导人物，也有普通百姓。李致说："回想自己人生过往几十年，时代几度变迁。许多难以忘怀的人和事，我曾为此喜悦或痛苦。这些人和事可以说是时代的某些缩影或折射，或许有一些史料价值。我有感情需要倾诉，也想借此回顾自己走过的道路，剖析自己。这里面有我的情感、我的思考、我的困惑、我的期待，这套书是个人化的历史记录，也是我本人八十多年风雨人生的心灵自传。"

　　2013年，李致获"巴蜀文艺终身成就奖"。颁奖词中写道：李致继承巴金"说真话"的精神，为历史留下一份珍贵的记忆。

　　如今，李致年近90，他对自己的角色定位很质朴："如果非要让我定义自己的身份，我只会写四个词：读书人、出书人、藏书人和写书人。种种'官衔'之外，实则一介书生。"

打破"三化","川版书"声名鹊起

改革开放后,李致担任四川省出版局副局长兼四川人民出版社总编辑、四川省委宣传部副部长等职位。李致在图书出版领域非常在行,他率领的四川出版界早在20世纪七八十年代,就在全国处于佼佼者的位置。他目光敏锐,敢做敢当,主力推动20世纪80年代影响深远的"走向未来"丛书在四川人民出版社出版。与此同时,他秉持"不是出版商,不是出版官,而是出版家"的理念,注重图书的公共价值和社会效应,不提倡将图书单纯当作商品,受到良好的反馈。

20世纪80年代,一套名为"走向未来"的丛书横空出世,震动了思想界、读书界。这套丛书集中了当时中国最优秀的一批知识分子,出版的图书涉及社会科学和自然科学的多个方面,包括外文译作和原创著作。这套书由四川人民出版社于1984年至1988年公开出版印行,一共出书74种。严济慈、杜润生、张黎群、钱三强等人担任"走向未来"丛书的顾问。这套具有知识启蒙性、思想性的丛书,一出版就在当时中国的思想界产生了轰动效应,启蒙和影响了一代人。20世纪80年代的大学生,几乎没有不知道"走向未来"丛书的。这套丛书也被誉为是"当时中国影响最大的启蒙丛书"。

在改革开放三十周年时,《南方周末》经过征求意见,几十位学者推荐过去三十年最有影响的非虚构作品名单,思想类图书中,"走向未来"丛书名列前茅。而时任四川人民出版社总编辑李致,正是最早坚决支持"走向未来"丛书出版的关键人物。

20世纪70年代末,各领域的改革开放方兴未艾。经过混乱年代的中国,迎来渴望知识的热潮。那时全国各地书荒严重,书店门口经常有读者通宵排队买书。

李致敏锐地意识到,一个思想启蒙的时代即将到来。"然而在当时,各地方出版社却由于出版'三化'方针——'地方化、群众化、通俗化'的政策限制,这也不敢出,那也不敢出。像《清江壮歌》《红岩》这么有名的书,四川都不能出。"从北京回到家乡,李致感到要突破现状,"从我个人角度,因为很早就看见巴金创办的文化生活出版社面向全国,培养了很多作家,而且我此前在团中央《辅导员》杂志工作，都是面向全国的，所以我不受地方'三化'方针的约束。"

在李致的掌舵下，四川人民出版社抓住时机，"立足本省，面向全国"，推出了一大批精品图书。李致回忆："这在当时争论很大，有人说你们面向全国，你们有这个本事吗？但我们成功了。"

四川人民出版社在征得邓颖超同志同意后，出版了《周总理诗十七首》，受到读者热烈欢迎，全国发行近百万册，率先突破了出版"地方化"的禁区。接下来，李致掌舵的四川人民出版社又顺势出版了郭沫若、茅盾、巴金、丁玲等一批老作家的近作，形成了"近作丛书"和"现代作家选集"丛书。

老舍先生《四世同堂》1949年前的版本，1949年后一直没有再版，四川人民出版社却大胆拿来再版。当时，出版徐志摩、戴望舒等"新月派"诗人的作品要冒一定的风险，李致却看准了读者的需求，拍板印行。敢为天下先的气魄与改革开放的意识，使得"川版书"声名鹊起。当时不少名家、大家甚至指定要在四川人民出版社出版自己的作品，被人们戏称为"孔雀西南飞"。

就是在这样的境况下，时任中国社科院青少年研究所所长张黎群建议四川人民出版社出版"走向未来"丛书。李致接受了张黎群的建议。这套书让四川人民出版社在出版界的口碑大涨，李致的才华、胆识与书生意气得到充分的展现。1980年，著名诗人冯至参观四川人民出版社后，称赞李致"不是出版商，也不是出版官，而是出版家"。李致把这句话当作出版社的奋斗目标，并公之于众。

叔侄情深，巴金告诫讲真话

巴金的代表作《家》中的觉新，已经成为中国现代文学史的经典人物形象。觉新的原型人物，是巴金的大哥李尧枚。1929年，李尧枚的小儿子李致出生。一年多之后，李尧枚自杀。巴金与大哥感情尤为深厚，精神上志同道合。巴金视侄子李致为己出，李致喊巴金"四爸"。叔侄关系亲密，心意相通。对于巴金这位大作家，李致也写过多篇文章给予描述、回忆，多被收录进《四爸巴金》一书中。

　　李致家中，客厅最显眼的部分，放置着一个巴老的头部铜像作品。这个雕塑显得并不完整，但很有艺术性。据李致讲，这原本是一个石膏像。后来交由上海的一位雕塑师把它转刻成铜像。制作过程中，不小心打坏了，就顺势做成现在这个样子，反而显得很特别。巴老非常喜欢这个铜像作品，做了好几个。"巴老家中的那个和我这个，是一样的。"巴老还在的时候，李致多次与巴老在书房聊天，一聊就是半夜十二点。如今，李致每次看到这个铜像，经常会回想起和巴老聊天时的情景。

李致与巴金在一起　受访者供图

　　在与巴老几十年的接触中，李致对巴老有不少独特的感受。李致说："我这一辈子，受四爸影响很多。他先后给我写过近300封信，其中一封信里写道："我离开世界以前，希望更多的人理解我。你可能理解我多一些。"

　　父亲李尧枚去世后，家人生计艰难。抗日战争期间，李致的母亲带着5个子女，在成都北门租房子居住。1941年，12岁的李致第一次见到了已离家18年的四爸巴金。因为年龄小，这次会面没有给他留下什么印象。次年，巴金再次返乡探亲，李致才对四爸有一些了解。晚上，李致就和四爸同睡在一张大床上。家里摆供（即祭祖）的时候，上自祖母下到李致，都对着祖宗牌位叩头。李致看到，只有四爸巴金一个人鞠躬。这也影响到李致，立志长大了也要做个像四爸那样的"新派"。

　　1942年的巴金，已经发表了《家》《春》《秋》激流三部曲，是名震文坛的大作家。回到成都，经常会有青年学生来请他在"纪念册"上题词签名。李致也学着大人的样子做了一本"纪念册"，心情忐忑地请四爸题词。没想到四爸欣然同意，并认真用毛笔写下四句话："读书的时候用功读书，玩耍的时候放心玩耍，说话要说真话，做人得做好人。"

李致说，他对这四句话的理解有一个逐步深入的过程，小时候最拥护的是"玩耍的时候放心玩耍"，因为外祖母要他"有空就读书"。长大了才懂得，这四句话中，关键是后两句，核心问题是"讲真话，做好人"。李致说，这四句话影响了他的一生，他还用它来教育子女和孙子辈。

1964年，李致被调到北京工作，巴金常会去北京开会或办事，加上李致也经常出差到上海，两人接触的机会增多。尤其是在20世纪70年代，叔侄俩有机会进行深入的灵魂交流。其中一次是1973年春，李致从"五七"干校去北京探亲。这期间他秘密绕道去上海看望四爸巴金。"四爸的家里显得很冷清。造反派封闭了楼上所有的房间，全家被赶到楼下居住。原来的客厅成为四爸和小棠的卧室……没有人来串门。"李致之后在回忆文章中写道，"萧珊妈妈的逝世给家里笼罩着一层阴影。我不敢向四爸提到萧珊妈妈。我只在玻璃板下看见这样一张照片：萧珊妈妈躺在床上，全身盖着白布单；四爸站在旁边，穿一件短袖衬衫，左袖上戴着黑纱，两手叉着腰，低头哭泣。我好像感到自己也到了现场，和家人一起向萧珊妈妈告别。"

叔侄俩彻夜交谈，对国家、民族前途的担忧，"使我们的心紧紧地靠在一起"。告别的时刻还是到来了，李致要离开上海回到"五七"干校了。那天李致记得清楚，是一个下雨的早晨。"四爸把他的雨衣给我穿上，我们又一次紧紧握手互道：'保重！'我双手提着行李，毅然离开家门，快步赶到公共汽车站。我满脸流着水，是雨水，也是泪水。"

李致家的客厅墙上挂着一幅书法横幅，上书"人各有志，最要紧的是做人"。这是1997年李致去杭州看望巴金时，巴老送给李致的赠言。作为巴金的侄子，李致说，自己受巴老的影响很大，但他从没有打四爸的旗号去占便宜。

钟爱藏书：一世称穷双手洁，平生夸富满楼书

李致爱书之甚，在圈中出了名的。马识途曾在一首贺李致85岁生日的诗中

赞许道："一世称穷双手洁，平生夸富满楼书。"

李致家中，目之所及尽是书，无论玄关、卧室、客厅，更不用提书房……凡能放书的地方都放了。这还不是全部，他在单位的宿舍里还有很多藏书。总共有多少藏书，可有统计？"具体数量我已经说不清了。我只能说，这种两扇门八层高大书柜，总共30多个，都装满了。"

李致还提到一个小细节，有一次他把定制的18个书柜搬来的时候，"打书柜的老板还以为是哪个单位集体做的，没想到就我一家。"

现在很多人，都很讲究房屋装修，李致并不在意这些，他最关心的还是书怎么安置："我把我的书收拾好了，就是最好的风景。家有藏书不算穷嘛！我现在每次到书房去，看到满柜的书，我都觉得自己很'富有'。"

"喜欢看书的人，一般都爱惜书，想要藏好书。我也不例外。"李致说，他看书与藏书嗜好自小养成，"上学的时候，零花钱不多，仅有的钱大多用在买书上。早在1949年前，我就从旧书摊买齐了鲁迅的小说和杂文集……"之后，工作涉及出版，跟作家打交道很多，更让他与书结下深厚的渊源。李致的藏书，以文学、历史、政治类居多。"巴老曾经给我说过大意如此的话——文学能使人清除灵魂的尘埃。所以，我爱看文学书。喜欢历史和政治类，则是因为我这一生所走过的时代，发生了很多大事件。很多事情都值得思考，我希望能从书本中找到一些答案。"

李致的藏书，有不少都是名家签名版，比如巴金、茅盾、叶圣陶、曹禺、夏衍、艾青、沙汀、艾芜、刘绍棠等，简直是现代文学名家的"签名版全集"了。站在书架前，李致回想起很多让人感怀的往事："五本《沈从文选集》是沈先生半瘫痪后，他夫人张兆和把他扶起来签的字；曹禺的十几本剧本，是他1985年春在金牛宾馆跪在地毯上签的名。他们的友情令我刻骨铭心。"

对话李致：
纪念巴金最好的方式，就是读他的书

封面新闻-华西都市报：现在好多人一提到四川人民出版社，不得不提那套"走向未来"丛书。这套书出版有怎样的幕后故事？

李致：1985年，我曾经带四川出版团到日本访问。日本有一家出版社叫小学馆。我们去访问时小学馆就送了我一本书，这本书现在都还在我家里，叫《中国最新情报词典》。我当时拿到这个书还有点顾虑，人家解释说这不是军事情报，而是日本要到中国做生意，要了解中国社会，就编了这样一套词典。我翻开四川部分一看，除了有"赖汤圆""红油水饺"之外，居然还有"拉郎配"。日本人这点真的很厉害，他要到你这个国家来，就要先了解这个国家的语言。词典中还有"业余华侨"（打扮得漂亮一点、头发卷一点，大家就开玩笑说这是业余华侨）、"万金油干部""戴高帽子"，那个时候的流行语都被收进去了。"走向未来"丛书出版时，我也是这样的思想，与世界接轨之前得先知道、了解、学习世界上有什么新思想。

封面新闻-华西都市报：出版业跟思想、知识有关，但同时又面临市场。对于注重销量和商业效益的出版现象，您怎么看？

李致：君子爱财，取之有道。我一直坚持认为，对于出版行业，该赚的就赚，该赔的就赔。赚不是越多越好，而是薄利多销；赔则是尽量不赔或少赔。后面还有两句很重要：统一核算，以盈补亏。有些书注定是赚不了多少钱的，比如我们四川，诗人很多，诗歌很发达，但是出诗集，一般是赚不了钱的。有一年四川发行的诗集，全国最多，得奖诗人的作品有相当一部分是我们四川出版的，但这类型的书是不赚钱的。还有一些学术书籍也赚不了钱，我们可以用畅销书填补这部分的损失，而不能因为它赚不了多少钱就不出。我的思想很明确，出版是整体。书籍虽然是以商品的形式进入市场，却还承担了精神文明建设的任务，我们不能把它当作一般的商品，更不能把它当作营利的主要手段。

巴金不愿以他名义设文学奖

封面新闻-华西都市报：您觉得巴老"说真话"这个倡议，在现代有得到充分理解和继承吗？

李致：他讲真话的提议得到很多人的支持，正是由于此，人们称巴金为20世纪"中国的良心"。很多人以各种不同的方式来纪念巴金，但是巴金本身是个朴实的人，我个人认为，纪念他的最好方式就是读他的书，在巴金1200多万字的创作中，除了"激流三部曲"的《家》，还应该读的就是《随想录》。

封面新闻-华西都市报：曾经有人提到，应该设立巴金文学奖。据您所知，巴老生前对此是什么态度？

李致：他也不赞成以他的名义设立文学奖。我在出版社工作时，编辑出版了他很多书，他也不要稿费。出版社曾建议成立"巴金编辑奖"，他也反对。国外有一个人曾经联系我，说愿意出资设立巴金文学奖。我想到巴老一贯的作风，主动替他拒绝了。我知道，他肯定不会答应。

巴老不同意重修成都故居

封面新闻-华西都市报：关于巴老在成都的故居重不重修的问题，多次被提及、讨论过，巴老不同意重修成都的故居，您能理解他的这种苦心吗？

李致：我记得四川省作协曾经给省委省政府写了一个报告，觉得应该恢复巴金故居，还成立了一个筹备小组。我当时因为是在宣传部管文艺，所以也被编进筹备小组。但最大的困难是没钱，当时故居那块地上已经有其他单位，所以得重新找块地。但没有修成的根本原因，还是巴老自己不赞成。我20世纪50年代到过苏联，改革开放以后又去过日本和美国考察，我发现在文学、艺术上留下了作品的大师，都有很多故居。而且很多人希望能在成都看到巴金故居，所以我曾经也处于矛盾的心态。但我觉得还是要尊重巴老的想法和决定。巴老非常低调、无私，从小就忧国忧民，他的信念是——人生的意义在于奉献，不在于索取。当时他写信给我明确说："我不要浪费国家的钱财来修我的故居。""关于我本人，我的一切都不值得宣传表扬。只要有少数几本作品，还可以流传一段时间，我的作品存在，我心中的火就不会熄灭。"

巴老说，最高写作技巧是无技巧

封面新闻-华西都市报：您现在再回到巴金故居所在那个地方，是什么样的感受？

李致：我1929年诞生以前，我们那个大家庭就崩溃了。而我的小家里，只有大姐在那里住过，二姐虽然生在那里，可对那个地方也没有什么印象。我去巴老上海的住所很多次，感受则很多。我以前出差到上海也会住在他家。他的寝室旁边有一个大书房，书房平时很乱，若是有人去拍电视电影，需要收拾一下，整理过后，结果第二天巴老就找不到自己的东西了。他在书房里给我弄一个行军床，我们常常谈到深夜十二点。

封面新闻-华西都市报：您有写作的爱好、兴趣，巴老曾经给过您一些建议或指导吗？

李致：我年轻时候写的那些文章他完全没看见。后来我写的，他看了，是认可的。当时巴老给我一条建议：60岁以后再写。说我现在公务在身，不便畅所欲言。有一次我们谈到，等我退休下来以后做什么。他听了很奇怪，觉得正是工作的好时候，怎么就退休了。因为作家不存在退休的问题。巴老跟我提到过写作方法的问题，他说最高的技巧是无技巧。我的理解——用他的另外一句话来说——就是说真话，把心交给读者。

（本文原载于2018年8月13日《华西都市报》

封面新闻记者：张杰）

流沙河：流沙似金，河水如玉

| 名家档案 |

　　流沙河，原名余勋坦，1931年生于成都。4岁返回故乡金堂县城。幼学古文，做文言文，习书大字。16岁来成都读省成中，17岁开始发表习作。1949年秋入川大农化系，后立志从文。之后曾在《川西农民报》《四川群众》《星星》诗刊担任编辑，在四川省文联担任创作员。诗作《理想》《就是那只蟋蟀》曾入选语文教材。1985年起专职写作。晚年专心研究汉字、人文经典，出版有《文字侦探》《Y语录》《流沙河诗话》《画火御寒》《正体字回家》《白鱼解字》《晚窗偷得读书灯》《庄子现代版》《流沙河讲诗经》《流沙河讲古诗十九首》《字看我一生》等多种著作。

　　20世纪40年代，刚上初中一期的金堂少年余勋坦，坐在泥地茅盖的教室里。

　　成都来的国文老师刘兰坡先生手持一炷香，快步走进来，登上讲台，向同学们一鞠躬，轻声说："我是燃香而来，望诸君努力。"刘老师教同学们古文字学。考虑到初中生的接受程度，没有采用东汉许慎的《说文解字》，而采用清代王筠著《字学蒙求》。

在班上算是小毛头的余勋坦，坐前面第二排，不敢不老老实实听课。这一听，竟觉得太有趣。"原来一个汉字就像一台机器，能拆解成零件二三。零件组装配搭各异，造出许多不相同的汉字，正如小孩玩拼凑七巧板。这本薄薄的蒙求书，是年暑假期间自学读完。"

流沙河 李丹摄影

少年时代这段文字开蒙经历，成为余勋坦心中的一颗种子。种子生根发芽，开花结果，余勋坦成为诗人、作家，继而成为学者、文人，成为"东至于海，西至于流沙"的流沙河。

任职《星星》诗刊，让余光中广为人知

1982年，台湾诗人余光中在给流沙河的信中提到，在海外，夜间听到蟋蟀叫，就会以为那是在四川乡下听到的那只。这启发流沙河写出"就是童年逃逸的那一只吗？一去四十年，又回头来叫我？"等诗句。这首诗就是收录在语文教科书上的《就是那一只蟋蟀》。

20世纪80年代初，身为编辑的流沙河在《星星》诗刊上开了个专栏，一月一期，每期向大家介绍一个台湾诗人。余光中、郑愁予、洛夫、痖弦……专栏写了一整年，诗人正好凑成"十二家"。编选《台湾诗人十二家》，1983年出版，大受欢迎，引起轰动。流沙河也成为将台湾地区诗人介绍至祖国大陆的第

一人。这些诗人在诗歌创作上达到的艺术性、美感，给当时的中国诗歌界带来一阵强烈的震撼。也因为流沙河的欣赏和推介，余光中在祖国大陆有了广泛的知名度。直到现在，还有很多人认为，这是流沙河在20世纪80年代对汉语诗歌文学界的重要贡献。

虽然诗人名声很大，但流沙河对自己的诗并不满意，认为自己过于理性，感性不足，不太适合写诗："尤其是读过余光中的诗后，我说算了算了，我不写了，我怎么写也写不出他们那样的好诗来。我的致命伤我清楚，我这个人头脑过分条理化，逻辑化，感性不足，好诗需要的奇思妙想我没有。所以我的诗都是骨头，没有肉。"

晚年专心说文解字，探究汉字前世今生

20世纪80年代末，流沙河不再写诗，改作训诂，专心说文解字，至今乐在其中。他以文人的角度，作家的身份，发挥自己多年研读经典的功底，讲庄子，说诗经，埋首于甲骨文、金文和篆文之中，津津有味地探究着每个汉字的前世今生。他用尽量通俗、有趣味的方式，面对大众诠释经典。他在图书馆讲，也在网络上讲，出版《流沙河讲古诗十九首》《流沙河讲诗经》等多部著作，甚至用解字的方式去写自传体小说，比如《字看我一生》。

虽然是从诗人转行到学者，但解读经典对于流沙河却毫不生硬，他有足够的储备。比如流沙河对《诗经》的研究，最早得益于他在家乡的一位私塾先生黄捷三。黄先生是清末的秀才。流沙河十三、十四岁那两年，在老家金堂读初中，每天放学以后，就去黄老师家里，听讲《诗经》。成年后的流沙河因为经历沧桑，少年时代的火种悄然苏醒，开始重读《诗经》。

半个多世纪以前，流沙河负责看管省文联的一个旧书库，在书库里他发现了大量典籍。其中包括研究《诗经》的线装书。求知若渴的流沙河，干脆把床也架到书库里开始读。一钻进去就着迷了。在书库里，他还读到了《段注说文解字》、陈梦家先生的《殷墟卜辞综述》等著作，开始进入对文字学的钻研。

对于自己对文字和经典的研究，流沙河很谦虚："老实说我不是专门研究

中国古典文学的，我是作家协会的，年轻的时候学着写小说，后来写新诗。对古典文学是我个人的爱好。"他不认为自己在这个方面有好了不起："我所知道的一些都是常识，我所用的这些方法就是文本细读，追根究底。没有什么耸人听闻、哗众取宠的意思。"他乐意受邀到图书馆、校园去讲传统文化，也看得清爽淡然："听众觉得我讲的还有点味，来听一听，感到收获点知识，还有点娱乐，我觉得这就符合社会文化教育的方式，这样就很好了，我也乐于做这些。"

做文字学的"福尔摩斯"，扬扬自得有成就感

流沙河小时候喜读《福尔摩斯探案》，读得入迷，就想做个侦探，专破世间疑案。上高中的流沙河，偶遇一套蓝封面的侦探小说丛书，一本接一本借来读完，更想做侦探了。他自嘲道："这是因为我这个人从小体弱多病，嬉闹扑打不行，所以退而耽于梦想。其实自己胆小口吃，交朋友都困难，哪能是做侦探的坯子，十足妄想可笑而已。"现实中的流沙河倒成了文字侦探。每天独坐书房窗前，俯身大案桌上，感觉很不错。"一个人总要选择一件他自认为是很有意义的事情去做，才觉得没有白活。我就是文字学的福尔摩斯了。读者看我怎么破案，我便扬扬自得，有成就感。心情一舒畅，就延年益寿，比吃啥补药都强。这样说来，我倒该感谢亲爱的读者。"

"就是那一只蟋蟀/钢翅响拍着金风/一跳跳过了海峡/从台北上空悄悄降落/落在你的院子里/夜夜唱歌//就是那一只蟋蟀/在《豳风·七月》里唱过/在《唐风·蟋蟀》里唱过/在《古诗十九首》里唱过/在花木兰的织机旁唱过/在姜夔的词里唱过/劳人听过/思妇听过……"在《就是那一只蟋蟀》中，流沙河吟诵过的《古诗十九首》，在他之后诠释经典的工作中，也是他重点研读的对象。在此，学者流沙河和诗人流沙河，形成一个奇妙的呼应。从诗人到学者，从作家到文人，晚年流沙河对自己所做的工作是满意的："白鱼又名蠹鱼，蛀书虫也。劳我一生，博得书虫之名。前面是终点站，下车无遗憾了。"

汉字如同一条线，凝聚着不同地方的中国人

在许多个周六的下午，许多成都市民，也不乏远道而来的外地听众，从四面八方赶往僻静的成都市文翁路，在成都图书馆听一位年逾八旬的老人，用生动诙谐的成都方言，讲诗经、唐诗。受成都图书馆邀请，每月第一个周六下午，流沙河会准时出现在成都图书馆，讲一堂对市民免费开放的传统经典讲座，持续了九年。

流沙河近年咽喉有恙，声音很弱，有时候说话都有困难，但他依然坚持公开解经，并乐此不疲。"对这些古人的诗很有兴趣，讲起来很过瘾。在为听众服务的同时，自己也很快活。每月一次的备课和讲座，实际上给了我一个极好的锻炼机会，调用记忆仓库，检验自己的逻辑思维和口语表达能力。"

成都图书馆馆长肖平对此深有感触："沙河老师曾说，每次讲座前要备课两天。有时候他还会把一些资料复印出来，发给每一个听众，这是为了让听众听讲效果更好。沙老年龄这么大了，对文化传承的热情，对传授经典文学之美，全身心投入，令人感动。"

由于讲解精彩，流沙河的讲座录音也被他的学生和出版社整理出版。比如《流沙河讲诗经》就是根据流沙河2011年6月至2012年8月在成都图书馆讲解《诗经》中81首诗作的讲座整理辑录。《诗经》被前人解读已多，但流沙河以其深厚的古文字和诗歌研究功底，对字句追根溯源，给出全新角度的解读。书中诸多解释纠正了前人对《诗经》释义的不合理之处，并且摒弃一些释经流弊，在众多《诗经》解读的作品中殊为超拔。在对《诗经》的讲述中，流沙河特意选择有"浓厚的诗味、浅显、短小"的篇章，举例生动，表达上又趋于口语，言辞雅俗兼具，幽默风趣，适合广大文学爱好者和对知识感兴趣的读者。

解读经典，不可能是哪一个人随意发挥。前贤的卓见，流沙河都虚心听取，再一一比较，得出自己的见解。解读《诗经》，他主要依据《十三经注疏》。同时也青睐陈子展先生的《国风选译》和《雅颂选译》，"可靠，我喜欢"。《十三经注疏》用起来很吃力，上面那些双行夹注文字，字号太小，他要用高倍放大的凸透镜，在页面上逐句移动，才能看清楚。

"《十三经注疏》给我带来了意想不到的好处。"比如《陈风·泽陂》这

首诗中反复出现的深深忧伤，过去总以为写失恋，以忧伤属男，或以属女，流沙河总嫌牵强。但从《十三经注疏》的夹注中，他发现了一条被忽略了的注释：陈国有同姓不婚的规矩，再结合诗中反复出现的"彼泽之陂，有蒲与荷""彼泽之陂，有蒲与蕑""彼泽之陂，有蒲菡萏"，实是暗示恋爱中的男女二人因为是同一姓氏，其结合不被双方家人允许。这就很好地解释了诗人在表达相思时为什么那么悲伤，"涕泗滂沱"，从景物描写可知有整整一个夏天的荷塘约会，可知他们二人这么久的恋爱，终因不合规矩，只有分手，所以男子非常伤心。"若是找不到这一条注疏，我是永远读不懂的。"

讲古代典籍，流沙河也穿插着解字。比如在公众场合讲《唐诗三百首》，讲到"势分三足鼎，业复五铢钱"时，他会拿出一张A4大小的纸，上面用毛笔写好"鼎"字，讲"鼎"字的来源。有人认为，学古文是在走回头路。流沙河说，新闻不可能是古文，政府公告不可能是古文，日常对话也是白话。"但还要看到另一方面，古汉字中包含着文化传承，其中还涉及自然界的许多知识，能从中窥见上古时期我们祖先的基本观念、思考模式、生活方式、劳作方式、社会心态等。中国人住在不同的地方，但有一条线把他们凝聚起来，那就是汉字。它对我们中国人来说，和阳光、水、空气同样重要，我们每时每刻都在使用，四者缺一不可。"

流沙河觉得，自己的书是能教年轻人爱国的。"什么是爱国？爱国就是爱你的土地，爱土地上的人民，爱你的文化，爱你的母语，爱老祖宗留下来的文字。"

流沙河也深知要大面积恢复正体字很难，也不现实。他有自己的想法：让古史、古典文学、古代典籍有关的研究文章和刊物，恢复使用正体字，其他的地方不妨维持现状；如有可能，将正体字的应用范围扩大到政府公文和报刊、教科书，让它们和社会上的简体字同时存在，概括地说，就是"正式场合使用正体字，社会生活使用简体字"，双轨并行，各适其需。而他所做的，讲解正体字，把它存在的理由讲清楚，让听者更容易记忆，也能明白汉字的文化内涵，这就是意义。

爱成都，我本旧时成都少年郎

在已经走过的87个春秋中，除了有两次因客观原因离开成都几年时间，流沙河人生的绝大部分时间都是在成都，因此他也自称"货真价实的成都人"："我生在成都；读高中，上大学，都在成都；1949年12月随同学们欢呼解放军入城，在成都；参加工作也是在成都。今已退休，仍在成都。"

流沙河爱成都，爱得深。1956年，时年25岁的流沙河前往北京，成为中国作家协会文学讲习所的第三期学员。在学期结束后，流沙河得到留在北京工作的机会，但他毫不犹豫地拒绝，选择回到成都工作、生活。六十多年过去了，提及此事，他从没后悔过："很自然，北京再好，也不是我的家乡。成都是我出生、少年成长的地方。在每个人生命开始的地方，记忆总是最深刻。"

回忆起少年时代在成都的种种有趣而难忘的记忆，流沙河神情充满幸福："我在望江楼下面游过泳，在猛追湾里游过泳，在南门大河里游过泳，终生难忘。而且，成都不光是我生长的地方，还是我上一辈、很多辈生活的地方。我对这里有特殊感情。成都的历史、文化，关于成都的传统诗词，都是我喜欢成都的理由。"

在流沙河看来："对一个地方所产生的强烈的特殊感情，是会转换、体现在人舌尖上的味觉等身体上的舒服感觉的。比如说，我对成都的美食，就有舌尖上的天然热爱。成都有很多很多外地吃不着的美食。比如泡豇豆，冬天的烧菜，春天吃的枸杞芽儿，配粉条，那可真是好吃得很哦！还有泡青菜，好好吃哦，全国也只有成都才有。而且我喜欢成都的气候，温和宜人。"流沙河很感慨地说："能让一个人真心留在一个城市过一辈子，精神层面的和物质层面的，两者都不可缺少。"

时光飞逝，一转眼，成都少年郎已成为一位头发灰白的耄耋老人。这种心情，也被流沙河写进他的《老成都·芙蓉秋梦》中："后蜀国王孟昶遍植成都城上的芙蓉，早上开花，晚上凋落。这也让我想到我自己的生命，一转眼就到85岁了。有时候梦醒，还以为自己在少年，其实已是白头老翁。让人不得不感慨：时间快如飞，人生短似梦，更好像芙蓉花早开夕败。我在成都的生活，好像也是一场芙蓉秋梦。所以，我把这本写我的老成都的书，副题命名为'芙蓉秋梦'。"

写作、读书之余，热爱成都的流沙河还身体力行、主动行动，为老成都做了很多卓有成效的历史考古工作。早在十几年前，流沙河通过多日实地勘察，把成都东门、南门城墙转弯的残址找到了。"那个残址只剩很矮一截了，搭的是明代的砖，都被街道遮了，我去把它找到了。"

　　后来，锦江区政府找到流沙河，流沙河就写了一个碑文，以"成都市锦江区政府"的名义，上写"此地是老成都的东门城墙和南门城墙转弯的拐角残址"。他说："后代的人，一定要体谅前代人建设这些不容易，要好生爱护它。"

　　还有一件有意义的老成都考古事迹，被流沙河先生记录在《老成都·芙蓉秋梦》中。通过自己大量的文献查阅、对比，并与实地对照，他把成都市区经于唐代而在清代消失的一条河的具体流向给考证出来了——

　　"这条河在唐代很有名，叫解玉溪。为什么叫解玉溪？这条河里面出有一种最优质的金刚砂，金刚砂可以解玉。我从成都的街名来推导，成都有老玉沙街、新玉沙街。玉沙街一过来桂王桥，一看这个名字就知道有小溪，桂王桥一转弯有桂王桥南街、桂王桥北街。再一过来的街叫梓潼桥西街和梓潼桥街，显然解玉溪就是这么顺着流下来的。然后我再去查唐代的大慈寺，两千和尚，光是一天用水就要用好多，怎样来？解玉溪！唐代的史书记载，解玉溪有一段流经大慈寺外面，由庙子专门挖了一条沟，把解玉溪引到里面去。

　　"我怎么晓得它被引到里面去呢？大慈寺有九十多个院落，有一个院落叫玉溪院。五代十国时，后蜀孟昶把全国的文化人召到那儿开座谈会，就在玉溪院，这个是历史书上记载了的。解玉溪再往南经过城守街，然后穿到东大街，拐弯那个地方地势特别低，我去调查过。我还调查了一个在成都拉车的，20世纪50年代他亲自所见，修梓潼桥街挖开路面时，底下两边是砖砌的河堤。这样，我就把这条河整个来龙去脉都找到了。"

　　"若有'时光隧道'可通古代成都，从灯火辉煌的大街忽然跨到千年前月明星稀的解玉溪岸，隔墙听见寺僧晚唱梵呗，钟磬悠悠。若招迷魂归去，我愿留在那里，不再返回……"文字，历史，时间，人的思维能不能翻越重重阻隔回到以前？

　　关于老成都，流沙河了解的历史、地理、掌故、街道往事，数量之大，细节之密，令人着迷，也令人敬佩。作为一个并不是专职做考古研究的作家、诗人，流沙河对成都的历史细节，进行了如此有成效的考证。流沙河说，自己做此事的动力，完全是出于对成都的热爱，和纯粹智识上的好奇。"我想要知道一个城市的古老面貌，在书上查不到，我就自己去考证。做这些，我觉得很有趣，觉得很快乐。"在文章中，流沙河深情地写道："我本旧时代最后一批成都少年郎。我爱成都，爱成都的历史。我有幸生于斯，读于斯，笑于斯，哭于斯，劳役于斯，老于斯。所以，结合着我的祖先、我的父母以及我自身，写了这本'老成都'。"流沙河说，爱一个老城市就是爱"父母之邦"，爱自己的祖国，爱祖国必始于爱桑梓。

对话流沙河：学习古文能让人内在气质改变

"理想是石，敲出星星之火；理想是火，点燃熄灭的灯；理想是灯，照亮夜行的路；理想是路，引你走到黎明。……"一首《理想》，点亮很多人的心。《就是那一只蟋蟀》曾被收入中学语文课本多年，影响甚广。他是诗人，是作家，更是一位为大众解读经典的学者，一位几十年浸润钻研传统文化的文人。近二十年，他专心研究汉字、诠释人文经典。投入训诂，说文解字，乐在其中。别人称他"文字侦探"或者"文字的福尔摩斯"。他，就是流沙河。对当下的语言、文字生态，有着怎样的看法？他又在钻研哪本经典古籍，又有哪些心得？他的人生哲学是怎样的？

封面新闻–华西都市报：沙河老师，前不久上海某出版社把一本教材里一篇文章里的"外婆"改为"姥姥"，引发很大的关注和争议。您怎么看？

流沙河：我觉得这个做法很没有必要。生活中，对外祖母的称呼，是叫姥姥还是外婆，不必大家都统一。一个地方有一个地方的习惯，或者一个家族有一个家族的习惯，叫外婆还是姥姥，都是自然而然沿袭下来的。一个地方约定俗成的叫法，带着历史信息的积淀，是历史的活化石。其中包含着丰富的历史信息。如果强行给予更改，就会造成不自然的断裂。

封面新闻-华西都市报：从时间纵深来看，"姥姥"和"外婆"到底哪一个称呼更古老一些？

流沙河：恐怕是外婆要更久一些。古代典籍很早就有"外家""外戚"。但书面上的"姥姥"，较晚才出现。古代的"姥"，不读lǎo，而是读mǔ。比如李白的梦游天姥山的姥，就读mǔ。在《红楼梦》里贾母喊刘姥姥，应该读mǔ。那是贾母按照乡下人称呼老年妇女的叫法，不是血缘关系的姥姥。在我们四川，普遍称外祖母为外婆。这个"外"曾经读为wèi，后来才念wài。

封面新闻-华西都市报：对现在年轻人使用的一些新语言，有些人担心会有损汉语言的纯粹，但也有人觉得不必担心，因为生动的、好的语言经过时间沉淀会保留下来。您怎么看？

流沙河：世界永远都在变动之中，而且这种变动是无穷无竭的。语言也是如此，不可能要求语言固定下来。一种说法，时间长了，有的没有生命力，自然而然就被淘汰了。比如说铺子打开，叫开张，但也有人说，铺子关门，也叫关张。理论上是说不通的，但这种说法非常普遍，那么你就还得用。

封面新闻-华西都市报：社会上还出现过这样一个观点：现在的汉语教学包括中学语文教材中，引入了大量来自西方语言学的知识如语法规则等，这是对我们民族语言的一种伤害。怎么看待？

流沙河：我认为，在语法、语词的研究上，参考、学习拉丁文字系统（如英文、德文、法文）是有好处的。它们在语法上对造句一般格式的总结，还有分句和复句的分析，都是有道理的。尤其是造长句来完成准确与复杂的表达，汉语在这些方面是有所欠缺的，应该向它们学习。20世纪50年代初，吕叔湘、朱德熙两位先生曾在全国大报上连载《语法修辞讲话》，我认真学习了，对我帮助很大。欧美现代语言学可参照，宜活学。

封面新闻-华西都市报：现在很多人提倡中小学生诵读经典。您怎么看，有怎样的具体建议？

流沙河：我觉得小学语文以白话文为主，要精练有趣，再加些韵文，利于娃娃诵唱，那就更好。但也要接触文言文，从小学高年级开始，就要有几首浅显的唐诗宋词，几篇古文，如《桃花源记》《五柳先生传》《师说》《原道》《卖柑者言》《大铁椎传》这类浅显的篇章。小学生熟读，背诵，熟悉诗律文法，培养文言语感，能挂上口。进入初中，就可以系统地进入国文经典。我以前读初中，老师自选范文自编教材，从《古文观止》上面选了许多文章，印象深刻的有来自《左传》和《国语》，我们背诵下来，终身受益。"古文"的第一要义就是背。哪怕你完全不懂，背上了也会终身受益。背古文，能让一个人的内在气质发生质的改变，包括人格上的改变，慢慢形成文化性的人格。能背上这些古文，就有了祖先的灵魂居住在你的头脑里，在观察事物的时候，祖先的灵魂会指导你。

封面新闻-华西都市报：讲解起古文字知识，也可以很有趣。

流沙河：是的。小学阶段就可以加一些古文字学知识，用它来解释一些常用的、浅显的汉字。如鸟、象、马这样的整体象形字，和牛、羊这样的局部象形字，还有大、中、小、高、进这样的象意字，都是可以讲得很有趣的。比如这个"进"，正体字是"進"，是"从辵、从隹"，从辵表示它与行走有关，从隹也是从鸟。这个"進"绝好地说明了先民造字的智慧。世间一切动物，只有鸟飞不能后退，只能前进，其他走兽游鱼昆虫的行走，都是可进可退，所以就用鸟飞表示"前进"。你看这不是很有趣吗?

（本文原载于2018年7月30日《华西都市报》

封面新闻记者：张杰）

张新泉：从铁匠到鲁奖诗人

｜名家档案｜

张新泉，1941年出生。初中辍学。做过苦力纤夫、码头搬运工、铁匠、剧团乐手、文工团创作员、地方刊物编辑。1984年后，历任四川人民出版社、四川文艺出版社编辑、编辑室主任，《星星》诗刊副主编、常务副主编、编审。

在四川诗歌圈，张新泉是一个很"特别"的存在。

他很受诗人们的尊重，口碑不是一般的好，是特别好。不论年龄大小，官方还是民间，有名还是无名，是男是女，很多人都非常喜欢他、欣赏他。还有人直接跟他当面"表白"："张老师，我严重地喜欢你。"如此受欢迎，跟张新泉诗歌写得好自然有关系。但肯定不只是因为诗。诗写得好的人，大有人在。张新泉的特别在于，有非一般的好人品：为人处世特别真诚、十分谦虚、罕见低调。

最近几年，诗歌回暖，四川诗歌圈也不例外。新鲜诗集纷纷出炉，很多诗人专场朗诵会纷纷举行。作为首届鲁迅文学奖获得者，也是四川首位获得鲁奖的诗人，张新泉宝刀未老，创作力旺盛，常有新诗好诗公开发表，被同行称赞。数量之多，编5本诗集的量都够了，但他不愿意收集起来出一本诗集。事实上，从2001年从《星星》诗刊编审的位置上退休，至今15年，"没有去张罗出一本诗集"。

张新泉　雪夫摄影

周围喜欢他的诗的人，都劝他出一本诗集。但张新泉的态度一直都这样："算了吧。诗集不好卖，我不想给出版社添麻烦。非要出一本书，不好卖，在那堆起，问人要地址，寄过去，没意思。现在网络平台很发达，如果想要寻找知音，写了新诗发表在微信、微博上，给诗友们看看，即可。"

作为资历资格深厚、至今笔耕不辍、创作力旺盛的好诗人，不出诗集，开一场诗歌朗诵会，总可以吧？2016年10月29日下午，由成都市文联等单位主办，《草堂》诗刊社等单位承办的"张新泉诗歌朗诵会"，在成都武侯祠举行。朗诵会上，张新泉诚惶诚恐，羞涩腼腆，唯恐耽误了大家的时间，像一个刚出道的少年。他在台上憨厚地说："我一辈子也没开过个人研讨会、朗诵会。听到主持人对我的评价，左一个经典作，右一个代表作，真是心惊肉跳。我清醒白醒地知道，我的诗歌不好。在座的人，有的我读过你们的诗。别看我70多岁了，我现在还爱诗歌，不晓得不爱诗歌我咋个过。我想，爱诗是悄悄地爱，（为啥）非要整这么大的动静？"

成都市文联主席、《草堂》诗刊主编梁平透露，在这场朗诵会举办前，"新泉大哥拒绝了3次提议。最后一次，我说，大哥，你要支持我的工作。他终于才答应，几乎算是'绑架'他。新泉老师今年已经75岁了，他一直很低调。

他编诗，写诗，与诗歌相伴几十年，不管成名前还是成名后乃至退休后，这些年来，他从未开过一次新书发布会或朗诵会。他从来不提这个事。而他诗歌的光芒，大家有目共睹。他是当之无愧的优秀诗人。由此可见，他做人是多么谦逊和厚道"。

中国当代诗歌史上"一个伟大的铁匠"

张新泉曾选编《中国新诗选》《台岛现代乡愁诗选》，执编《中国·星星四十年诗选》等。创作出版《野水》《人生在世》《情歌为你而唱》《宿命与微笑》《鸟落民间》《张新泉诗选》《好刀》等10部诗集。作品3次获四川省文学奖，诗集《鸟落民间》于1998年获首届鲁迅文学奖。

看看张新泉的工作履历，第一感受是：信息量丰富。从苦力纤夫、抢大锤的铁匠到剧团乐手，这是怎样地跨越？中间发生了什么？从文工团创作员到黄金时代的《星星》常务副主编、编审，又有怎样的故事？这让人很好奇。

川大教授、诗人向以鲜，曾对张新泉其人其诗发表这样的评论："当我去了解一个诗人时，我有一个'癖好'，那就是我会特别注意那个诗人的人生经历，以及他所从事的职业。在我看来，生活与文本应该是有一个'互文'的关系。如果我在诗歌中看不到他现实生活的痕迹，那就难称得上优秀的诗人。在张新泉老师的诗歌中，我看到了这种'互文'。"向以鲜还特别注意到，张新泉曾经当过铁匠这个事实。"其实，写诗跟打铁的道理是相通的，本质都是一样的：将力集中打向同一个点，凝练出好的东西来。我认为张新泉老师是中国当代诗歌史上一个伟大的铁匠。"

他的诗"动荡起伏益显美丽与刚强"

诗人不是一个专有职业，帝王将相，贩夫走卒，谁写出好诗，谁就是诗人。被叫诗人或者自称的诗人，数量很多。并不是每一个叫诗人的人，都能写出一手好诗。张新泉是属于写得出一首好诗的好诗人。诗歌是语言的艺术。张新泉的诗歌语言是清新的、质朴的、简单的、干净的。

在《在昆明翠湖看海鸥》中，张新泉这样写道："在昆明，十二月的阳光下/那么多善良友好的人/聚在一起/每个人都很干净/每个人的笑容/都真实动人。"在《好刀》中，他这样写："凡是好刀，都敬重/人的体温/好刀面对我们/总是不发一言/凡是好刀，都敬重人的体温/对悬之以壁/或接受供奉之类/不感兴趣……"他还写道："在远方咳一声嗽/世界就安静下来/灭去灯火/无边的灵魂/都朝向你……"在《为亲切书香》中，诗句是这样的："我将她从词典深处/搀扶出来/我想为她/塑一尊永远的雕像/趁着这个世界还未/完全变硬……"

除了语言风格，一个写诗的人关注什么，这很重要。张新泉的诗里多是对人生无常的感喟，对弱小贫穷的同情，对圆满破损的扼腕，对美好失落的凭吊，对寒窗昏晓的叹息，对浮华庸俗的憎怒。常见不鲜的事物，被他赋予扣人心弦的诗意，以及复杂的人生况味。

坎坷丰富的人生经历，深深影响了他的诗歌创作，字里行间有一种对普通大众和底层生活的巨大敬意和豁达态度，智慧洞见火花频现。悲苦的经历，没有沤坏他对人间美好的胃口，他为人处世，写诗，都是格外充满阳光和生气，用艺术升华了他的沉郁与孤寂。

川大教授张放在评论张新泉诗歌的文章中这样写道："生命的律动尽管不平衡，甚至有那么多忧伤、痛苦，但这毕竟是一个和平的时代，而且还有着那么多'好天气'。更重要的是，人间友谊之可倚重，理想闪光之可诱人，爱情芳馨不失，书卷味永常新。新泉的笔正如春风，荒芜甫过，鲜盈即至，又正同文火临风，动荡起伏益显美丽与刚强。"

张新泉满头银发，精神矍铄，气质干净。在他身上，还给人一种奇怪的混合的感觉：既有类似农民的质朴憨厚，又有知识分子的儒雅风度。张新泉很少接受采访，他不太愿意接受采访，"我觉得我不值得接受采访，比我优秀的人太多了"。别人夸奖他，他会特别特别不好意思，面色通红，连连摆手："过奖了，过奖了！我非常平凡。"

一个人的性格形成，跟他的童年、青少年时代有密不可分的关系。与童年就开始的过于坎坷的现实人生经历，有着密切的关系。他的儒雅风度，养成于家庭的文化积淀。他将底层与深邃打通，吸纳了平民的地气，又保持了血液里的知识的尊贵。

对自己的经历与诗歌创作的关系，张新泉回忆说："我曾在码头扛包时落入洪水，沉浮八里之遥，幸被一渔民救起，免于一死。我数次去落水处沿岸寻找救命恩人，未遂，只好在诗中抒发衷情：'三十二载，那船不知还在浪上否/我有今日，该来索去几袋顺口溜/将那半生不熟的弃于漩涡内/把那殷殷情浓的拿去下烧酒……'有此经历，自然会将社会底层的劳动者视为同类。久而久之，这些人物、场景便自然在写作时聚于笔下，与我声息相通，血汗同缘。"

诗歌生活还要读诗、赏诗、谈诗、抄诗

在张新泉的家中，封面新闻-华西都市报记者看到书桌上的一个笔记本，上面全是张新泉手抄的其他人的诗。"这样的笔记本有10多本。"张新泉说着，翻看他抄的好诗，忍不住读出来。有一首是诗人娜夜的《日记》："去了孤儿院/月亮是中秋的/月饼是今年的/诗是李白的/孩子们的小衣服是鲜艳的/小手在欢迎/一切　都是适合拍摄播放的……哦　孤儿院的歌声如此嘹亮/我的心却无比凄凉……回到家　我认真地叫了一声：妈"。

"这诗写得多好啊。我遇到好的诗，都忍不住抄下来。我当了几十年的诗歌编辑，有一个习惯，看到好的诗歌，总觉得好像人家在向我投稿，就忍不住要多注意一下。我忍不住要赶紧抄下来。这是我的财富。出远门的时候，我会带一本，慢慢读，好好欣赏。抄的过程，也是一次深读，很愉快的。一定要学会享受写诗歌，享受诗意。诗歌生活可不仅仅是写诗，还包括读诗、赏诗、跟朋友谈诗，遇到特别好的诗歌，还要抄诗。"张新泉说。

对于别人的好诗，张新泉是真心欣赏："那些贴心贴肺的灵光句子，说出了我感受的、但没有说出来的东西。这多好啊！好的诗歌与平庸的诗歌，区别很大。我看一篇诗好不好，在最前十行之内，有没有灵动的句子、贴心贴肺的句子。有时候看到好诗，我内心特别快乐！我甚至想到：如果写这诗歌的人在我身边，我就要忍不住亲他一下。"张新泉今年75岁了。"人啊，最不好应对的就是

老年。青年时代，什么都好说，遇到事儿也可以扛着，因为身体好。人老了，会有很多疾病的困扰。子女再孝顺，再有钱，身体这台机器旧了，你得独自承受。"

说这话的张新泉，显露出少有的感慨。时间是让人毫无还手之力，但好在，人还有精神世界，心态非常重要。张新泉年轻的时候自学吹笛子，吹得很不错。在10月底举行的张新泉迄今为止唯一的一场诗歌朗诵会上，他自告奋勇地吹了一曲，引发现场诗人们的欢呼。

他还想继续提高技艺，交钱找老师教他吹笛子。"现在很多活动邀请我，我都不太愿意去了。除非有那种很有趣的、很好玩的、真性情的人在。现在有很多人不好玩儿了，我就跟自己玩儿。"

凡是有一定生活阅历的人都不会否认，人生在世，有很多潜规则、灰色地带。纯粹正直的人，往往比不上夸夸其谈、沽名钓誉的人得到应有的重视。张新泉年少时因家庭出身遭到巨大不公，身心受到重创，但他并没有沉沦。而是努力从书本上、艺术上、平民生活中汲取营养，努力让自己向光生长，而不是愤世嫉俗、自暴自弃。

取得不俗成就后的张新泉，非常低调谦虚。他是四川第一个获得鲁迅文学奖的人，却从来不提及。采访他几次，他都说自己只是瞎聊，说得不好。其实他说得极好。问他为什么会如此低调，他说："不是我有多高尚，是我真心觉得世界上有很多优秀的人，跟我一起在空气里呼吸。我要向人家学习的地方很多。人生何其短，文学何其大，即便大家、大师，终其一生的努力，所触及的文学疆域也只能以方寸计，遑论区区我者。瑕疵不少的我，唯独没有妒忌。庆幸此生与众多值得寄望和敬畏的作品、作家呼吸在同一时代，这是宿命对我的青睐。"

"我的文学上游，是母亲和幼时的家中藏书"

对于一个孩子，母亲的影响力量很关键。张新泉的母亲是大家闺秀，活到了90多岁。"年龄大了以后，她的皮肤依然光洁，几乎没有皱纹。头发纹丝不乱，保持着一个人年老后的尊严。但是60岁以后，她就不再拍任何照了，也很少出门。"

我们常常说富贵，其实富不一定贵。张新泉的母亲，无疑是贵气的。这种贵气不是能用钱一下子买来的，是需要几代人的知识储备、基因性格，成为传统积淀下来的。

回溯自己对文字敏感的源头，张新泉首先想到母亲。"余光中先生说：'蓝墨水的上游是汨罗江。'我的文学上游，除了我幼时我家的书房，还有我的母亲。我的文学，我的艺术之梦，源头就在那。我母亲是传统的家庭妇女，没正式上过学，就上过几天私塾。她会背很多首唐诗宋词，肚子里装得可多了。她没事的时候就躺在那，闭着眼，一个人读那些诗词。我听她读的这些诗词很有味，觉得诗词真好，可以唱，可以吟，可以戛然而止。有不少句子被我听到，虽然不懂，但等我长大了，我会顺着记忆去寻找，原来那个诗句一直在滋养我的艺术感觉。这就是我的艺术源头。"

张新泉出生在一个大地主的家庭。"我的爷爷是个大地主，在川南有'张百万'之称。家里有很多店铺、很多丫鬟。"张新泉回忆说，"我们家里对丫鬟们都很好，不是属于黄世仁那种地主，而是很仁爱。"

小时候，家里有很多藏书，张新泉还有印象："我们家房子很多。我七八岁的时候，发现有一间大屋子里，是满墙满墙的书柜，顶天立地，一排一排的，像图书馆一样。我当时有一个想法：这么多的书，是很多人写出来的啊！那该多有学问啊！夕阳从窗子射进来，我站在书架前，总感觉，书里会有人走出来，跟我聊天。就站在那儿浮想联翩。于是我经常一个人悄悄进去，有点害怕，又止不住好奇。现在回想起来，这一份遇见书的生命早期经验，也让我对书本、知识有不一般的感觉。"

对话张新泉：对待生活应该豁达一点

2016年12月一个冬日的上午，在位于成都市区一座普通楼房的家中，张新泉接受封面新闻-华西都市报记者的专访，谈诗意时刻的降临，谈自己委屈而自强的青少年时代，年老的经验。真诚的讲述，有见有识，散发出一种质朴的人生智慧气质。一个上午的时间，显得格外短暂。从他的居所阳台往外望去，可以看到行道树，绿叶凌冬不凋，郁郁葱葱。一阵风吹过，呈现出大海的波澜起伏之势，蔚为壮观。

封面新闻-华西都市报：能看得出，您对人生很多问题，思考得很透，这也是您性情豁达的原因。

张新泉：有人问我，张新泉你为什么天天这么高兴？我就会很纳闷，我说我为什么不高兴啊？其实，我写了很多跟死亡主题相关的诗。早在我30多岁时，我就想到，人都会死的。想得多了，就会对很多事情豁达：在很多不必要的事情上，不用太计较。读书应该认真，思考应该认真，做人应该认真，但对名利不要较真。年轻人追求进步当然是必要的，但随着年岁增长，就不要对名利太执着。

封面新闻-华西都市报：现在的年轻人，精神很容易脆弱，时常传来年轻人自杀的消息。

张新泉：我们这个社会，处于当下这个时间节点，不彷徨的人很少了。人都在比较，互相比较。人对自我的问题，没有解决。精神上很彷徨，没有安全感，感到孤独。这是一个很沉重的话题。我希望年轻人能多从文学艺术中获得力量，豁达一点对待生活。

封面新闻-华西都市报：您今年75岁了，还一直创作出不少新作，这是令人敬佩的。有不少作家，过了中年，就很难再写出不错的东西了。

张新泉：在我人生处于最底层的时候，是诗歌和文学救了我。诗歌给了我精神上的支撑，让我没有去杀人放火，没有沉沦，让我像一个真正的人一样忍辱负重地在那个年代活了下来。在我心里，最大的神明，就是真正的艺术。所以，诗歌、艺术、文学在我心中，是纯粹的、高尚的、圣洁的。如果没有这种精神，这个世界就没有意思了。所以，不管什么人玩文学、亵渎文学，我不与之为伍。我还爱着真正的诗歌本身。我之所以现在还能写诗，我个人觉得，原因就在于此。

封面新闻-华西都市报：听了您的人生故事，让人很感慨。一个人在青少年时代遭遇巨大不公正，遭受巨大的心灵创伤，很容易让人愤世嫉俗自暴自弃。但您没有将这种创伤变成毒药，侵蚀自己的心。您是怎么做到的？

张新泉：我当时有两个选择：一个是选择报复，杀人放火，出一口气。有一闪念，气得狠的时候，也想到，我是不是该做点什么，哪怕是破坏的事情，让这个世界知道我的存在，知道我是受冤枉的。但很快，这一闪念就消失了。

我还是选择忍耐。我当时想，我年龄还小，这个世界不会永远这么不公正。知识才是力量，当时有个刊物就叫《知识就是力量》。我突然发现，这句话对我很有用。于是，我选择读书。而且，做那种报复的沉沦的事情，不符合我的家庭给我的教养和熏陶。跟我所受的家庭教养不配，不漂亮的行为我不会做。我的家庭，我的祖辈，隐隐约约有一种叫自尊和高贵的血液特质在我身上，让我不要沉沦，激励我要活得像个真正的人。

封面新闻-华西都市报：回顾走过的人生和文学之路，有遗憾吗？

张新泉：我这一生用很简单的话就概括了：分为两段：一是在社会底层流浪二十多年，二是当编辑二十多年（同时被人叫着诗人）。客观来说，我的确是一个好编辑。我编了很多好书，包括王蒙、舒婷、吉狄马加的好书，我都编辑过，也扶持了不少年轻的作者。但我一直有一个很深很深的遗憾：我这一生没有接受过系统的学校教育，没有读过大学。第一，这让我没法读西方诗歌的原文，这是很大很大的遗憾。我认为，诗在本质上是不能翻译的。第二，我缺乏对文学史的全貌了解。我常常想，如果能有更多的了解，我的内心会更强大一些，虽然现在我的内心已经够强大了。我自己的学识不够，文学艺术就让我这么着迷。我就想，如果我的学识更好一点，那就更好了。

（本文原载于2016年12月4日《华西都市报》

封面新闻记者：张杰）

阿来：「乡村之子」攀登文学高峰

　　阿来，男，藏族，四川省作协主席，出生于四川阿坝藏区的马尔康县。毕业于马尔康师范学院，曾任成都《科幻世界》杂志主编、总编及社长。1982年开始诗歌创作，20世纪80年代中后期转向小说创作。2000年，第一部长篇小说《尘埃落定》获第五届茅盾文学奖，为该奖项有史以来最年轻得奖者（41岁）及首位得奖藏族作家。2018年9月20日，阿来凭借《蘑菇圈》获得第七届鲁迅文学奖中篇小说奖。

　　"深情书写自然与人的神性，意深旨远。在历史的沧海桑田中，阿妈斯炯珍藏、守护着她的蘑菇圈。有慈悲而无怨恨，有情义而无贪占，这一切构成了深切的召唤，召唤着人们与世界相亲相敬。"
　　2018年9月20日，在第七届鲁迅文学奖的颁奖台上，阿来凭借《蘑菇圈》获得鲁迅文学奖中篇小说奖。自此，阿来也成为四川文学史上首位获得茅奖、鲁奖两个奖项的作家。那是一个金秋，阿来面带笑容，心情舒畅，在领奖台边与封面新闻记者分享他第一时间的感受："辛勤耕耘的人，得到好的收成，有预料之中的欣慰，也有得到肯定的高兴。"2000年，年仅41岁的阿来凭借长篇小说《尘埃落定》荣获第五届茅盾文学奖。这些年，阿来一直默默行走着、阅读着、思考着、写作着，从一位农家子弟，走成了一位卓越的学者型作家。来自四川马尔康的阿来，被中国文坛所重点铭记，也揭开了他和他的作品走向世界的步伐。

阿来　阿来工作室供图

写作者："我们的灵魂需要美感"

命运的节点往往一环扣一环。就在前往北京领取第七届鲁迅文学奖的期间，阿来接到了一位资深电影人的电话。电话是关于邀约他写一部励志电影的剧本，作为中华人民共和国成立七十周年的献礼片，在2019年的国庆档上映。阿来答应了。几年前，阿来就曾采访过1960年上过珠峰第二台阶的四个登山英雄，本来就打算创作。之后他还去往拉萨，在西藏的登山学校，通过学校联系到1975年及其之后多次攀登上珠峰，攀登上世界7000米以上的所有高峰的西藏登山队的历代队员。这其中有登顶成功的人，也有因为种种原因没有成功登顶但付出很大代价的攀登者。最终，阿来拿出了电影《攀登者》的剧本作品。2019年9月30日，电影《攀登者》作为一部中华人民共和国成立七十周年的献礼片，亮相大银幕。

一个作家拿出一部好作品，或许还比较常见。但要一直保持好的创作状态，新作不断，才真正彰显出其实力。2018年，阿来完成地震题材文学作品——20多万字的长篇小说《云中记》。阿来为何十年后才出手写？当年在地震现场目睹种种惨状的阿来，从那时起就不断思考人该如何面对死亡。"汶川地震中，我们经历了一次伟大的生命洗礼，对生命、对死亡有了新的认识。如果震后第一天就写，只会写出单纯的悲伤和黑暗。但是文学需要长时间的思考和酝酿。"为何叫"云中记"？"云中，是汶川地震中一个消失的村子的名字，也是小说故事的发生地。"云中记，三个字显得很美很空灵。阿来说："我也很喜欢这种美感，世界上有很多令人伤心的事情，我们的灵魂需要美感。""愿你面前的道路是笔直的"，这是《云中记》扉页上的寄语。在阿来看来，从事文学创作的人，要从黑暗中寻找光明，从艰难中发现希望，要去发现人性中最伟大的地方。

《蘑菇圈》里的斯炯，从荒诞的年代走到当下，经历了诸多人事的变迁，以一种纯粹的生存力量应对着时代的变幻无常。小说沿袭着阿来一贯的对于"人"的观照，用笔极具诗意，将现实融进空灵的时间，以平凡的生命包容一个民族的历史，表露出阿来对于家乡人民的"生根之爱"。

鲁奖评奖委员会在给阿来的授奖词中高度评价阿来的获奖作品《蘑菇圈》："深情书写自然与人的神性，意深旨远。在历史的沧海桑田中，阿妈斯炯珍藏、守护着她的蘑菇圈。有慈悲而无怨恨，有情义而无贪占，这一切构成了深切的召唤，召唤着人们与世界相亲相敬。"

对阿来而言，自然不只是山川草木鸟兽，更是需要用心和耳朵去倾听、去发现的"雄伟的存在"，是除了现实、历史和人伦关系之外；让人观照自身的一个极其重要的维度。在阿来的笔下，自然不是单纯地作为描写对象而存在的，他用细致传神的语言，让他笔下的自然充满了灵性，成为和人血脉相连的、千百年来滋养着人类精神的存在。

在获奖感言中，阿来梳理了以获奖作品《蘑菇圈》为代表的"自然文学三部曲"的创作初衷，"在今天消费主义盛行的时代，如果这样的地方不是具有旅游价值，基本上已被大部分人所遗忘。除此之外，如果这些地带还被人记挂，一定有些特别的物产。所以，我决定以这样特别的物产作为入口，来观察这些需求对于当地社会、对当地人群的影响，对人与人之间关系的影响，对自然生态的影响。"

阿来还指出，在写作中需要警惕的是，不要写成奇异的乡土志。"不要因为所涉之物是珍贵的食材而津津有味地写成舌尖上的什么，从而把自己变成一个味觉发达且找得到一组别致词汇来形容这些味觉的风雅吃货。我相信，文学更重要之点在人生况味，在人性的晦暗或明亮，在多变的尘世带给我们的强烈命运之感，在生命的坚韧与情感的深厚。我愿意写出生命所经历的磨难、罪过、悲苦，但我更愿意写出经历过这一切后，人性的温暖。即便看起来，这个世界还在向着贪婪与罪过滑行，但我还是愿意对人性保持温暖的向往。就像我的主人公所护持的生生不息的蘑菇圈。以善的发心，以美的形式，追求浮华世相下人性的真相。"

捍卫者："乡村是中国人的根子"

《蘑菇圈》是阿来近年来创作的"自然三部曲"之一，另外两部是《三只虫草》和《河上柏影》，每一部都跟高原上的一种物产相关——松茸、虫草和岷江柏。

作为乡村之子，阿来对农民、农村格外关切。这种包含着悲悯、敬重的关切，贯穿于阿来的多部作品中。

2018年4月，阿来的《随风飘散》《天火》《达瑟与达戈》《荒芜》《轻雷》《空山》6个相对独立又彼此衔联的中篇作品，被出版社以《机村传说》之名再版。虽然离6本书初版时间已经过去多年，但今天读起来，依然很切中当下大家对乡村、社会的关注点，不仅毫不过时，反而显得很有预见性。

在《人民文学》上发表的散文《大地的语言》中，阿来写道："农业，在经济学家的论述中，是效益最低、在GDP统计中越来越被轻视的一个产业。在那些高端的论坛上，在专家们演示的电子图表中，是那根最短的数据柱，是那根爬升最乏力的曲线。问题是，他们当中的任何一个人，又不能直接消费那些爬升最快的曲线。不能早餐吃风险投资，中餐吃对冲基金，晚间配上红酒的大餐不能直接是房地产。那些能将经济高度虚拟化的赚取海量金钱的聪明人，身体最基本的需求依然来自土地，是小麦、玉米、土豆，他们几十年生命循环的基础和一个农民一样，依然是那些来自大地的最基本的元素。他们并没有进化得可以直接进食指数、期货、汇率。"

阿来有很深的乡土情结。"乡村是我的根子，乡村是很多中国人的根子，乡村也是整个中国的根子。虽然今天人们正大规模迁移到城市，但土地与粮食依然在那里，很多人的生命起源也在那里。即便后来拜教育之赐离开了乡村，我也从未真正脱离。因为家人大多都还留在那里，他们的种种经历，依然连心连肺。而我所能做的，就是为这样的村庄写下一部编年史。"阿来说，这种情结又不单纯是一种情感，也来自对农业的深刻认识。阿来相信利奥波德所说："人们在不拥有一个农场的情况下，会有两种精神上的危险，一个是以为早饭来自杂货铺，另一个是认为热量来自火炉。"

在一个工业时代，农业社会遭受到生活方式和灵魂节奏的冲击，影响辐射到文学上，让阿来的笔下有一种痛楚感。"正是那种明晰的痛楚，成为我写作最初的冲动，也是这种痛楚，让我透过表面向内部深入。"阿来轻盈的文笔中，能读出对农人命运的痛感。阿来坦言，这种痛感以前更强烈："我们这个时代，有成功者，也有不那么成功的人、对变化不太适应的人以及失败者。我想对那些非成功者或失败者多一些关注。而成功与否，在当下，跟一个人本身的能力、品行也不完全对等。比如一个农民，在农产品价格下降的时候，他的勤劳带来的粮食丰收，却反而让市场价格更低，让他更不容易成功。也就是说，一个人的命运，除了跟他自己的能力、品行、选择有关，还有很多无奈的、被动的客观因素。我们不能单纯以世俗意义的成功来判断一切。"

同时阿来也强调，自己不是一个一味怀旧的人，《蘑菇圈》这部小说也不是旧乡村的一曲挽歌。"因为我深知一切终将变化。我只是对那些为时代进步承受过多痛苦、付出过多代价的人们深怀同情。"

对于时间带来的变化，阿来也有足够的智慧应对："我不悲悼文化的消亡，但我希望对于这种消亡，就如人类对生命的死亡一样，对它有一定的尊重。悲悼旧的，不是反对新的，而是对新的寄予了更高的希望。"现在他每次回乡，都能看到年逾八旬的父亲在尽力看顾着山林。那些残留的老树周围，年轻的树苗壮成长，并已郁闭成林。从清晨到傍晚，都有群鸟在歌唱。出家门几十米，坐在荫庇着儿时记忆的高大云杉荫凉中，听到轻风在树冠上掠过，嗅到浓烈的松脂的清香，阿来说，就在那时，心中又滋长出了希望。

行走者：用脚步丈量诗歌，用思想与空间对照

1920年，美籍奥地利人约瑟夫·洛克，以美国《国家地理》杂志撰稿人、美国国家农业部探险家、美国哈佛大学植物研究所摄影家的身份，先后在中国西南部的云南、四川一带，进行了长达二十多年的科学考察和探险寻访活动。这位传奇人物探险到了传说中的神秘黄金王国"木里"，深入到了贡嘎神山。他在美国《国家地理》发表了他的发现，世人由此知道了香格里拉。

这样一个人物，吸引了阿来的知识兴趣。

2017年，为了写一部主角以探险家、植物学家约瑟夫·洛克为原型的小说，阿来无数次驱车前往四川西南边缘的木里县，他要追随洛克的脚步，重走探险之路。在接到美国两所大学邀请去讲学时，阿来还去打听哪所大学的图书馆里有洛克的资料。除了讲学，剩下的时间都泡在图书馆，把当年洛克拍的照片、写的日记，包括他的传记所有文章都读了一遍。

阿来很感慨，外国探险家可以不辞劳苦，从中国带走几千种植物。"仅1928年4月到9月，不到半年时间，洛克就带走几千件植物标本，外加各种飞禽标本700余件。"这里面有很复杂的历史情愫，他很想弄明白。除了洛克，阿来还沿着斯坦因、伯希和、斯文赫定等西方探险家的脚步，带着摄影器材和资料，驱车去了河西走廊、新疆等地。

阿来痴爱读书，但他并不是书斋型作家。除了大量阅读，他也非常热衷用双脚行走积累素材和经验。阿来时不时独自一人开着车奔向青藏高原，车里随时放着一个行李箱，里面塞着洗漱用品，还有野外露宿的帐篷、睡袋、折叠桌椅。少则10多天，多则两个月。一个县到另一个县之间，有时候要花去一整天。大部分时间在路上，怎么办呢？挑两三张古典音乐CD，边开车边欣赏，累

了就下车休息。一路上几乎是无人区，打开折叠桌椅，看看诗集，或者干脆什么也不做，发发呆看看云，一个人也不会觉得孤独。在高原行走，他还养成了观察植物的习惯，给单反相机配了5个镜头，拍植物。

2018年春季开学，丽江人惊喜地发现，在人教版八年级语文课本中，入选了一篇阿来的文章《一滴水经过丽江》。

在这篇文章中，阿来构思巧妙，将自身幻化成一粒雪。这粒雪在玉龙雪山上化作冰，冰融成水，水通过瀑布扑向丽江坝子、流经草甸、花海、松柏，流过黑龙潭，流进大研古城，流过四方街，见识了东巴文和兰花等丽江人文精粹，最后奔入金沙江。文章只有2000多字，却用诗意的艺术形式，对丽江的水系进行了一场酣畅淋漓的表达。

如今，文章已经被丽江当地有关部门刻印在一块大石头上，立在四方街非常显眼的地方。

文章有独特视角，跟阿来的阅读兴趣分不开关系，《云南史料丛刊》《丽江文史资料全集》《南坪县志》《羌族石刻文献集成》《嘉定往事》《甲骨文字典》《旧期刊集成》……在阿来的办公室里，这一类的书很多。这让阿来每到一个地方，往往比当地人还更懂得当地。他去丽江，当地向导说要"带着阿来游丽江"。阿来就把自己想要了解的内容所列的清单拿出来，对方一看，很多自己都不知道，很服气，"是阿来带着我们游丽江"。

身为小说家，对文学的阅读自然不会缺少。聂鲁达、惠特曼、辛弃疾、苏东坡等，是阿来丰盈的营养来源，但并不仅限于此。

从《瞻对》到《草木的理想国——成都物候记》，再到最新的获鲁奖作品《蘑菇圈》，阿来显示出对历史、地理、自然的深度挖掘兴趣和能力。对于阿来，阅读也不只停留在文字意义上，他会用脚步去丈量诗歌，用思想与空间对照。去智利，他让聂鲁达的《诗歌总集》作为自己的向导。去河西走廊，他翻开林则徐的西行伊犁日记。如果身处世界一流的大学图书馆，他一定不会放过查阅曾经前往中国的国外探险家的资料，如曾经发现中国香格里拉的美国探险家、植物学家约瑟夫·洛克，以及英国人斯坦因、法国人伯希和等等。想要了解某地，他还会查阅以往官员的工作日记，比如民国时期前往新疆做税务调查的财政部委员谢彬的西行日记。阿来发现，那些官员的工作笔记，文字有滋味，行间有历史。

植物学类书籍是阿来阅读的一大重头戏。他写过很多植物类的文章，能认出很多人都认不出的花，并能清晰说出其种属科名。在阿来的办公桌上，堆了几十本有关植物学的书籍，比如《四川龙门山植物图鉴》《四川白水河国家级自然保护区生物多样性图集》，等等。

阅读者："我的知识结构，基本是看书自学的"

从电影《攀登者》可以感受到，阿来对儒家入世刚健精神的推崇。而在阿来精神世界的形成过程中，离不开传统文化经典对他的滋养。2019年9月27日下午，在"封面开讲了"的讲台上，阿来分享了他对杜甫的阅读体验。尤其是从杜诗中看到唐代的成都，乃至当下的成都。在阿来看来，杜甫是对成都这个城市的人文生活做出了非常生动的刻画和文学记录的第一人。杜甫写出了成都的自然之美、人文之美，用伟大的诗歌提炼出成都独特的自然优势和自然禀赋，成为给成都人文之美和成都的自然之美最早定下基调的那个人。阿来讲述得非常动情。"冬季草木昌。晚上太阳都落了，还很热闹，有笙和箫的声音。杜甫对成都一见倾心。"阿来的解读，也让我们深有启发。他能将传统与现代进行对照，在历史中汲取知识和智慧，加深自己对当下所生活时代和社会的细微认知。

阿来坦言自己学历不高，也曾有继续读书深造的机会，但他放弃了。"我不太想听别人讲，我更希望自己读。我自己的知识结构，基本都是看书自学得来的。"喜欢读书，就得挤时间。候机，航班上，汽车大巴上，他都会带书。"不同的交通工具，选书也不同，比如坐汽车看书，眼睛比较吃力。就带大字体的、图多的书看。"他看书专心，记忆力又好。"凡是看过一遍的，就记住哪些东西在哪。下次再找，很准确就找到了。尤其是关于植物方面的。"

在阿来的办公室，书柜、桌子、沙发、地上、茶几上，随处都是书。"我是同时看好几种书。不同的书，放在不同的位置上，在不同的状态下，读不同的书。家里也是如此。除了书房，卫生间有一摞书，床头柜上一堆书，阳台上一堆书，餐桌上一堆书。在不同的地方，看书会给我不同的灵感。当我累了的时候，我的方式是换一种书读。"写作的时候，阿来读书更多。"像此前写《瞻对》，光写笔记，我就写了几十万字。用的阅读资料，有80多本。"

作为知名作家，阿来会收到来自世界各地的演讲邀请，好在他本身也喜欢旅行。但去过很多地方的阿来坦言，自己并不是"集邮打卡型"，"我国近旁的好些国家，旅行社大卖，但我就是不去，没有别的原因，没读过那里的文学，去了，就是一个傻游客。"他想要的是，用文学与地理的对照，在精神的层面，去推开一个更深的世界。

随着信息载体革命的深入，阅读的概念越来越宽泛。广义的阅读载体包括文字、图片、视频。对阅读、信息载体的革命，阿来抱有开放的态度。他认为，互联网、移动终端的盛行，只要利用得当，对阅读其实能带来很多便利。"比如我，经常出差，只要有信号我就在手机上的移动客户端读书，最近读到《元史》。这些史书有很多卷，要天天背身上，不太现实。但是，手机网络一打开，就能查看。而且电子查阅很智能，一个人的名字在一部书里出现了多少次，可以快速统计显示出来。"阿来感慨，"互联网带来的技术，能帮助我们迅速找到自己想要寻找的有价值的精神资源。就像我们随身带了很多座图书馆。有人认为互联网会带来传统文化的某种撕裂，其实，那跟互联网技术本身无关，而是人自己的问题。"

比如，阿来从一座城市里的花草，链接到一座城市的历史。"我当时读关于成都的诗歌，就对成都的花草进行了'链接'。最早我在读杜甫诗歌，知道杜甫的茅屋位于浣花溪，院里种满桃花，当时城里的人竞相来看。读着读着我便想，当时杜甫的居所位于成都郊外，那么，城中心历代都流行什么花呢？我便查到了贾岛的'昔闻游客话芳菲，濯锦江头几万枝'，又查到陆游的'当年走马锦城西，曾为梅花醉似泥'。原来，海棠与梅花都曾在成都恣意开放。我认为寻找成都的记忆，用'链接'式阅读方法将关于植物的历史挖掘出来，这就是一种文化。"

2017年1月，阿来出了一本名为《当我们谈写作时，我们在谈些什么》的文学演讲集，这本书收入了10篇他在各种公众场合所做的文学演讲。阿来谈写作，谈文学。涉及关于文学的意义、价值，文学在当下存在的问题等，见识独到，观点新颖，表现出强大扎实的知识背景和思考深度。值得一提的是，阿来也深入系统地谈了他对于阅读的思考，其中所展现出来他的阅读量之大、涉猎之深、眼光之敏，令人敬佩。

细读《当我们谈写作时，我们在谈些什么》里的文章，能窥视出阿来的阅读世界。一篇谈非虚构文学的文章就涉及众多种类的书，让读者跟着长见识。比如《美国梦寻》《二战回忆录》《大河湾》《江城》《陈寅恪的最后20年》《发现李庄》《黄河边的中国》《中国在梁庄》《马帮旅行》《被遗忘的王国》《中国西南古纳西王国》等。最近几年，关于丝绸之路、茶马古道的书，有很多，成为著述、出版的一个热点。对人文地理史志有深切趣味的阿来，更早、更深地涉及这一领域，收获颇丰。比如斯诺写的《红星照耀中国》很出名，但阿来说，斯诺还曾写过《马帮旅行》，1931年，斯诺由越南的河口，经昆明，过大理，出腾冲，到缅甸，随马帮进行了探访旅行。

对古典音乐的欣赏，与阿来的阅读与写作水乳交融、密不可分。在阿来家中客厅最显眼位置，是一台唱机。旁边是两列排列整齐的古典音乐唱片，包括莫扎特、贝多芬等。看书的时候，室内正流淌着舒伯特的一首钢琴曲。阿来说，除了在表达情感，乐曲同时也在书写一个世界——阿尔卑斯山中湍急的溪流以及溪流中的鳟鱼。"你听，像不像山间泉水互相追逐。"阿来有点手舞足蹈了。身处家中却能感受到来自阿尔卑斯山的微风和水声，音乐带来了超越时间和空间的体验。在他看来，从音乐中能够感受到流动的情感，这样的情感体验是有益于写作的。阿来又抽出一盘莫扎特的《安魂曲》。正是这首乐曲，给阿来在汶川地震后救灾现场的深夜里深深的安慰，甚至陪伴他写出了长篇小说《云中记》。

思考者：读书要动脑子，不要厚古薄今

阿来不用微信、微博，但他并非反对现代科技。事实上，他很善于利用网络查资料，他还自言："我相信我运用网络是运用得最好的。我用搜索引擎非常多。在网上也读了不少书。网络对我来说，就是一个移动图书馆。你看，如

果我要找什么资料，我一输关键词，'哗哗哗'就什么都出来了。"说着，阿来就拿起自己的手机给记者看他最近的百度搜索记录，有《救荒本草》《孝经》，还有鲁迅的《朝花夕拾》，"这些都是想到哪儿，一时半会儿也不太好找到书，就在网络上搜出来看一下。"

"为什么互联网这么伟大的发明，正是我们该重点利用的地方，我们却没用好，可惜了。我发现我们中国人很多人使用网络，太多心思放在了买便宜货上，甚至买假货都不在乎。这个我觉得值得反思。"

"很少看当代的文学作品，要读就读经典的"。不少人容易存在这种偏见，认为没有经过时间淘洗的，不值得信任。阿来对此并不认同："这都是不读书的人的借口。我看他们天天读微信上的文章都挺投入的。"

提到普遍认为当代文学长篇小说创作乏力，阿来承认："长篇可能确实差点。"但他对自己很有信心："也不是完全没有可读的。我写的《空山》，就值得看嘛。很多时候，你都没有读，就假装说没人写出好的长篇小说。"

作为文学读者，也不难见到这样一种感慨：时代发展这么快，社会如此复杂。但似乎很少有哪个作家，或者一部重磅作品，将之给予充分呈现。很多当代文学作品，对社会很隔膜，写得又不出彩。阿来却并不认为这值得非常忧虑，而认为这是正常的生态。

"文学的开拓都是一点一点的。你不能要求每一个写作者都写得跟莫言余华那样的水平。你去看文学史，那么多人写作，留下来的也都很有限。经常一两百年，连一个人都没有。但你不能说，那些时间里，没有人写作啊。李白杜甫那个时代，写诗的人多得很嘛，包括杜甫诗里提到的那些朋友，都在写诗。但我们今天经常读的唐诗是很有限的。我认为，这是一个文艺生产规律。你得允许较为平庸写作的存在。甚至，平庸的写作也是文学生态的一部分。没有草，哪能有树啊？每一个时代的文艺创作，不是每一篇都是传世名篇。如果每一件瓷器都是大师水准，那今天收藏瓷器的人该哭了。渴望大师，但您得允许匠人水准的存在。"阿来说。

谈到此，阿来也提醒一点："我们总在议论别人，其实我还想指出一点的就是，这些议论别人的人，回到他的本职工作的时候，其实有很多是很差的。我觉得，与其去讨论别人的事，还不如从自己做起。我们中国人有一个毛病就是讨论别人，这个不行，那个很差，但对自己的要求很低。"

随着线上平台的迅速发展，解读经典，是一个风潮。但如何辨别经典，也不是一件简单的事情。阿来警惕，不要有厚古薄今的心态。"有的人总觉得过去的，被封为经典的，就一定好。哪怕有人觉得没那么好，也不敢提异议。毕竟大家都说好嘛。其实，我们读书是要动脑子的。不要迷信定论。是要培养人独立思考能力。不要一提经典就是四大名著。这个四大名著，允不允许我们用一种现代性的思维去反思一下？我们不是说要反思历史嘛？那么包括历史中产生的东西，其实都是可以反思的。"

提到中国传统文学，阿来提到，如果是读诗歌、散文，读古典作品，他没意见，"但如果是《三国演义》这样的作品，我觉得那不如去读今天的东西"。阿来明确表示，自己不喜欢《三国演义》，认为它是"一本观念非常陈旧的书"。这部脱胎于《三国志》的古典小说，在阿来看来："观念很狭隘。比如说三国时代里最有作为的人物，就是曹操。但在罗贯中笔下，曹操变成了一个很负面的人物。光看曹操治理魏国的政绩，比蜀国、吴国都要好，不然他不可能统一中原。再者，曹操作为我们文学史上一个重要的诗人，你读曹操的诗歌，你会读到很多东西。他的诗里，对战争给人民生活造成的破坏，他是有反思的。对老百姓在战乱中悲惨生活，他也是有反思的。比如说他写的'白骨露于野，千里无鸡鸣'，那么我们来想一下，中国历史上的历代帝王，有哪一个能达到曹操这样的思想高度？很难找吧。曹操是一个有人文情怀的人。你想他一人之下万人之上，汉献帝作为一个傀儡在他手里，但这个时候，他写诗竟有非常细腻的心思。像'对酒当歌，人生几何'，但是接下来马上就是'慨当以慷，忧思难忘'，还有'月明星稀，乌鹊南飞，绕树三匝，无枝可依'。而《三国演义》小说的立场，就非常顽固地认为，这个天下一定要是刘家的才行。在我看来，其实这个小说是非常封建的思想。"

对话阿来：成功的作家，能提供一种看世界的方法

　　或许是常年独身游走于青藏高原的原因，阿来身上有种天然的莽原气质，目光坚定，谈吐直率。对于阅读和写作，他有着自己独到的见解，他认为，人们有很多看世界的方法，一个成功的作家，必然是能提供一种看世界方法的作家。

　　封面新闻-华西都市报：很多人都能感受到您的知识体系很强大。您是怎么修炼的？

　　阿来：主要就是读书，没有别的路径。

　　封面新闻-华西都市报：读书方法也很重要。有的人读成了书呆子。要读成您这样一位有思想的作家，还是少数。

　　阿来：那是读坏了呗，你要找到健康的方式读，好的方式读。读书，我们首先要考虑。除了作为一种

生活习惯之外，我们为什么要读书。首先，就是要提升自己。还有就是传播。也就是说，你领会到的东西，要通过自己的方式传播出去，比如写作。

封面新闻-华西都市报：专家面对大众，以通俗的语言阐释经典，尤其是在当下的网络时代，非常火。但也有争议。您是怎样的看法？

阿来：我个人的感觉是，与其有这个时间听别人讲解，不如我自己读一段。经常有人请我做文学讲座，其实我不太愿意。我想，文学这件事情不是光讲或者光听就可以的，文学还是要自己读的。而且，我也不喜欢对经典过度阐释。像那种没边儿没沿儿地无休止地追问，一定要让某个小说角色对应某个真实历史人物，一定要把对应的人挖出来。我不认为，这样做有太大的价值。向经典学习，是要学习它们跟现实或历史发生关系的方法。

封面新闻-华西都市报：您能列举几个您特别喜欢的作家吗？

阿来：我这种人不会特别喜欢一个作家，因为我觉得每个作家都要认识到，没有什么高不可攀的。

封面新闻-华西都市报：没有哪一个作家是你最喜欢的作家吗，比如马尔克斯？

阿来：没有。或许，某一个阶段，我可能在某个领域有短板，那么我就会集中研究某些人。经过学习和得到启发，等我克服了这个短板和困难，某些程度我跟他一样好了，那我就去找新的营养和经验。很难说，一辈子就喜欢哪一个作家。

封面新闻-华西都市报：没有哪一位是能一直给您灵感或营养的？

阿来：不可能，那就是我没进步嘛。这表明他能轻易解决的问题，我没有解决。

封面新闻-华西都市报：具有跨文化背景的国际作家，比较受当下中国的文学读者欢迎。比如最近印度裔英国作家奈保尔去世，受到的关注很多。您喜欢读奈保尔吗？您个人觉得他的作品怎么样？

阿来：奈保尔的书我都读过。他刚出道写的短篇小说集《米格尔街》，在中国影响了不少青年作家，写得非常好。他的"印度三部曲"也非常好，他作为离开印度的印度人，反思印度的历史、命运。奈保尔关于印度土地制度的反思，对印度几大宗教之间矛盾纷争的反思，都非常深刻，而且他真是富有责任感的。他不是简单地批评或批判，他是有爱的，确实希望印度变得更好。他后来还有一些游记，《受伤的文明》《百万叛变的今天》《幽暗国度》，他会一个人一个人来采访调查，而且他受过很好的学术训练，通过学术工具来分析，不是普通的游记。人们有很多看世界的方法，一个成功的作家，必然是提供一种看世界方法的作家。奈保尔无疑属于这一种。

封面新闻-华西都市报：作家的作品与现实应该是怎样的关系？作家跟这个沸腾的社会离太近了，有人说文学不是新闻，还是要隔着一定距离沉淀一下。离太远了，又会被认为太冷漠，对社会不关心。您是怎么处理的？

阿来：文学有文学自己的处理方法，它既不同于新闻，也不同于政治学、经济学，有很多不同的，各有各处理题材的方法。就说关心现实，我认为很多人并不真正关心现实。比如我的《蘑菇圈》和《三只虫草》，都是处理最近的现实——环境保护、自然生态问题。但现在有多少人在关心、讨论这个问题？其实很多人对现实是很隔膜的。很多人都是基于跟自己相关的那一点点才是现实。好多人都觉得自己关心现实，那这么大一个现实，怎么没有人关心呢？

封面新闻-华西都市报：是因为无力改变现实吗？

阿来：每个人都说无力改变，这个事情就真无力改变了。你可以改变，空气问题可以改变，能不能可以走路的地方少开一点儿车？你有钱了，可以买一个八缸的汽车的时候，你考虑到环保，你说算了，我买一个小排量的汽车。从一点一滴做起，是可以的。植树节的时候，我真的去种一棵树，因为环境保护这件事情是任何人都可以做到的。但是你有钱，你要显示你有钱，就非要买个大排量的汽车？你就在城里上班，有地铁，有这么多交通工具，而且能走路。我基本是能走路的地方，基本一个小时能到的地方，我就不坐车，就步行。

封面新闻-华西都市报：据我观察，您很少强调自己的民族身份，是怎样的考虑？

阿来：任何人都有自己的民族属性，但是前面加个"少数"就让人不舒服。因为，随之带来了一种模模糊糊的感觉，好像少数民族人士的成功跟降低标准有关，跟国家对他们的照顾有关。从年轻时代开始写作，我就告诫自己：我不能有对自己降低要求标准的心理。如果是这样，我宁愿不写。我要写，不敢说世界，但至少要达到中国一流水平。

（本文原载于2018年9月21日、2019年10月6日《华西都市报》
封面新闻记者：张杰）

第二编

川剧界

许倩云：川剧皇后一片丹心育『梅花』

|名家档案|

　　许倩云，艺名飞琼，1928年出生于四川成都。新中国培养出来的第一代川剧演员。许倩云曾历任三届四川省人大常委，被四川省人民政府聘为四川省文史研究馆馆员。2010年被评为国家级非物质文化遗产代表性传承人。1952年，北京举行第一届全国戏曲观摩演出，许倩云凭借她在川剧《柜中缘》和《评雪辨踪》中的出色表演荣获演员二等奖。20世纪50年代，被评为四川省劳动模范，出席全国劳动模范大会，受到毛主席接见。许倩云与陈书舫、竞华、杨淑英一起被誉为"川剧四大名旦"，人称"川剧皇后"。历任西南川剧院、四川省川剧院、重庆市川剧院演员，重庆市川剧院副院长、院长。几十年来，许倩云为川剧艺术事业培养了近百名川剧弟子，包括蒋淑梅、沈铁梅、崔光丽、喻海燕等数名中国戏剧"梅花奖"获得者。

2018年盛夏，90岁的许倩云因上厕所时摔跤导致骨折，做了手术后在家卧床休养。她如今没有房产，住所是租来的。爱人离世多年，她未曾孕育，后半生独立支撑，投身热爱的川剧之中。从幼龄小女到耄耋老人，学川剧，演川剧，教川剧，培养川剧人才，到如今年事已高，卧病在床，依然心心念念川剧，令人感喟不已。

幼龄登台，13岁被一掌推出马门

躺在病床上的许倩云，情绪上难免显得脆弱而感伤，甚至落泪。但谈起一生为川剧，谈到对川剧的热爱，依然炽烈、纯粹而投入。一个书法家来看望她，问她想要幅什么字。她回答："就写'白日依山尽，黄河入海流。欲穷千里目，更上一层楼'，等我伤病好了，我还要继续教学生。"她收获过鲜花、掌声、欢乐、荣誉，也品尝过痛苦，感受过孤独。一个人一生有所热爱，并且全身心付出，这就是美好、值得的一生。

1928年，许倩云出生在成都打金街。父亲几弟兄分家后，父母、祖母带着她搬家到了成都乡下。"家里很穷。吃不饱饭。我看大街上有人唱戏，可以挣钱，就跑回家跟母亲说，要去挣银圆养家。"不是没有顾虑戏班的复杂，但曾是女秀才的祖母说："出淤泥而不染"。就这样，1939年，11岁的许倩云进入戏班。

那时，成都有许多戏班。许倩云先入一家京剧戏班。学《苏三起解》《汾河湾》，学得很艰难："平舌卷舌不分，我没少挨打。有时候手被打得肿好几天。"母亲来戏班，看见女儿手掌都被打肿了，十分心疼，就串通街坊邻居，趁许倩云走街串户卖唱时，把她偷领回了家。回家的日子依旧艰难，吃不饱，穿不暖。许倩云再次进了戏班。这一次学川剧。学戏苦，早上4点钟，一拨女娃娃就被喊起来，先到河边吼嗓子，又到城墙上去吼，嗓子就是这样练出来的。

一起学戏的戏班少女中，有4个脱颖而出，许倩云是其中之一。进戏班第二年，她就加入三庆会登台演出，被老师取艺名飞琼。13岁那年，许倩云得到人生中第一次登台机会：与王成康合作一出《别洞观景》。这是川剧高腔改革的代表作，是表演程式最丰富、舞蹈动作最灵活多变的一出戏。站在马门外的许倩云忍不住紧张：会不会演砸？会不会出错？她紧张得感觉空气都在凝结，整个人僵在那里。老师由不得她犹豫，一掌就把她推出了马门。被推上台的许倩云，硬着头皮唱了起来。先还浅浅地，唱着唱着，她越来越投入，心里也就不怕了。"除了唱，还要走一些舞蹈动作，反而觉得松了一口气，也不害怕了。"许倩云说，时隔多年，她仍能记得当时台下观众的表情：充满着惊喜。老师们也赞许地说："娃娃，有出息，你好生操（练）！"

1953年春，25岁的许倩云
受访者供图

教过许倩云的川剧名家周企何看到她很精灵，预言"这个娃娃将来要发"。他还教了许倩云一出娃娃戏《小放牛》。

一炮走红，名列"川剧四大名旦"

1949年，中华人民共和国成立后，有品格有成就的川剧演员，成了"文艺工作者"。许倩云参加了黄佩莲和王成康组织的一家私营剧团——蜀声川剧团，第二年被选中调入人民川剧院（成都市川剧院前身），得到了阳友鹤、廖静秋等名人的指导。新社会的戏曲界氛围很正，又不挨打受气，让许倩云由衷地喜爱。她勤奋练习，提高自己。

1952年10月6日至11月14日，文化部在北京举办第一届全国戏曲观摩演出大会，参演的有23个剧种37个剧团，大小剧目82个，演员1600余人。这是一次被载入川剧发展史的北京汇演。许倩云与张德成、贾培之、袁玉堃、阳友鹤、陈书舫等人被抽调出来接受集训，参加北京汇演。这次川剧到北京的演出非常成功，让川剧名声大振。参加北京汇演也是许倩云艺术生涯里最辉煌美好的经历之一。

许倩云当时准备了三出风格不同的戏：《评雪辨踪》《梁山伯与祝英台》

川剧皇后许倩云　朱建国摄影

《翠香记》。《评雪辨踪》是阳友鹤老师给她排演的，许倩云扮的刘翠屏兼用青衣、闺门旦的表演，加入一些花旦的眉眼，端庄含蓄中，偶尔流露些许花旦、奴旦的顽皮活泼，把一出夫妻二人缺衣少吃的苦寒戏演绎得有声有色，得到评委一致赞赏，获得演出二等奖。《评雪辨踪》在北京一炮走红。

周总理亲自给获奖演员颁奖。许倩云还记得，周总理非常喜欢这批年轻演员，叫他们"娃娃们"。许倩云演了《梁祝》后，周总理说很不错，可以搞全本，马上把著名川剧编剧徐文耀调到北京搞本子，让陈书舫演。"川剧有女帮腔就是从《梁祝》开始的，以前川剧都是男帮腔，周总理对陈毅说，男帮腔不好听，改成女帮腔试试。"结果就把杨淑英、许倩云都叫来帮腔，女帮腔把北京轰动了。汇演之后，许倩云与陈书舫、竞华、杨淑英被著名戏剧家阳翰笙提为"川剧四大名旦"。

得到青睐，梅兰芳传授兰花指

这次汇演也让许倩云大开眼界，除了演出，她如饥似渴地天天晚上看戏，李桂云演的河北梆子《柜中缘》，桂剧《拾玉镯》，都让许倩云喜欢得不得了，她和戴雪如老师一起把这两个戏学了下来，丰富了川剧的剧目。这次汇演，让许倩云还得到了京剧大师梅兰芳的赞赏和青睐。在演出《评雪辨踪》时，京剧大师梅兰芳特地到后台看望了演员们。梅兰芳还邀请许倩云与陈书舫去家中做客。"在他眼中，我们就是两个乖娃娃。去他家的前一天晚上，我们高兴得半夜都睡不着。"在许倩云印象中，梅先生是一位非常和蔼的人："招待我们好吃的，我记得其中一道菜是白菜炖肉。那天在他家，我不停地向他请教问题。他看我表演，注意到一个细节，跟我说，丫头，这么摆手指，才好看。他就亲自示范。所以，我的兰花指，就是梅先生教的。"

不久，许倩云被选中参加由贺龙带队的文艺慰问团赴朝鲜慰问演出，回来后被调入刚在重庆成立的西南川剧院。1956年许倩云被选为重庆市文艺界劳动模范，参加全国劳模大会，得到毛主席接见。全体合影时，许倩云站在毛主席背后。"主席问我哪里人，我说四川人，他握着我的手说，四川好嘛，出人才，我还要去四川看看。后来握手的人越来越多，把我挤开了，为此我还哭了一场。"

1959年随中国川剧团出访东欧四国演出，许倩云在《百花赠剑》中对百花公主的塑造，被波兰戏剧理论家罗曼·舍德沃夫评价为"表演精巧、细腻而优美"。据许倩云回忆，那是她人生中最难忘的一段经历，陈毅守着改剧本，邓小平同志天天审查节目，罗瑞卿、朱德天天晚上来看戏。"小平同志还上台跟我们握手。他说，娃娃努力哈，娃娃要争气！"

丹心育花，无法关门的"许百师"

许倩云曾任重庆市川剧院副院长、院长，退休后回到成都，潜心为川剧艺术培养接班人，众多学生中，马文锦、喻海燕、沈铁梅、田蔓莎、蒋淑梅、崔光丽、黄荣华等人先后获得中国戏剧"梅花奖"，成为"振兴川剧"的优秀人才。

曾经，四川川剧学校重庆班招人时，当时十几岁的沈铁梅，在考官的眼里没有特点，但许倩云觉得她眼里有戏。"我觉得这个娃娃有学川剧的条件，母亲也是唱川剧的，是一棵好苗。"进入川剧院后，沈铁梅刻苦努力，夺取第六届梅花奖时才23岁。如今，沈铁梅是川剧界唯一的梅花大奖（三度梅）获得者。

崔光丽将许倩云称为妈妈，许倩云给了她很多鼓励和帮助。"2001年，我冲击梅花奖时，在上海有两场演出。当时评委们都到了，但不知为何我心里却没有底，当晚就给妈妈打电话说，妈妈，你非来不可！"第二天一早，许倩云就从成都飞往上海，崔光丽看着妈妈坐在台下，还请来了当年的"越剧皇后"袁雪芬，立马吃了定心丸，整场演出非常完美。"在我最困难的时候，老公去世，妈妈也一直在我身边安慰，像母亲一样，我很骄傲，有这样的好妈妈"。

2017年，年近九旬高龄的许倩云又收了一个弟子傅秀辉。"川剧痴迷者"傅秀辉是一位退休职工，年过七旬。她拿出了多年来攒下的积蓄和退休工资，甚至卖掉房子，购置了服装、道具、器乐和声响设备，邀约一批文艺爱好者，创建了金堂县红叶红艺术团，到社区、下乡村进行公益川剧演出。正因为她对川剧的热爱和执着，打动了许倩云，决定收下傅秀辉这个年逾古稀的"关门弟子"。事实上，许倩云一直收徒弟，只要有人喜欢她就收，最后都关不了门，江湖上都称她是"许百师"。

90岁的许倩云骨折卧床后，作家、出版家李致也心急如焚地为许倩云张罗相关事宜。李致曾经担任四川省委宣传部副部长，对川剧艺术事业发展很支持。因工作原因，李致与许倩云结下了深厚的友谊，"我既是她的戏迷，也是她的朋友"。

1998年，许倩云过70岁生日。李致曾这样祝贺："倩云是川剧表演艺术家，她的一生与川剧的发展分不开。我与她相交半个世纪，对她有所了解。刚才她说今天来的客人都是她的亲朋好友，是她所爱的。"说到这里，许倩云当场插话："哪个爱川剧，我就爱他。"

著名作家马识途也是许倩云的戏迷，曾专门赋诗赞誉："氍毹辛苦五十春，德艺双修海内闻。惟妙惟肖惊四座，一颦一笑率天真。评雪辨踪堪叫绝，柜中奇缘更传神。老来奔走为底事，青出于蓝望后人。"

（本文原载于2018年8月27日《华西都市报》

封面新闻记者：张杰）

徐棻：
把雅俗共赏做到极致

|名家档案|

　　徐棻，1933年生于重庆，国家一级编剧，川剧史上第一位女剧作家。代表作有川剧《王熙凤》《田姐与庄周》《红楼惊梦》《死水微澜》《马克白夫人》《目连之母》、话剧《辛亥潮》、舞剧《远山的花朵》、京剧《千古一人》等。三次荣获"曹禺戏剧文学奖"，两次荣获"文华大奖"及全国"五个一工程奖"，"巴蜀文艺奖终身成就奖"获得者。

　　如果不问年纪，平常人可能很难猜出眼前的徐棻已经85岁高龄。幼年的徐棻和戏剧结下了不解之缘。抗日战争爆发后，重庆成为大后方，许多人从外地到重庆躲避战乱，其中不乏北方人。那时的徐棻正在重庆念初小，同学、老师都不是重庆本地人，他们说着好听的"京片子"，唱戏看戏，时不时还组织学生表演街头剧。念到高小后，弹风琴的音乐老师又酷爱歌舞剧,不仅自己编剧,还让学生们将家中的被套带到学校,披在身上当舞衣。

恩威并施,在京剧上"开了窍"

"这就是我幼年的启蒙,那个时候,戏剧是垄断舞台的。"徐棻说。但让她真正接触到传统戏剧轮廓的,还是一段在乡下躲警报的经历。

略有积蓄的徐家曾在老家购得一处破败的将军府,取名为"徐家花园",本是徐棻爷爷养老之用。抗战之后,为了躲避日机轰炸,徐家老小便从城里回到乡下的徐家花园。

宅子很大,除了徐棻一家住下外,还余有空房间。当时的国民党伤兵管理处便向徐家征集了前堂多余的房间,用于办公。"他们是清一色的外地人,平时没有什么兴趣爱好,就是爱看京剧。"

于是,徐家花园的花厅成了唱戏的舞台,上面吊一盏煤气灯,下面放几排椅子,徐棻的祖母和妈妈婶婶们坐在第一排。几近每周一场,只要锣鼓一响,四邻八里的人都前来围观。那时的徐棻就趴在戏台旁的梯子上,在那咿咿呀呀中度过了童年时光。

看了几次之后,徐棻的祖母对京剧愈发喜欢了,便掏了私房钱,请来外面的戏班子教小辈们演戏,准备从根源上解决"剧荒"的问题。

"有嗓子的就唱,女孩子大部分都学唱,男的就学拉琴打锣鼓。"但是无旦不成戏,徐家祖母组的班子还差一个唱旦角的娃。堂房三哥学的拉胡琴,自己拉了没人唱,便将徐棻叫去帮唱,还在桌上放上尺子和糖,唱好了吃糖,唱坏了吃打。徐棻比他小许多,只能任由其"欺负"。于是,恩威并施中,徐棻算是在京剧上"开了窍"。

分饰N角,一个人对镜演整出戏

徐棻所编写的剧目,总能将戏剧与话剧进行最恰当的结合,这和她中学时

徐棻　荀超摄影

代的话剧经历关系密切，而为她打开话剧这扇大门的，正是她口中对话剧"着了魔"的大哥。

"我的大哥当时在重庆复旦中学念书，不知怎么爱上了话剧，还成立了一个话剧社，叫叱咤社。"

大哥对话剧很痴迷，不仅在学校里小打小闹，还自己出钱制片，请演员来演话剧。其中就不乏之后成名的大明星，如项坤、张曼萍等。

《风雪夜归人》《日出》《天国春秋》等知名话剧在重庆轮番上演，轰动全城，徐棻顶着"老板妹妹"的光环，每天在剧场里免费看戏。

"项坤演技特别好，我当时很崇拜他，他在《风雪夜归人》里演一个受压迫的好人，到了《天国春秋》又能演坏人。"

崇拜演技派的徐棻看剧与旁人不同，她要把全本戏中每个人的台词都记下来，分析他们的角色定位、人物性格。回到家里，她就站在穿衣镜前，一个人分饰N角，演完整出戏。

"从这边走到那边，一会儿是男的，一会儿是女的。"徐棻现在回忆起来，都觉得自己可爱又好笑。

戏曲结缘，与丈夫戏台"成亲"

高中的最后一学期，徐棻失学了。

"父亲去世之后，家境日渐衰微，亲戚们对我们家冷淡了不少。感受了太多人情世故，世态炎凉，心中有不少愤懑之情。所以鲁迅的东西适合我心，现在作品里或多或少有那时的影子吧。"徐棻说。半年之后，徐棻参军进了文工团，成为一名文艺女兵。1954
年，徐棻考入北京大学新闻系，
因为在部队里采访英雄士兵的经
验，她认为自己可以成为一名
记者。

当时北京每年都有大学生文
艺汇演，戏曲社成立的第一年，
徐棻带队前往就拿了一等奖。

也正是在戏曲社，徐棻结识
了丈夫张羽军。社团里都是来自
不同系的学生，为了聊工作方
便，总是约好中午一起吃饭。他

徐棻读书时就多才多艺　受访者供图

们二人又时常搭戏，且都是夫妻角色。一来二去，情愫渐生。

1956年，徐棻和张羽军定好了结婚的日子，请一些老战友前来庆贺，谁料当天竟和北京市文艺汇演重合了，两人合作演出的《刘海砍樵》刚好在那天。前来贺喜的六名战友在家中苦等，徐棻与张羽军却在台上演戏，演的恰巧是夫妻。

战友们苦等不至，遂在所赠贺礼的相册上留打油诗一首：

六个战友喜洋洋，来贺新郎和新娘。
新人拜堂舞台上，战友空等在洞房。
一支短语表心意，祝贺幸福万年长。

下面还写上"喜糖我们吃了哈"。徐棻二人回到家，哭笑不得。"因为《刘海砍樵》戏中也有拜堂的戏，我们是先在台上成了亲，再回家成亲，我和戏剧的缘分就是如此深。"

为燕燕"反抗"，改写关汉卿名作

徐棻从来没想过能当一名编剧，或者作家。

"我小时候的愿望是当演员，你看我经常对着穿衣镜表演就知道了。"在徐棻的心里，作家不是个容易当的职业，"参军之前在家那半年，一边看书也一边写了些作品，四处投稿，却没人理我，我甚至觉得自己没有当作家的天赋。"

进入北大后，徐棻接触到了系统的文学课程学习，其中包括元代杂剧和元曲的发展史。

关汉卿写有一出戏《调风月》，女主人公是贵族家里的婢女燕燕，为人伶俐，虽然出身低微，却渴望幸福与自由，并觅得一位"如意郎君"。她奉夫人之命前去侍奉客人小千户，小千户狡猾花心，花言巧语骗得燕燕一颗真心，随后却将她抛弃，转而娶了贵族小姐莺莺为妻。燕燕十分气愤，在小千户成亲之日大闹婚宴，并当众指出小千户的所作所为。或是碍于颜面，老夫人许诺燕燕可以嫁与小千户为妾，燕燕最终放下仇恨，欢喜出嫁。

历来剧评家皆以本剧为喜剧，有一个圆满的大结局。徐棻却不以为然，甚至气愤至极："我从小就读巴尔扎克、鲁迅、巴金，我怎么能接受这种所谓的成功？这个剧绝对不能这么写！"

愤懑至极的徐棻决定改写故事，但她从未真正写过戏剧剧本，稀里糊涂写了十几页，改了燕燕的结局。将一腔激愤化作文字之后，未投稿，也未告诉过除丈夫外的任何人，将这"戏作"封存在抽屉里，算是为情绪找到了一条出路。

"曹雪芹的鸳鸯都能上吊自杀，我的燕燕为什么不能反抗？"徐棻笔下的燕燕反抗到底，从根本上展示了女性的抗争。燕燕并没有选择嫁给小千户，而是含恨自杀。

之后的职业创作中，徐棻曾对《燕燕》进行过多次修改，成为其代表作。

一鸣惊人，《燕燕》连演一个月满座

1958年，门门功课都是优的徐棻毕业了，但她的去留却成了难题。因1957年受人牵连，徐棻被开除团籍。原本敲定毕业就留在《北京晚报》从事新闻工作，此时不知该何去何从。这时，改变她命运的是北大新闻系主任、老教授罗列。

徐棻至今仍然记得，那天晚上，她悄悄地敲开罗列家的门。"门开了，门里头有灯，他在那儿是个黑影子，他看得到我的全部表情，我看不到他的。我说，罗老师，原来《北京晚报》说了毕业之后去他们那儿，但现在我被开除团籍了，我还能去那里么，我还能待在北京么？他说：'不能了，你愿不愿意回四川？有两个名额。'"听到可以回四川，徐棻连忙点头，"结果毕业分配一下来，我就在四川。这是一个秘密，一直到北大一百周年纪念的时候我才说出来，罗老师自己都忘了。"

最开始，徐棻被分配到四川省文化局办报纸，办《四川文化报》和《四川画报》，还经常将自己看完川戏的感受写成文章发表。好景不长，徐棻被下放到犀浦劳动，正好赶上关节炎复发，不能走路，每天在床上等着分配。好在她认识不少川剧界的朋友，著名丑角李笑非就是其中之一。"他对我很好，觉得我落难了，很冤枉，就跟市长李宗林说把我调到川剧院去。"

"李市长爱才。"想去川剧院，除了准备自己的简历，徐棻还需要一个"敲门砖"，这时她率先想到了《燕燕》，"但我又不会写戏，那是个草稿也不像戏。当时老伴在省人艺，他们资料室有全套川剧传统剧目汇编，只要是出版了的他那儿都有。然后我就躺在床上挨着看，分析戏剧文本。在病床上再写了《燕燕》，悲剧；又写了《秀才外传》，喜剧。一喜一悲，展示自己才华。"

1961年7月1日，徐棻跛着脚，拄着拐，去成都川剧院报到了。

没想到，她与丈夫张羽军合作创作的川剧《燕燕》被剧院看中，决定开排。"我改了很多很多遍，乐此不疲，改到大家满意为止。"随后，《燕燕》正式在春熙路的人民剧场上演，一演就是一个月的满座。《秀才外传》一经上台，也一炮而红。

随后，徐棻写了《王熙凤》《田姐与庄周》《红楼惊梦》《欲海狂潮》《死水微澜》《马克白夫人》《目连之母》《尘埃落定》等一系列经典好剧。

入戏70年，85岁才正式"挂笔"

徐棻是名副其实的伯乐，从事编剧写作58年，她直接或间接帮助过不少人。单说"梅花奖"就有8名：其中仅川剧演员就有"二度梅"2名、"梅花奖"5名，还有舞剧演员1名。此外，因为她的戏而获"文华大奖单项奖""白玉兰奖""中国戏剧节单项优秀奖"的数不胜数。

众所周知的川剧名角儿晓艇、刘芸、田蔓莎、陈巧茹等都因演出徐棻的戏而名声大噪。已故著名导演谢平安，因成功执导徐棻根据李劼人代表作《死水微澜》改编的同名川剧，而获得个人第一个文华奖。"二度梅"陈巧茹演了徐棻11部戏。著名戏曲作曲家王文训，也是徐棻率先发现并提携的。

徐棻称自己是个白丁。"我没权，但是我有话语权。戏来了，我觉得谁演合适，我就要提出来。不厌其烦地找导演和领导去说。有很多人恨我，但是我

徐棻从艺70周年合影　受访者供图

不管，我永远把艺术质量放在第一位。"徐棻爱才，只要是有才华的人，创造条件也要用，"用其所长去其所短"。

徐棻的理念是：再好的剧本一定要有好演员，没有好演员戏的精彩是体现不出来的。在她看来，演员是有高低、文野之分的。所以排她的戏，一定要"坐排"，她会告诉年轻的演员，这部戏的主题思想是什么，潜台词是什么，为什么要这么写，"以前川剧院排戏都是这么个规矩的，所以我很在意培养演员"。

年年宣布"挂笔"的徐棻，在去年写了个大戏，今年上半年写了个小戏之后，真正"挂笔"了。如今，她现在最想做的，就是把自己从艺70年的文章、资料整理出来，"算是一个纪念，给儿孙也好，给同行也好，或是有些经验，或是留点教训"。

（本文原载于2018年9月24日《华西都市报》，

封面新闻记者：荀超、徐语杨）

蓝光临：川剧小生一曲惊梦七十年

|名家档案|

蓝光临，1935年生，四川广安人。1945年夏，考入"三三川剧改进社"工须生，七年结业。10岁登台，其《空城计》《杀伯奢》等剧，屡见挂牌"来函烦演"而驰名各地，《伯牙碎琴》赢得挂红放炮，《阳河堂》更被观者连点三夜演出。1953年加入四川省川剧院，1958年到成都市川剧院工作，遂改行工习文武小生。师从曾荣华、彭海清。代表曲目《夫妻桥》《石怀玉惊梦》等，1963年赴北京演出，轰动北京，受到邓小平、朱德、陈毅等领导接见。剧评家胡沙题词赞扬他"一曲惊梦北京，好似当年魏长生"。1990年至法国讲学川剧，开"川剧出国讲学之先河"，第一次拉开了川剧艺术理论走向西方，走向世界的序幕。

"秋光灿、碧澄澄，万籁声静。望银河、映北斗，点缀双星。"

满头银丝的当代名角儿蓝光临老人坐在家中沙发上，昂首振臂，胸吐气息，铿锵有力地念出川剧《长生殿》的唱词。

那一刻，他似乎回到了曾经技惊四座的舞台，忘却了自己年过八旬，当年青丝已成白发。

慨叹人生，不曾想，出身贫苦、只有小学文化的少年，却成了中国川剧界赴法国巴黎讲学第一人，更被誉为"川剧当代第一小生"。

接受采访时，年逾80的蓝光临依然精神矍铄　荀超摄影

10岁少年挂着长须演唐明皇

1935年，蓝光临出生在四川广安一个贫苦家庭。作为家中长子，幼年艰辛，很小便要学会分担父母辛劳。小学8册还没读满，蓝光临便因家境贫穷辍了学。在堂兄的引荐下，10岁的蓝光临考入广安县的川剧科班"三三川剧改进社"，正式成了一名川剧学徒。

"什么叫科班？就是正规化的训练。有老师教唱腔、表演、身段、台步，有一套教学方法培养学生，就叫科班，相当于专业的学校。"科班训练非常苦，每天5点起床，下操、练嗓、基本功、背戏，一样都耽误不得。

蓝光临学戏极有悟性，不到半年就把所有戏背完。他的第一场登台戏《长生殿》，演唐明皇与杨玉环的爱情悲剧，10岁少年挂着长须饰演唐明皇。如今70多年过去，老人尚能清晰回忆起当时情形，唱词更是信手拈来，宛若昨日之事。为了纪念自己的登台戏，蓝光临到西安旅行时，还专门前往华清池了解其中故事，对白居易所写《长恨歌》更是倒背如流。

几年时光里，少年蓝光临跟随三三剧社从广安到岳池、武胜，再到合川、北碚、重庆，最后转入合江、内江再到成都，一路颠沛流离。

为演贾宝玉改学小生

1952年的冬天，几经周折的蓝光临终于随剧团来到梦寐以求的成都。蓝光临到过重庆，见过朝天门码头"洋房子"（轮船）走路的辉煌场景。虽然20世纪50年代的成都尚没有如今的高楼大厦，但是他感受到了满足与幸福。

"吃得饱、穿得暖，还能认识很多当时的名家名角，学知识和文化，摘掉乐盲文盲的帽子，真的幸福。"蓝光临笑着说到。

在成都安定之后，蓝光临的戏剧生涯迎来了第一个重大转折。当时文艺界的名人、川剧研究学者彭其年为《红楼梦》写了一出戏，需要有面容清秀的男生出演贾宝玉一角，但是找遍剧团也找不到年龄合适，且有那般翩翩少年郎风采的人选。有人便想到了蓝光临，说他生得俊，演贾宝玉合适。

于是在彭其年、周裕祥等人的建议下，蓝光临放弃学习了好几年的须生，改学小生。

"当年让我去演《红楼梦》，小时候读书少，还不知道《红楼梦》是什么，后来在川剧院学习文化，才晓得原来是那般了不起的巨著。"进入川剧院后，蓝光临在学戏之余，还要学习文化课和声乐课。他尤其喜欢历史，上下五千年，宽广深邃的中国文化孕育了川剧的内涵，也附着在他的身上，成为他台上的气质，台下的修养。

此生再无颠沛流离，蓝光临一直在成都生活、唱戏近70年。1953年，蓝光临随剧团加入四川省川剧团，1958年调入成都市川剧院，工作至退休。

彭海清，当年川剧界名角，人称"面娃娃"，一出《杀船》名震蜀中。1955年，川剧传统剧目鉴定工作组派赵树理、沙梅等文艺界名人到成都鉴定剧目。彭海清年过六旬登台演出，得到专家组肯定的同时，也收获了一批粉丝，蓝光临就是其中之一。但时间一久，大家的激情劲儿散去，留下来的就只有蓝光临一人。剧团许多前辈见蓝光临识礼又肯学，便搭线让蓝光临拜彭海清为师。

藏刀绝活得益于老师口传心授

彭海清《杀船》戏中有一绝技——藏刀。主人公萧方为了夺秀才金大用之妻，用计将夫妇二人骗上贼船，萧方将长刀藏于身上，伺机杀人夺妻。蓝光临多年所饰生角，多是文戏，此类做工戏未曾涉猎。在彭海清的细心指导下，蓝光临学到了不少技法。

"那个刀有刺尖，是相当危险的，如何放才不会伤到自己，刀要怎么抽，这些都有学问，彭老师一一教给了我。"蓝光临说到，但是在"杀人"的表演艺术上，他一直有所欠缺。

彭海清见其一直未得精髓，便问道："娃儿，你用啥子'杀人'？"蓝光临指了指腰间长刀，答道："用刀'杀人'。"彭海清摇了摇头，摸着胸口说："是用心'杀人'。"

心要狠毒，才能表演出萧方丑陋凶狠的嘴脸，非一招一式藏刀技法可以概括。蓝光临仿佛得到了一本武功秘籍的核心要义，上台"杀人"前，他便强迫自己去想日本人轰炸中国时，见到的那些流离失所的小孩，心中恨意遂起。从此，蓝光临再也不"用刀杀人"。

彭海清之后，蓝光临又拜川剧小生名角曾荣华为师，也是他跟随最久的老师。

"曾老师讲戏是四个字，口传心授。"蓝光临回忆道，"不仅讲来源，还讲流变。最开始这个戏是怎么演的，哪位大师改了这里，哪位又改了那里。到曾老师的时候，他又是怎么改的。"

"川剧第一小生"大名传遍全国

1959到1963年间，蓝光临先后赴北京、上海、天津、广东等地巡演传统剧目，包括师从于彭海清的《杀船》，师从于曾荣华的《酒楼晒衣》等。在北京，由他改良的《石怀玉惊梦》震惊北京，剧评家胡沙题词赞扬他"一曲惊梦北京，好似当年魏长生"。被邓小平、朱德、贺龙等多位老一辈革命家接见，

蓝光临演出剧照 受访者供图

并点名要求听蓝光临唱戏。又有多家媒体在当时撰文称其为"川剧第一小生",蓝光临的大名由是逐渐传遍全国。

1990年的一天,已是名角的蓝光临在北京梅兰芳剧场演出,下了妆出来,迎面走来三个外国人,他并不相识。其中一人会说中文,向蓝光临介绍他叫汤星跃,是一名法国人。"他喊我蓝教授,我连忙摆手说我不是什么教授。他说你戏唱得极好,我们法国有意想让你去讲学。"

那个年代,虽然川剧在国外已受到广泛关注,蓝光临也曾随剧团出国演出,但是"讲学"一说,在川剧界里尚未听闻。蓝光临心里没谱,也不知道如何讲学。"我当时被吓到了,告诉他我毫无准备。"于是蓝光临寒暄一番,匆匆离去。

本以为是路上碰到客气一下的小事,却没料到半年后的一个下午,蓝光临正坐在春熙路的五月茶社里喝茶,汤星跃竟然再次出现。

"找了你好久,终于见到你了。"汤星跃说,"法国方面已经做好准备,机票都买好了,就等着您过去了。"

蓝光临大为吃惊,这才认真询问事情缘由,需要做什么准备。法国方面主要请他谈川剧的表演艺术,他回家准备了一堆讲义,也设想了好些问题,例如外国人最感兴趣的花脸。

首开川剧出国讲学先河

随后，蓝光临前往北京，住在友人家中，准备去法国的事宜。汤星跃的电话打去了川剧院，却没找到人。接电话的秘书便询问何事找蓝光临以便转达，汤星跃将蓝光临即将赴法讲学的事说了一通。电话挂断之后，消息立刻传遍了川剧院，甚至全成都。这在川剧界是没有过的大事，因此同行纷纷赞誉蓝光临是川剧界"出国讲学第一人"。

2010年，为了纪念"川剧第一小生"从艺65周年，徒弟和戏曲同行为蓝光临在锦江剧院办了一场专场演出，并题写有"川剧大家，文生翘楚"八字赠与蓝光临。"主要是因为我这一生没拿过什么大奖，他们说凭这八个字，也算拿了梅花奖。"

《放裴》《八大锤》《杨广问病》《石怀玉惊梦》等代表作品一一上演，75岁高龄的蓝光临登上舞台便精神矍铄，赢得台下观众掌声不断。

《石怀玉惊梦》是蓝光临代表作品，其中有一幕"倒硬桩"乃是其拿手绝活，需要演员像"僵尸"一样直挺挺倒栽下去，所以又叫"倒僵尸"。

台下观众见蓝光临似乎要"来真的"，慌忙喊道："蓝老师不要倒，倒不得！"蓝光临似未听见，只听"嘭"的一声，蓝光临直接倒在了地板上。台下瞬间爆发出热烈的掌声，观众纷纷惊呼"太感人了，太敬业了"，许多观众当时都热泪盈眶。

（本文原载于2018年9月17日《华西都市报》

封面新闻记者：荀超、徐语杨）

晓艇：一入梨园七十年，卸妆不谢幕

|名家档案|

晓艇，男，原名文华章，1938年生，四川成都人。国家一级演员，国家级非物质文化遗产项目代表性传承人。中国戏剧最高奖"梅花奖"首届得主。师承曾荣华，工文武小生。代表作《逼侄赴科》《问病逼官》。

晓艇出生在一个贫苦家庭，父亲给他取名华章，寓意锦绣华章带来生活美满。然而美好的希望为现实所累，父亲靠拉人力车养活一家老小。晓艇仅在私塾上了两年学，由于无法支付学费，被迫辍学在家。

中莲池，成都南门的一条老街，不远处，是曾经的华瀛大舞台。1938年，由著名京剧演员刘奎官策划搭建，主要演员有刘奎官、刘荣琛、段丽君、刘兰英、白玉蟾、蒋宝印、万里霞、吕慧春等。此后十年，京剧成了这里的主角，也成了晓艇生命中重要的一笔。

首次上台演没台词的小皇帝

1947年，8岁的晓艇牵着大人的衣角，第一次走进了华瀛大舞台这个热闹之地。台上刀枪闪动，你方唱罢我登场，给小晓艇带来了极大的视听震撼。

"家里太穷了，戏票都买不起，我就跟着大人偷偷摸摸进去听，或是躲进厕所里，等开戏了再出来。可以说，京剧是我学戏的源头。"

幼年晓艇完全被京剧吸引，常常夜不能寐。那时的他就暗暗下定决心，自己也要去台上唱戏。正好晓艇姐夫当时就是唱川剧的，看到晓艇爱戏，便将他带进了川剧班子，跟随王登福学唱川剧花脸。

初入梨园，也没有任何表演经验，晓艇上台一点也不紧张。人生中的第一场戏，他扮演了《三尽忠》里的小皇帝，没有台词，由大人牵着走。

"因为我家附近就是戏台子，受京剧感染很深，进剧场三天就能上台演戏了，一点也不怯场，他们就说我是吃戏饭的。"

就这样，晓艇算是正式入了梨园的行当，演书童、打"轿旗"、穿"马衣"、跑"报子"，用他自己的话说，"就是二不挂五的角色"。这些龙套角色虽小，却成为晓艇今后艺术生涯中重要的"垫脚石"。

1949年，适逢王登福的剧团遭遇变故，面临解散，王登福只好打发众弟子另谋出路。临走之时，师徒二人含泪话别，王登福无力为晓艇提供盘缠，只得将平时练功时的花枪赠予爱徒，"一是留作纪念，二是不能荒废武功，更不能丢掉学戏的决心"。

年仅11岁的晓艇，扛着师父的枪，一路从新繁走回成都，几十公里路，吃不上一顿饱饭。他对前路既有未知，也有憧憬。

1950年，回到成都，晓艇进入锦江剧院的蜀育川剧团，拜王国仁为师，演一些娃娃生的角色。小生有大小生、二小生和娃娃生的区别。"娃娃生就是当书童，给主角牵马。"出演诸如《安安送米》中的安安、《打猎回书》中的咬脐郎。

随后，文联沙汀、艾芜、李劼人等出面，将当时包括蜀育川剧团的4个民营剧团组织到一起，成立了大众戏院，就是后来的锦江剧场。晓艇回忆，当时有400多名艺人，因为里面不乏像他那样大的孩子，于是又专门成立了儿童组。

《逼侄赴科》摘下川剧第一个"梅花奖"

1959年，成都市川剧院成立。此时的晓艇21岁，风华正茂，正式拜入第三位老师曾荣华门下，专工文武小生。提起曾荣华，晓艇十分敬畏："可以说，戏剧精髓正是由曾荣华老师传授的。"

"曾荣华老师唱小生，得道是在他那里，那个时候我才算真正晓得怎么演戏。"晓艇的拿手剧目《酒楼晒衣》，便是曾荣华教的。

1982年，由川剧院改革制作的音乐实验剧《红梅赠君家》演出获

晓艇的川剧扮相　朱建国摄影

得成功，剧院决定翌年赴京演出。此时，中国戏剧家协会的刊物《戏剧报》和《戏剧论丛》，正开展对江苏省昆剧院青年艺术家张继青的"推荐演出"，看了成都市川剧院改良版的《红梅赠君家》，中国剧协认为也应该从川剧中推荐好演员，晓艇由此上了"推荐演出"的名单。

1983年，"推荐演出"正式规范为中国戏剧最高奖项梅花奖，川剧院《问病逼宫》《红梅赠君家·放裴》和《逼侄赴科》三个折子戏和大幕戏《跪门鉴》赴京出演，晓艇以一出《逼侄赴科》摘得了首届梅花奖。

提起这次经历，晓艇万分感慨："这个事，是运气好。1983年我在北京演出，我们剧院去的人很多，3个大小生都去了。除了我，还有蓝光临、罗玉中，罗玉中现在已经去世了。蓝光临演第一个戏，我演第二个，罗玉中演第三个。我演的《逼侄赴科》中了，都是运气好，当时根本没想到会在北京拿奖。《逼侄赴科》在北京引起轰动后，拍电视、拍电影，全国各地到处跑，因为去教授《逼侄赴科》，江浙一带我都跑遍了。"

运用交响乐让传统唱腔"洋"起来

川剧有5种声腔：昆曲、高腔、弹戏、胡琴、灯调。高腔是川剧中最为重要的一种声腔，明末清初传入四川，结合了四川方言、民间歌谣、劳动号子、发问说唱等形式。高腔的主要特点是没有乐器伴奏的干唱，即所谓"一唱众和"的徒歌形式，帮打唱为一体。

1982年，作为川剧实验改革的剧目《红梅赠君家》却一反传统，采用以钢琴为主体的交响乐队进行伴奏，在当时引起了很多争议。晓艇，不仅是这个戏的主要演员，同时也自发地参与进了川剧改革的浪潮之中。

"上海音乐学院沙梅教授来到成都，带来的是他呕心沥血写成的音乐改革实验剧《红梅赠君家》，我便迫不及待地主动请缨，要支持改革实验，我要用实验成果来说明改革方向的正确。"

将交响音乐作为伴奏带进川剧，实际上就剥夺了高腔的自由性。每一拍怎么唱，全部都在节奏里。哪只脚踏哪一步，都有其规定。

"交响音乐它是不将就你的，节奏过了就没了。"晓艇如此评价。

在参与沙梅的戏剧改革中，晓艇也总结了些许经验，他认为这种唱法之于川剧，有利有弊。

"高腔是没有伴奏的，把交响音乐加进去，叫奏，不叫伴。虽然有了音乐，但是也就是个符号，没有真正伴奏到位。"

之后深入的改革试验中，晓艇以及川剧院从沙梅的交响乐团里汲取了大量经验，同时也丢弃了不可取的成分，真正将交响乐的伴奏方式融于川剧的唱腔情绪与节奏中。对晓艇来说，《红梅赠君家》的改革试验，使他意识到，一些"洋"的东西只要运用得当，也可以和自身的"土"结合起来。

摒弃"干吼"，学习意大利歌剧发声

就川剧传统的唱腔来说，晓艇将其形容为"干吼"。

"很多川剧演员的嗓子，到了一定年纪就不好了，是因为唱法有问题，靠

2013年8月1日，晓艇在家接受记者专访
朱建国摄影

干吼。"晓艇现场展示了"干吼"式唱法，声音十分具有爆破性，确实响亮如洪钟，但可以想见的是，如果长期以"吼"唱戏，嗓音必然受到影响。

1983年，晓艇自费前往上海学习意大利歌剧发声，试图将歌剧的浑厚运用到川剧的声腔之中。他学习刻苦，3个月之后的考试拿了第一名，而这种改良式的唱法也一直被他沿用至今。

"我去学了意大利歌剧发音，就是为了改善这个'干吼'的毛病。"晓艇说着坐直了身子，展示了一段融入歌剧式的改良唱法。果然，这一次气更足，声音更加饱满浑厚，听起来更舒适有力。

很难想象的是，一位81岁的老人，唱起戏来声如洪钟。晓艇笑道："前几年嗓音确实还是很好的，过了80就不行了。老了，唱起戏来就有沧桑感，这是没办法的事。"

年过80依然"有范儿"

如今的晓艇年过八旬，满头银丝的他，除了走路有些蹒跚，身子骨却十分硬朗，尤其是那股精神劲儿，说起话、唱起戏来中气十足，声如洪钟。2012年，74岁高龄的他还和蓝光临演了一出《酒楼晒衣》，互为对手，谈笑之间全然看不出老态。这或许就是一代名角的风范与气度。

61岁那年，晓艇退休了。晓艇用了"得誉而退"来形容自己的川剧人生。他虽从岗位上退下来，但"川剧情结"有增无减。对于他而言，他还有旺盛的精力去延续与传承川剧事业。

晓艇被聘为中国戏曲学院客座教授、研究生班导师，并多次在中国戏曲学院授课。2008年，他获得文化部授予的国家级非物质文化遗产项目代表传承人，遴选弟子、口传心授，以及到全国各地教学《逼侄赴科》，一共传授了15个剧种。

"学生是随老师的，有什么样的老师就有什么样的学生。看学生的戏，是看老师是谁。有的唱不像唱，坐不像坐，是教学质量有问题，怪老师。所以我对教育学生要求高，想把自己的东西真正传授下去，也想担得起老师这个称呼。"

除了教学之外，晓艇最大的兴趣爱好就是上网。幼年辍学，晓艇自认为没有多少文化，所以他对学习文化知识尤为看重。在他的川剧世界里，文化是门硬功夫，耽搁不得。他好学之心从少年延续至今，自称是爱"偷师"、爱偷学，连代表作《逼侄赴科》也是"偷学"而来。

文化和川剧分不开，"你出来演戏，别人就会看你这个人有没有文化。川剧在台上演的就是文化，剧本里都是文化里的人。有些演法，别人一看就说你是流氓，哪里像书生？"虽然他只正式拜过三个师父，学习了川剧的技法，但于他而言，一生都在学习。互联网时代，晓艇也紧跟时代的步伐，81岁的他用起电脑十分熟练，在网上能快速找到自己的戏剧视频。

"网络是个好东西，有很多知识可以学，还能看到网友在我视频下面的评论，获得反馈信息。有了网络，一些优秀的剧目，即便我们不到人家跟前演，别人也能看到。之前我到中戏上课，有个福建女孩儿想学我的戏，就是在网上学的。"

虽然年过81岁，晓艇自认为身体依然灵活轻便，嗓音因为教戏也依然响亮。他希望自己用生命去追求川剧艺术的最高境界，为川剧后继有人而努力奋斗。如此，便也不枉费70年梨园人生。

摄像头前，端坐的晓艇一直不肯换姿势。"这样坐，才是戏剧演员的坐法，才有范儿。"

那一刻，你仿佛能透过他满头银丝穿越数十年，回到曾经属于他的舞台：戏袍加身，容光焕发。

（本文原载于2018年9月3日《华西都市报》

封面新闻记者：徐语杨）

魏明伦：『巴蜀鬼才』独树『鬼帜』追古今

| 名家档案 |

　　魏明伦，1941年出生于四川内江。当代著名剧作家、杂文家、辞赋家。被誉为"巴蜀鬼才"。代表作有《易胆大》《四姑娘》《潘金莲》《夕照祁山》《中国公主杜兰朵》《变脸》《巴山秀才》《岁岁重阳》《好女人·坏女人》等一批在国内外有影响的戏曲文学剧本。《易胆大》与《四姑娘》破例双双荣获1981年全国优秀剧本奖。《巴山秀才》再获1983年全国优秀剧本奖，"连中三元"。探索性川剧《潘金莲》1985年问世，引起社会各界大讨论，波及中国香港、台湾地区以及欧美国家。2002年，《变脸》选场载入初中语文教科书。魏明伦在杂文和辞赋领域也多结硕果。2013年，成都安仁镇建成魏明伦文学馆。

　　魏明伦的家在成都市中心一幢26层高的复式单元里。推门进去，书香之气迎面扑来：电视墙右侧，贾

平凹手书"蜀中大鬼";左侧冯骥才题词"巴山秀才";中间横幅"董狐笔",字大如斗,落款黄苗子,寓意魏明伦秉笔直书。顺着客厅,走廊两侧,韩美林、范曾、吴冠中等人的真迹映入眼帘,仿若小型展厅,翰墨飘香。78岁的魏明伦略有消瘦,但他镶边眼镜搭配蓝色格子衫,精气神十足,凸显大家风范。

魏明伦 受访者供图

9岁登台唱戏,辞别校园入梨园

魏明伦出生于戏剧渊源很深的家庭。童年失学,9岁就登台唱戏,挣钱养家。不是从跑龙套、学娃娃生开始,魏明伦一上台就演主角,"九龄童"唱响内江自贡一带。小学只读了三年,就辞别校园入梨园,但魏明伦并未就此放弃阅读。他自修文学,台上唱戏,台下读书。从诗经楚辞,到汉赋汉史,再到唐诗宋词元曲明清小说,均有涉猎。

"我童年是台上生旦净末丑,台下诗词歌赋文。"魏明伦博览群书。不仅古典文学,对现代文学、外国文学,以及通俗的言情、武侠、侦探小说,都雅俗并收。"我尤其熟读古典诗文,苏俄名著,'五四'新文化运动各种流派的文学作品。我记性好,过目不忘。悟性较高,从小就会举一反三。"

魏明伦如今在戏曲、杂文、辞赋领域"三足鼎立"。他归结自己成功的基础,是扎下了三个童子功。戏剧童子功,文学童子功,还有一个运动童子功。"有戏剧童子功的艺人很多,但同时具备文学童子功的艺人就极少了!有文学童子功的文人常见,但同时具备戏剧童子功的文人就罕见了!我是艺人中的文人,文人中的艺人。戏剧与文学童子功同步锻炼,齐头并进。我还有一个最难得的'运动童子功'!可不是体育运动啊。这个童子功,让我早经坎坷,早下底层,早知疾苦,早悟人生。"

魏明伦感谢早年的坎坷遭遇，让他从小就具备了忧患意识，从小就形成一种逆向思维方式，造就了他的"三独"精神——独立思考、独家发现、独特表述。"有独立思考，什么事都问个为什么？才可能有独家发现。再运用独特的表述，把我独立思考所得到的独家发现表述出来。"

魏明伦还有自述的"二民"主义。即"民族"和"民主"。"我的艺术形式都是继承发扬民族的传统，中华民族。戏曲、杂文、辞赋、骈文、碑文，都是民族的体裁。但我作品的内涵是民主。都是向往民主，争取民主，倡导民主。'二民'主义，是我戏剧、杂文、碑文的共同追求。"

剧本收进中学教科书，少年读者几千万

魏明伦20世纪50年代开始业余习作，60年代初转为剧团专职编剧。第一个搬上舞台的剧本是1954年的《莲花湖》。以后陆续写出并上演《铁公鸡》《百花公主》《宋襄之仁》《车轮飞转》《炮火连天》等川剧。"我年轻时写了十多个戏。《铁公鸡》在川南有影响，《炮火连天》在全省有影响。那年头，边写戏，边写检查。主客观条件限制，成不了大气候。"

改革开放后，魏明伦脱颖而出。他如鱼得水，创作热情与创作成果呈井喷状态。"我重要的作品，都是在改革开放40年中出生。我和我的作品，都是改革开放的产物。"

魏明伦剧本的特点之一，是又好看，又好读，戏剧性与文学性高度融合。"台上可演，案头可读，两可之间。"魏明伦对剧本的功能有一种独到的见解，"剧本主要供演出，为观众而写；附带也可供阅读，为读者而写。许多知识分子，是从书本上读到、记住戏曲剧本《西厢记》《墙头马上》《牡丹亭》《桃花扇》，却少有或没有看过舞台演出。留在美好记忆里的纯粹是剧本，是文学宝库里与唐诗宋词并列的戏曲经典剧本，我辈热爱莎士比亚、莫里哀、易卜生、契诃夫的剧本，多从阅读获取，有几位看过这些名著原汁原味的舞台演出？我早年就对曹禺的《雷雨》《日出》《原野》《北京人》烂熟于心，背诵如流。但改革开放之前，我竟没有看过一次曹禺话剧的舞台演出。现在才看了

9岁的魏明伦在内江演出
《下游庵》　魏明伦供图

几场。说实话，我看现场演出，反而没有当年阅读曹禺剧本那种击节三叹，妙不可言之感！读剧本的想象空间更大，别有魅力。"

由于魏明伦剧本的文学性强，2002年，他的剧本《变脸》破例载进人教版中学语文教科书。《语文》九年级下册，节选《变脸》一场，长达6000余字，占教科书12页，与莎士比亚的《威尼斯商人》、勒曼的《音乐之声》一起收进本卷四单元。还配上多幅《变脸》插图，介绍作者和川剧的简况。至今，全国发行已经16年了。魏明伦指着教科书的版权页，感叹说："川剧界似乎不知道这件大事。人教版中学语文教科书破天荒收了川剧剧本6000字，在全国多数省市连续发行了16年。这是一个什么概念？仅成都一市，这本教材每年发行约20万册。全国发行量多少？16年发行总数多少？我请教过专家，总发行量大约4000万册！中学生人手一册，就有4000万读者！这是学生必修课，就算是走马观花，也有4000万少年读者接触川剧了！这对川剧的意义何等重大？目前川剧危机是观众稀少，尤其缺乏青少年观众。戏曲要生存发展，必须出人出戏，还须出观众，更须出青少年观众！我这一个剧本的一场戏，就拉拢了几千万少年读者来认识川剧，算是我对川剧事业的特殊贡献吧。"

穿越剧的鼻祖《潘金莲》引轰动

魏剧《变脸》读者特多，魏剧《潘金莲》观众特多。32年前（1986年），魏明伦掀起一场引发全国讨论的"《潘金莲》旋风"。荒诞川剧《潘金莲》由自贡市川剧团首演，赴南京、上海、北京巡演。全国十几个剧种，一百多个剧团，以及港台剧社争相移植热演。

演到哪里，争到哪里。或褒或贬，街谈巷议。报刊长短争论文章不计其

1986年8月，魏明伦与扮演潘金莲、贾宝玉和安娜的演员说戏
受访者供图

数。鬼才魏明伦，以20世纪80年代新视角，重新审视"千古淫妇"潘金莲。思辨潘金莲式的古代民女从单纯到复杂，从挣扎到变态，从无辜到有罪的沉沦史。不仅内容颠覆传统观念，形式更颠覆传统定义。古今中外人物，跨朝越国同聚一台。安娜·卡列尼娜、贾宝玉、武则天、施耐庵、七品芝麻官、现代记者、人民法庭女庭长……与潘金莲交流话语，比较命运。

"21世纪才冒出'穿越剧'这个词儿。我32年前就穿越了，算是穿越剧的鼻祖吧？但我不是为穿越而穿越，是通过各种人物穿越，更加鲜明地对比潘金莲。台上各种穿越人物对潘金莲是非的争议，其实代表了台下观众的不同心态。"

魏明伦这两个颠覆，特别是内容的反叛，触动了当时的社会神经。他用"热烈拥护"和"强烈反对"来形容当时的讨论。"热烈拥护"的领头人物是吴祖光、巴金、曹禺、萧乾、陈白尘等。余秋雨发表长文《魏明伦的意义》热烈支持《潘金莲》。姚雪垠、林默涵、贺敬之等是"强烈反对"的领头人物。魏明伦还因此发表过著名的杂文《致姚雪垠书》。

广大观众也分成两派，演出中场休息，休而不息。两派观众不约而同要找作者对话。《中国妇女报》开辟专栏讨论《潘金莲》，开始说戏，逐渐涉及当时中国妇女的情爱、性爱、婚姻、家庭、伦理、法律，讨论延续半年之久。紧接着，海外华文报纸两周连载《潘金莲》全文。英译剧本《潘金莲》在美国出版。

"《潘金莲》是思想大解放的产物。是破例进入多种《中国现代文学史》且专章论述的戏曲剧本。是与意识流小说、伤痕文学、朦胧诗、第五代电影、先锋派话剧同期而叨陪末座的80年代文化现象。曾经有批评家武断批评《潘金莲》是我的失败之作。如今,我多么希望再这样失败一次啊!"

秉笔直书,成独树一帜的杂文家

1988年,谁也没料到,潘金莲旋风余波未息,魏明伦忽然双管齐下,鼓动杂文大浪,快速响起《雌雄论》《毛病吟》《仿姚雪垠法,致姚雪垠书》《半遮的魅力》《小鬼补白》《威海忧思》等一排杂文连珠炮。"我17岁就写杂文《台风篇》《鸣后之鸣》肇祸。此道停笔30年后,杂文瘾复发了。"

魏明伦杂文追随鲁迅遗风,"愿作迅翁门前桃李之桃李"。选材独特,内涵深刻,文笔犀利幽默。亦庄亦谐,时而秉笔直书,时而曲笔反讽。当时在杂文界独树一帜,在社会上流传甚广。乃至出现"魏明伦是戏剧第一,还是杂文第一"之说。

1993年,魏明伦将其杂文结集,书名《巴山鬼话》,应邀参加深圳文稿首届竞价会,竞价该书的首版权。这次盛会,号称深圳第二槌(第一槌是土地拍卖),会上有三部作品首版竞价甚高:一是顾城的遗稿《英儿》,二是刘晓庆的《从电影明星到亿万富姐》,三是魏明伦的《巴山鬼话》。"书稿以8万元高价一槌敲定,创当时杂文集酬金新纪录。"

以后《巴山鬼话》多次增添篇章,一版再版。仅上海人民出版社一种版本,一年之内就重印5次。登上《文汇读书周报》畅销书排名榜。现在,《杂文选刊》又隆重出版《百集中国杂文·当代卷·魏明伦集》,与胡风、聂绀弩、邓拓、吴晗、廖沫沙、秦牧、邵燕祥、蓝翎、鄢烈山、徐怀谦、朱铁志等杂文名家各占一集,再次确定了魏明伦在杂文界的位置。

但魏明伦在《巴山鬼话》的自序中却很谦逊:"写戏是有心栽花,作文是无意插柳;偶尔到文学界客串几场,数量甚微,就那么几板斧。只求少而不粗,短而不浅。从内涵到形式都独树一面鬼帜而已……"

灵感来潮，《盖世金牛赋》反响甚好

余秋雨30年前就感觉魏明伦潜力难测："评论者们面对他，不像面对一个已可大体度量方圆的池塘，而是面对着一条不知今后走向的河流。"的确，当时人们估计魏明伦会沿着《潘金莲》的"荒诞"戏路走下去。不料他一戏一招，换出宏大叙事，文学品位典雅的剧本《夕照祁山》。人们只知他是戏剧领域急先锋，不料他忽然跨行，兼作杂文闯将。人们议论他是戏剧第一，还是杂文第一。谁料他又换大招，三箭齐发，开掘已经断裂了的古典辞赋碑铭文体，成为现代骈文的拓荒者。

魏明伦笑着回忆："1994年之前，我根本没想到要和辞赋打交道。忽有一头牛偶然闯来，迸出我的火花，从此燃烧下去了。"那年夏天，深圳蛇口四海公园塑立巨牛铜雕，高28米，长30米，重100余吨。由北京韩美林工作室设计施工。此前，韩美林曾在山东济南设计建造高15米，长7米，由启功先生题字的铜牛，冠名"天下第一牛"。紧接深圳之牛后来居上，比济南之牛体积更大几倍。韩美林特邀好友魏明伦为巨牛命名，并撰写碑文。魏明伦灵感来潮，迅速写成以骈为主，骈散结合的文言碑铭《盖世金牛赋》。这种消失已久的文体，以崭新面貌出现，引起社会反响。

"我这种文体，不算严格意义上的赋，是归属于辞赋大类中的骈文。汉唐辞赋，六朝骈文，历代辉煌。到民国淡化。1949年后湮灭。在白话文时代里，古体诗词并没有断裂，真正断裂的是辞赋骈文。没有人写了，即使有人自娱而写，也没有影响。辞赋如同物种湮灭，被称为文学恐龙！但我通过《盖世金牛赋》《饭店铭》《会堂赋》的实践效果，证明这种文体可以在现实里存活。"

带头尝试，促进"文学恐龙"复苏

魏明伦因此带头尝试，促进"文学恐龙复苏"，为当代文学大观园增添一个小品种。如今他已应各地之邀撰写60余篇骈体赋文，绝大多数刻石立碑。碑体最大是《金川赋》，位于甘肃镍都。碑文带标点1200字，碑体花岗岩，碑高6

米，碑长60米，估计是目前体积最大的中文碑。采访中，魏明伦还向记者展示他的碑文集。其中一种版本相当精致。线装书，宣纸竖排书法版。汇集他十几年来为岳阳楼、望海楼、宁波月湖、成都廊桥以及首都中华世纪坛、北京抗战雕塑园等名胜撰写的碑文。

魏明伦自述，他的碑铭是现代骈文，对古代骈文有所变革。活用对仗而放宽声律，驱遣形式而服从内容。切忌晦涩艰深，追求行云流水。适当引进时尚词汇，甚至化用网络语言。例如《邛海湿地赋》中："画眉呼唤美眉，柳丝吸引粉丝。燕翔静海，雌雄比翼男闺蜜？鹰击长空，巾帼单飞女汉子！"另有，"空调流动负离子"对"网络传递伊妹儿"；"禅宗已开博客"对"菩提也有粉丝"；"游龙曾经沧海"对"神马岂是浮云"等。文采焕发而畅达易懂，格调高尚而雅俗共赏。

碑文内容思辨色彩浓，忧患意识重。歌颂真善美，谴责假恶丑。赞美不溢美，报喜更报忧。例如《岳阳楼新记》："登斯楼也：喜巴陵纯净，青螺碧水；忧海域污染，酸雨赤潮。炎炎地球变暖，冷冷人心变寒……最恨硕鼠害人，更忧人变硕鼠；牢记方舟靠水，警惕水覆方舟。"在《华夏陵园诔》《纪信广场赋》《灶王碑》《法治铭》《磨盘赋》等名篇里，他"反思历史，不为尊者避讳；针砭时弊，多为弱者代言"。

魏明伦文学馆在"惊天动地"中开幕

2013年4月20日，成都安仁中国博物馆小镇中心，魏明伦文学馆隆重开馆。"我做梦也没想到自己能有文学馆！"2012年初秋，魏明伦应邀到安仁镇去策划一台民国风情的旅游戏剧。戏没搞成，竟促成一桩文化良缘。成都市国资委所属文旅集团，联同大邑县政府，把博物馆小镇民国风情街上一栋现成待用的新楼改建为魏明伦文学馆。毗邻刘氏庄园、建川聚落、刘文辉故居、崔永元电影传奇馆、钱币博物馆，以及27所保存完好的民国老公馆。集中文化，丰富景点。

安仁镇锦上添花，魏明伦意外增辉。文学馆占地2000余平方米。两层楼房，四个展区：戏剧芳华，杂文锋芒，辞赋春秋，鬼才道路。馆前有蜀籁楼戏台，《磨盘赋》石碑；馆内有书苑明伦堂，宽大阳台，小巧庭院。展厅拥有大量珍贵展品。实物、手稿、作品、剧照、影像、信函、证件、奖品、名人书画、老旧照片、仿真场景……展示魏明伦大半生多方面的文学成就。

魏明伦接受封面新闻–华西都市报采访时，十分感谢成都、大邑和安仁有关机构对他的器重。"国内美术馆甚多，文学馆甚少。如今还健在的作家建成文学馆的寥若晨星，屈指可数。莫言、王蒙、贾平凹、陈忠实、贺敬之等大作家有此殊荣。小鬼我竟能尾随其后，真是幸运。"

文学馆匾额请韩美林书写，蜀籁楼匾额请陈忠实书写，明伦堂匾额请莫言书写。魏笑着向记者解释："明伦堂，是历代孔庙的符号。大成殿，明伦堂，非孔夫子莫属，谁敢以此命名？我斗胆，因为我是魏明伦，名副其实！"他有意恭请莫言、陈忠实分别题写匾额。前者代表作《红高粱》，后者代表作《白鹿原》。"红白两部杰作双喜临门，红白喜事一起办！"不料一语成谶，三年后陈忠实仙逝，魏明伦沉痛哀悼。他对莫言倍加敬重："祝福莫言创作长青，新篇飙红。"

开馆那天，群贤毕至。文学、戏剧、影视、音乐、美术、舞蹈、曲艺，各界百位名家致函题词贺喜。当天早晨遇到地震，有惊无险。央视著名主持人陈铎宣布："魏明伦文学馆在惊天动地声中开馆！"歌唱家李光羲高唱《祝酒歌》。后来作家王蒙专程参观魏明伦文学馆，大书四字："感天动地！"从2013年开馆，至今五年半了。文学馆接待观众约17万人次，平均每年约有3万人参观。

（本文原载于2018年10月8日《华西都市报》

封面新闻记者：荀超）

许明耻：
一代名丑也识人生愁滋味

|名家档案|

许明耻，1946年生于重庆，非物质文化遗产川剧项目代表性传承人，国家一级演员，四川艺术职业学院教授。工丑角，师承陈全波、王国仁等著名川剧丑角名家，优秀代表剧目有《邱旺告贫》《裁衣》《花子骂相》等。在荣获文化部"文华大奖"、中宣部精神文明建设"五个一工程奖"的川剧《死水微澜》中饰演顾天成一角，并获"上海白玉兰戏剧表演艺术最佳配角"。

弃学入戏，家人惊叹"这孩子完了"

1946年，抗战胜利后不久，作为大后方的重庆百废待兴，民众欢欣鼓舞。许家迎来了他们的第二个儿子，为了牢记中华民族遭遇的灾难和耻辱，父亲为他

许明耻谈往事 黄芯瑜、王洪斌摄影

取名"明耻",以此铭记历史。"父亲是个教书先生,他身上有股文人气,希望我不忘国耻。"许明耻回忆说,父亲爱听戏,尤爱京剧,家里的京剧唱片成日没有断过。耳濡目染,他从小就能跟着父亲哼一两句。几十年过去,聊起幼时听过的京剧,他尚能张口唱来。

许明耻十分聪慧,进小学后,由于贪玩好耍,"常读望天书",但被老师突然抽问,却又能对答如流。由此,进入中学时却获得了为数不多的保送名额。

1958年,12岁的许明耻离开重庆来到成都。在经济困难和学业受阻的双重压力下,许明耻决定来川剧学校报考,没曾想老师皆认为他颇有天赋,予以录用。

许明耻家中无人学戏,家人得知他竟然放弃学业,进入剧院,颇为吃惊,纷纷惊叹:"这孩子此生完了。"

然而许明耻却用几十年的光阴证明了自己不仅没有"完了",还获得了许多成就。在川剧丑角艺术边缘化的今天,许明耻尚能与蓝光临、晓艇等各大川剧名角比肩而立。提起川剧丑角,许明耻已是绕不开的重要人物。

天赋异禀，适合继承王国仁绝学

1959年，年仅13岁的许明耻正式离家进入四川省川剧学校，当时川剧界的名家周企何、陈全波、王国仁等都为许明耻讲过戏。

1961年，"川剧名丑"王国仁罹患肝癌，为了对王国仁的戏剧进行紧急抢救，川剧学校将他从雅安调回成都任教。那时的王国仁已是肝癌晚期，但是他心中对戏剧的热血未凉，渴望将自己的一身本领传给有天赋的人。

川剧学校立刻想到了当时被称为"神童"的许明耻，学戏快、人也机灵，十分适合继承王国仁的绝学。虽然二人相处不过短短数月，但在许明耻的心里，王国仁是他敬重的恩师，让他此生难忘，一辈子怀念。

"现在提起王国仁先生，我依然很想念他，他很伟大。"许明耻说，"那时王先生已经是癌症晚期，每天痛得睡不着，背着被子在学校跑圈。看见我，就跟我说，明耻，陪我跑一圈吧。我就在学校里面陪他跑步。"

肝癌晚期，痛苦异常，王国仁无法沾床，一碰就疼，王国仁只能靠在操场走动缓解疼痛。在生命的最后几个月，他如春蚕吐丝般，将最后的余温给了许明耻。《邱旺告贫》《骂相》等好几个名剧，都是由王国仁口传心授。

"王先生非常慈爱，只教我戏，其余没有任何要求。他人很有趣，心也宽大，总是戴顶白草帽，是个很新派的人物。我发表了很多他的作品，就是为了铭记他。"

被称为川剧奇才、"红灯教主"的王国仁能编、能导、能演。很多剧本都是他亲自写的。剧团要是穷困，大家就会说，王老师写个戏吧。

"他写一个戏立刻就能卖满座，很有号召力，非常有名。"许明耻说。提起恩师，除了永久的怀念，还有崇拜。

"那个时代流行的《人猿泰山》，和川剧八竿子打不着的，他都能编来演。我现在在做英语川剧，王国仁老师其实很早就尝试过，他用英语和四川话夹杂在一起来表演，新鲜有趣，川大的学生不上晚自习都要去看他的戏。接地气，能跟上形势，他是很了不起的一个大艺术家。"

1961年10月，王国仁因肝癌去世。送去火化时，他因个子高大无法被放入火匣。又由于周身硬化，殡仪馆的人使尽了力气也无计可施。"我走上前去，在他耳边说了句，王老师，您一路走好。然后轻轻地一下就放了进去。我印象十分深刻，大概是我们之间的师生情谊吧。"

人生转折，自我抒怀白马关对唱庞统

1962年，在四川省川剧学校学戏数年的许明耻因技法精湛、唱功了得，被调入四川省川剧院。16岁的少年意气风发，正是大展拳脚的好时机。四川文艺界对川剧颇为重视，那时业界内人人都认识"神童"许明耻，请他演出的多了，经济自然不再成为负担，吃得好、穿得暖。

1963年国庆，许明耻有幸获邀前往北京表演及观礼。站在观礼台上，许明耻是最年轻的川剧演员，他见到了许多国家领导人。看着台下的人群和台上的自己，那一刻他的心里觉得特别充实。

"三进中南海演出，那个心情不得了啊，那么多大人物和我在一起，年轻气盛，觉得以后肯定更加光荣。"少年许明耻对未来充满了憧憬。

然而，历史的车轮碾碎了少年心中的梦想。遭逢"文化大革命"，许明耻被告知不能继续在川剧院表演，要重新分配。

"人哪，都是跌宕起伏的！"多年后的现在，许明耻依然感叹当年那种从天上掉到地下的感觉，"只是那个时候年少罢了，不识愁滋味。"

他拿起地图一翻，觉得绵阳离成都看起来不远，便请示去绵阳，谁曾想，这一去就是19年。

初去，许明耻被分配到白马关种地。那里有座破庙，没人打理，已经满布灰尘，只有凑近了看，才发现是庞统的庙。庙中供奉着东汉末年刘备帐中重要谋士庞统。

建安十九年（214），刘备包围雒城（今德阳广汉一带），庞统率众攻城，不幸中飞箭身亡，死时年仅36岁。刘备极为痛惜，说起庞统便声泪俱下。现今庞统祠墓作为清代古建筑，已纳入全国重点文物保护单位。其正门、侧门皆刻有楹联匾对："明知落凤存先帝，甘让卧龙作老臣"。

川剧中有许多关于庞统的唱段，许明耻心中豁达，见庞统灰头土脸无人打理，仿佛和自己处境相似。他便一人自娱自乐，在破庙的土台上唱起了庞统的戏，一人一像相映成趣。

"那个时候很绝望啊，只能变着法子自我宽慰，自我陶醉。跟庞老先生对话，仿佛能解些许哀愁。"

制作磁带，川剧也有"流行风"

春去秋来，所种花生都已丰收，许明耻在破庙里和庞统古今对话一年，前方传来了转机。当时要求全国学习样板戏，因绵阳剧团人才不足，文化水平相对较低，很多剧本学不下来。绵阳剧团这才想起了在白马关种地的许明耻，急急将他调回绵阳学习《红灯记》。他幼年本就随父亲听京剧长大，学起这些自不费力，很快就上手。

从白马关调至绵阳剧团后，许明耻以其扎实的戏剧功力重新在绵阳扎稳了根基。生活渐渐安宁，他开始追求更艺术性的发展。20世纪80年代，磁带、录像等音像文化艺术开始流行，许明耻心里暗自琢磨，自己在舞台上唱一出戏，哪怕再卖座，能够看到的人也非常有限。流行文化传入，传统文化开始式微，如果川剧艺术也能录入磁带录像里，看到的人总比在剧院里多得多。

"我是第一个去做川剧磁带光碟的。当时我想的就是，现在的科技手段，观众群特别广，比我在绵阳唱一场戏的传播量广多了。所以我想利用这些高科技手段去传播我们优秀的川剧。"

在许明耻的努力下，川剧《邱旺告贫》的卡带被制作出来，在四川地区反响不错，同时也畅销。随后，更多的川剧被制作成卡带传播，许明耻的名声也越来越响亮。演出机会接踵而来，不仅在绵阳，也同时受邀到成都表演。

日子久了，许明耻还是想回成都。几经申请辗转，1983年，许明耻被调回成都，但是不能继续担任川剧院演员。

"当时教师资源稀缺，学校需要、社会需要，所以就到川剧学校当老师去了。"从此，他放弃演戏，走上讲台，开始了30余年的川剧教师生涯。

美国丽人，自告奋勇剃头扮小丑

2017年，多年致力于研究京剧的美国夏威夷大学教授魏丽莎，计划挑选一些京剧以外的地方戏教师，前往美国教学，有人便向她推荐了许明耻。她将许明耻请到南京参加梅葆玖的纪念活动，顺便"面试"一下这位川剧名丑。

2017年8月，许明耻去往美国，担任夏威夷大学舞蹈与戏剧系亚洲戏剧专业博士必修课的客座教授。在这里，许明耻将优秀的川剧表演艺术悉心传授，同时也收获了满满的感动。

在声腔、形体的课程都上完之后，教学计划来到正式排演阶段，许明耻决定将川剧小丑戏中的经典之作《皮金滚灯》作为排演剧目，让其登上美国夏威夷州的舞台。

"滚灯"戏是川剧小丑戏的绝活之一，不仅要求演员基本功扎实，还需要剃头表演，许明耻计划在一众学生里挑选一个性格活泼的男生，来扮演皮金这一幽默角色。

许明耻扮相 受访者供图

这时，一位中文名为"冉冉"的金发美女却自告奋勇，要求出演皮金一角，许明耻瞧她一头长发极为秀美，实在不忍心，便回绝道："你是女生，这个戏是要剃头的。"

谁曾想第二天，冉冉竟然直接剃了头再次出现，许明耻吃惊之余更是大大地感动，当即同意由她出演皮金。冉冉兴奋地向许明耻说道："老师，您等着为我骄傲吧！"

《皮金滚灯》自登上夏威夷州的舞台以来，就在群岛内巡演了十余场，当地的媒体也是蜂拥而至进行报道。许明耻与冉冉结下了深厚的师生缘分，临别时，冉冉写给许明耻的信中说："川剧永远在我心中。"

小生静秀，妆容清隽，初入梨园，多数年轻弟子都愿意入小生行当。尤其是许明耻那样入行早的少年，谁不愿意在舞台上青衫长袍而立呢？

"按照川剧常规，先要练一年的基本功，之后才分行当，最开始我是学武生的。"许明耻回忆道，但当时情况特殊，许多优秀的丑角名师或是生病、或是年岁已大，为了抢救一批优秀的丑角经典剧目，这才挑选了学戏快的许明耻去继承，"那个时候我接触的都是丑角名师，慢慢上手之后就习惯了这个行当。"

现在的许明耻已经忘记了最初对丑角的印象，不过想起来，只有演丑角戏是让他最为幸福的事。丑中见美，丑角其实并不丑。"它是欢乐的、幽默的，也是最美的艺术形式。"

许明耻聊起丑角，现场展示了几段表演和唱腔。川剧要求丑角戏俗不伤雅，雅俗共赏。"我们不说脏话，又很幽默，主要还要有文化，以表演喜怒哀乐为主。和大家理解的市井小丑不一样，川剧舞台小丑具有极强的艺术个性。"

例如其中大量挖苦封建统治、皇帝以及旧官僚的唱段，多是文学讽刺艺术，主要反映四川地区百姓心中的真实情态。"长期受到巴蜀文化和长江上游文化的熏陶，川剧丑角也可以说是一种批判现实主义，它跟其他剧种的丑角戏大不一样，对旧时皇帝荒淫无道的讽刺，对贪官污吏厚颜无耻的批判，都是非常深刻的。"

研究之余，他自身也在做一些剧目上的有益尝试，英语川剧就是其中之一。锣鼓、唱法都是川剧形式，但是语言要换成英文。

在许明耻看来，戏剧作为表演艺术，是随着时代进步的，不能拘泥在老旧的思想观念中，它必须要变。一些精美且完整的剧本以保留它的古典雅致为主，而丑角戏，则应顺应时代，反映出当代百姓的喜怒哀乐之情。

年过70，许明耻从来没有停下过脚步。他虽然不能继续上台表演，但是谈起舞台，他心向往之。"好的演员都有情感记忆，只要锣鼓声一响，喜怒哀乐皆在我脸上。"

（本文原载于2018年9月10日《华西都市报》

封面新闻记者：徐语杨）

第三编
◇

曲艺界

徐述：
巴山蜀水清音起，德派扬琴一灯传

| 名家档案 |

徐述，1937年生，四川成都人，国家级非物质文化遗产四川扬琴代表性传承人，巴蜀文艺奖终身成就奖获得者。1956年考入四川省广播电台曲艺队，师从四川扬琴大师李德才，习男腔、老旦腔。20世纪五六十年代与恩师李德才演出主要曲目有《秋江》《船会》《闯工》《描容》《活捉三郎》等。1958年，参加四川省首届曲艺汇演《拷红》获奖，同年赴北京参加全国曲艺汇演，受到周恩来等接见。1997年起，为使新同学有谱可依，先后谱写《夜课》《藏舟成配》《三祭江》《伍员渡芦》《拷红》《宝玉哭灵》《渔父辞剑》《静夜思》《阳关三叠》等教材，并编写《扬琴基础知识》二册，谱曲和文字教材3万余字。徐述不仅保持传统，自打自唱，唱打皆优，而且自成一派，男腔女腔皆唱，成为自己独特的艺术标志。其唱腔韵味醇厚、丝丝入扣，被著名报人车辐称赞为"清风水月"。

四川扬琴流派作为传统的扬琴流派之一，在扬琴流派中独树一帜，有着特有的音乐魅力和浓郁的地方特色。这种唱腔、音乐、文辞俱美的四川地方曲艺，让人如痴如醉。清嘉庆年间的《锦城竹枝词》就有"清唱洋琴赛出名"的记录。

当今的四川扬琴界，也有一位首屈一指的大师，国家级代表性传承人徐述。徐述唱腔韵味醇厚，被著名报人车辐称赞为"清风入怀"。10月12日，封面新闻–华西都市报记者采访到了81岁的徐述。耄耋之年的她，尽管头发花白，记忆力有所退减，但提到心爱的四川扬琴，徐述两眼放光，全身洋溢着一股极强的精气神和感染力。

徐述 受访者供图

天赋异禀，对扬琴一听就会

"我是土生土长的成都人，是家里最小的老六。"徐述小时候四川曲艺类型多样，川剧、四川扬琴、四川清音等经常有演出，"我两个姐姐特别喜欢听川戏，我还小，不管听不听得懂都跟着去。"那时候，成都有两三个知名的川剧团，"老一辈艺术家的功夫都很硬，人们都喜欢听，还会追着班子去听戏。"

姐姐们喜欢听川戏，小徐述却被四川扬琴吸引了。"川戏唱得好的，一定要懂扬琴，过去的川剧好角色都有这个感觉，要互相学习。还有一句话嘛，叫'成都人爱听扬琴，听不懂扬琴的不算成都人'。"别看当时徐述年纪不大，但她跟扬琴似乎有种神秘的联系，听扬琴必然跟唱，听两遍就会唱了。

"那时候扬琴有15分钟、30分钟、60分钟的段子，我还小，听不出段子，就是觉得安逸，觉得这个音乐特别好听。每天下午、晚上都要去听，由衷地喜爱。"听完扬琴，回家路上徐述就开嗓"复制"，她的音调、唱腔引来路人叫好："好哇！唱得嘎嘣儿棒！"

除了自己唱扬琴，徐述还叫上邻居家的小伙伴，组团到坝子场上唱给饭后摆龙门阵的大人听。四川扬琴、花鼓、金钱板，徐述表演的曲艺可不少呢。"那会儿应该还不到13岁吧，人小，精力充足，也不怯场。"

门外痴听，如愿拜师大家李德才

20世纪初，成都有一位扬琴世家出身的李德才，其独树一帜的"德派"风格，在成都扬琴界声名赫赫。李德才戏路宽，擅长旦角，誉冠蓉城。那时候，鼓楼北一街那里有个百年书场历史的茶铺，李德才设立了名曰"芙蓉亭"的扬琴专座，夜夜摆场，座无虚席。不到10岁的徐述，就是看客之一。

李德才的戏路非常宽，什么样的旦角都能唱。小旦、花旦、闺门旦、青衣旦都难不倒他，最感人的还数青衣旦。他常说："换人物就应该换一张脸来唱！"这就是他设计唱腔从人物出发的思想依据，什么样的戏，什么样的人物他都有独到的诠释方法，几乎每场戏都有不同凡响之处，都会出现有别他人的新腔。

徐述忘不了李德才在"芙蓉亭"演唱扬琴时带给自己的震撼："只要喜欢就去听，音准、台词，每天听几句。虽然很多专业的东西听不出来，但就是觉得扬琴怪有味道的，每天非听不可。"

20世纪50年代初，李德才供职于四川人民广播电台，组织"说新唱新"专题节目，并于1956年7月，首开四川扬琴界面向社会招收女生的先河。那年，徐述正式考入电台，配合"说新唱新"栏目跟老师学习曲艺。当时，曲艺队有四川扬琴、四川清音、金钱板、四川竹琴等多种类别，但徐述一下就看上了自己从小就爱的扬琴。

"刚开始几天还没有分专业，我每天就不自觉地站在四川扬琴的办公室门口，又不敢进去，就在外头听。"听了几天，办公室里的操琴人就问："好不好听？"

徐述答："好听。"

"想不想学嘛？"

徐述爽快地答："想学。"

"那就跟我学琴吧！"

这个操琴人，就是声名远播的扬琴艺术家李德才。

"我和扬琴的缘分，是冥冥中注定好的。"

偷经学艺，盯到师傅口型表情模仿

以前学扬琴，一无谱，二无词，每天就靠心记。但徐述有股韧劲，哪怕不睡觉也要把词唱熟、唱会。有时深更半夜，她独自躺在床上，脑子里还在打转转，慢慢"过戏"。有时候看到老师一个人在琴旁琢磨唱腔，或打琴"润腔"，徐述便会抓住机会学习，悄悄地站在师父身旁，仔细观察师父操琴手法，模仿师父口型、表情。

"从上学的时候，我就有这个特点：好强。我要当班里的好学生，我的第一篇作文就是全班优秀范文。"跟着师父学扬琴之后，根本不用谁去催促她学习，"那时候学艺是老师口传心授，学生耳听心明。他教四句、八句，我一定得念得非常熟了才走。偷经学艺，勤快人都晓得这句话，老师教不到你的，你慢慢去'偷'嘛。"

看到徐述如此认真，李德才夸她："你娃娃凶哦，我唱，你都要把我嘴巴盯到。"回忆起老师这句话，徐述笑了："老师吐字行腔都是有自己的本事的，我要看着学习，看他咋个吐字、行腔嘛。"

有时候，李德才在台上演出，徐述就站在侧幕观察、学习。对于徐述的"偷经学艺"，李德才高兴不已，不但不回避，反而给她讲解，诸如一个"尾音"，一个"仄声"等，许多过经过脉的"润腔"细节。"我的老师对我真的太好了。"说到恩师，徐述眼角含泪，满满的感恩之情。

对于扬琴，徐述不仅保持传统，自打自唱，唱打皆优，而且自成一派，男腔女腔皆唱，成为自己独特的艺术标志。其实，最开始跟随李德才学习，徐述专攻男腔、老旦腔。但受师傅影响，徐述学了"全挂子"。"他打琴、京胡、三弦、二胡样样都会，也特别喜欢川戏。"

耳濡目染，徐述样样都学，甚至在同行演出时，她也要学。"他哪个唱腔好，你就去'磨'，大家互相交流。"在徐述眼中，"好角色不分高低，唱都唱得到，'万金油'才是好角色。所以老家院、老妈子、丫头子，我都把它练到，从唱腔到唱词到情绪，我就从来没丢过。"

融合创新，可借鉴但不能贪多

从艺62年，徐述的《伯牙碎琴》《白帝托孤》《百里认妻》《活捉三郎》《秋江》《船会》《拷红》《凤仪亭》等作品，让人印象深刻。教育家陶亮生赋诗"德派扬琴一灯传，徐述微音播两川"。著名报人、曲艺专家车辐称她"没有旋风，却清风入怀，听来情味深长，一抒胸怀，其味无穷"。

徐述唱扬琴，并非一成不变。"我上一次台，就要有一次新的收获，创新是发展的根本动力。"在徐述从艺的60多年中，她深感艺术在传承中，要赋予新的活力，新的营养，"就好像你出门要换一件新衣服，原来的作品，老师把唱腔都装好了，我为啥要跟着前辈一样呢？"

徐述认为，唱腔是唱出来的。"跟着老师学，不是一成不变的，要给它新的东西和观念。就像吃面要放点佐料，你原来可能只有盐巴，但再放点味精，就觉得更好吃了些。"所以除了扬琴，竹琴、川剧、京剧、梆梆戏等，徐述均有涉猎，"你嗓音再好，形象再好，但是你唱得不好，精髓的地方学不会，你就拿不出来真东西。要学，就要爱它听它，不去听咋个长本事呢。不向外学习，本来可以成为一个好角色，但你不谦虚，咋个进步？"

这些学习，也丰富了徐述的扬琴。"我搞创作，有很多东西是借鉴外来的姊妹艺术的一些特点和优点。"借鉴竹琴、川剧高腔等精华，创作出"破板破格"的扬琴新腔《苦皮垛子》；在《三祭江》教学中借用了胡琴西皮倒板，还自组高腔一段，丰富了全剧唱腔。"我太爱扬琴了，总是想尽一切办法把它调好点。"不过，徐述也强调，其他艺术可以借鉴，但不能贪多，"多了就不是扬琴了，只能是用某一腔，某两句。"

心血之作：《十里长街送总理》

在徐述卧室的桌子正中，摆放着一张黑白老照片。那是20岁的徐述在北京长安剧场演出《拷红》时，周总理到后台看望大家时的留影。"那天晚上演出中途休息时，后台突然掌声响起，'周总理来看望大家了！'"徐述手捧照片，陷入回忆。

在那之后的上世纪50年代末和60年代初，周总理来蓉城期间，徐述又有幸在金牛坝招待所，先后数次见到周总理，有一次她还和周总理跳了舞。"总理问我叫什么呀，多大了，学什么的，特别亲切。"半个世纪弹指而过，徐述想起当时的情景，感慨不已。

"周总理特别亲切，永远是那么温文尔雅。"提及周总理去世，徐述泪湿眼眶，数度哽咽。周总理逝世一周年后，看到乔羽的《十里长街送总理》，徐述升起一股强烈的创作欲望，她创作了四川扬琴《十里长街送总理》。在编曲、组腔时，她运用扬琴特有的声韵和艺术感染力，首次使用3/4拍子组曲，表达对周总理的崇敬和怀念之情。

四年后，在四川省首届优秀文艺作品评选中，四川扬琴《十里长街送总理》虽然只得了三等奖，但徐述说：这是她从事扬琴创作中，最为投入、最为精细、最费脑智的心血之作。谈话中，徐述手打着拍子，轻声哼起"长夜无眠天地悲，八亿神州泪纷飞……"

为四川扬琴"谱曲"，创新开启电声教学

从艺六十余载，徐述从来没停止过演出、创作、教学等工作。成都银杏园、文化宫、戏剧茶楼、蜀声琴社等地，都有徐述演出的身影。在古代汉语领域见长的教育家徐仁甫，听了徐述和师傅李德才演唱的《活捉三郎》《香莲闯宫》之后，赠诗给徐述："……西蜀扬琴李德才，拔萃出疆归去来。一调蜀声传博海，锦城曲艺增光彩。及门徐述更芬芳，不让男儿气概昂……"

著名报人车辐在撰稿中也提到："徐述唱腔韵味醇厚，跟随李老二十多

年，学习十分刻苦，深得李老喜爱。""特别是你的老师去世后，你在追思中琢磨，学习你的老师自打自唱，坐地传情。你掌握了四川扬琴艺术规律，既有师承，又有创造，在行腔讯韵中，准确地唱出人物的思想感情，<u>丝丝入扣</u>。"

艺术上，徐述在师承中创造，获得观众认可。1974年，得了师父"衣禄"的她，接过恩师李德才的接力棒，开始带徒弟。一边教学、一边演出、一边创作，把四川扬琴的接力棒往下传。

"我对扬琴迷得很，老师怎么教的我，我就怎么教后面的学生，怎么样使腔更安逸，节奏更丰富。最开始还是像李老师那样子教，口传心授嘛，男腔女腔一起教。"进入20世纪80年代，徐述受到邓丽君的盒式磁带的启发，她创造性地改口传心授教学为电声教学——先在脑袋里组好腔，腹稿打好，然后把自己的唱腔录音，拿给学生听，学生熟悉之后，再上琴细教唱腔韵味。

有了"电声教育"之后，徐述还通过自学现代简谱，让新同学有谱可依。"我们扬琴的祖先不简单，那时候唱扬琴的多是盲人，包括我的老师李德才都是'半只眼，只看得到五寸远'，为了生计学扬琴，没有上过学，是靠口传心授。先是工尺谱，后来才有了简谱，do、re、mi、fa、sol、la、si。我那个时候年轻好学，有一股劲儿，先自学简谱，再放到扬琴中谱出来。"

自1997年起，徐述先后谱教材：《夜课》《藏舟成配》《三祭江》《伍员渡芦》《拷红》《宝玉哭灵》《渔父辞剑》《静夜思》《阳关三叠》等，并编写《扬琴基础知识》二册，谱曲和文字教材3万余字。

传统曲艺，神龙手难挽下滩舟

1992年，55岁的徐述退休了。但热爱四川扬琴的她，退而不休，她继续用自己的一双手和一副好嗓子，赋予扬琴独立的生命。她义务加入由一帮爱扬琴的人组织的业余的"蜀声琴社"，"一是演出，一是帮她们搞点组织工作"，一做就是16年。16年里，她在走马街戏剧场、大慈寺、悦来茶馆等地"转台台"，让现场观众沉浸在一张琴一个人所制造的扬琴世界里。

徐述爱扬琴，也爱喜欢听扬琴的观众，在她看来，演员与观众是相辅相成

2014年9月28日，四川扬琴曲艺专场音乐会在京上演，
徐述饰老艄翁　受访者供图

的，观众越多演员唱得越来劲儿，质量也越好。为了表达对观众的感谢和尊敬，徐述在演出休息时间，常会给观众掺一点儿茶，叫"留心茶"，要把观众留住，希望他们经常来看演出。

后来再在公开表演场合，她总把爱徒推到前台，自己则成为一个操琴手。在她的敲打下，扬琴如获生命，或清脆如玉，晶莹剔透，或丰满激昂，气势磅礴。有观众说，单是听徐述的器乐，就已经足够成为独立的音乐世界。

2009年，徐述被评为国家级非物质文化遗产四川扬琴代表性传承人。2012年，徐述被授予巴蜀文艺奖终身成就奖。"我太爱扬琴了，太爱了！扬琴给了我太多太多，我的为人，我的做事，我的尊师重道、友爱朋友，都是扬琴教给我的。"

当下，越来越丰富的大众娱乐，不断冲击着传统文化阵地，四川扬琴等一大批传统曲艺，不再受到观众追捧，演员们逐渐离开了舞台。"神龙手难挽下滩舟。"说到现状，徐述有些无奈，"我很悲哀，它是民族的，以前成都四大门都有扬琴或者竹琴表演，现在哪个还晓得嘞？我的心是很酸的，这是国宝呀！"

好在，徐述已经为四川扬琴找到了传人，直到现在，她仍会指导学生唱腔。"基本的本子找好，我把腔润好了，在我的基础上，或者在他们的基础上，再按照他们的特色来（教）。"徐述尽心尽职，先后培养了诸如万弘、张冰、李永梅、于兰、孙云金、吴瑕等多位男女扬琴演员，有的取得了卓越成就，有的活跃在曲艺舞台或扬琴传承基地。徐述欣慰的同时，还提出了自己的要求："学生当中有几个条件还是不错，但他们还需要再加把劲儿，变得更加'嘎嘣棒'！"

因为爱，81岁的徐述浑身散发着一种特别的感染力……

（本文原载于2018年11月5日《华西都市报》
封面新闻记者：荀超）

沈伐：
光脚少年舞蹁跹，谐剧鼻祖传绝艺

｜名家档案｜

沈伐，1942年8月生，四川自贡人。国家一级演员，谐剧第二代掌门人、著名表演艺术家、四川省第八届"巴蜀文艺"终身成就奖得主，享受国务院政府特殊津贴。1959年沈伐考入四川省舞蹈学校，1962年进入省歌舞团舞蹈队。1976年师从谐剧创始人、表演艺术家王永梭。1982年参加全国曲艺汇演，演出谐剧《这孩子像谁》获文化部表演一等奖。1986年参加全国新书（曲）目比赛，表演谐剧《零点七》获中国曲协表演二等奖，同年该节目参加中央电视台春节联欢晚会演出，成为四川走向央视春晚第一人。1987年，举办个人表演专场"沈伐谐剧专场晚会"演出逾百场。1988年再次登上央视春晚的舞台，与中国电影金鸡奖最佳女主角岳红搭档演出方言小品《兰贵龙接妻》。

谐剧是一种介于曲艺与戏剧之间的艺术样式，流行于四川。1939年由王永梭试验、开创。演出时只有一名演员出场，通过与实际不存在的对象进行"对话"和交流，使观众明确角色的规定情境和假设在场的其他人物，以表达一定的故事情节。因运用以幽默、风趣见长的四川方言，寓庄于谐，故名"谐剧"。语言朴素隽永、构思精巧、立意新奇、文学性较高，富有很强的感染力。

当今的谐剧界，也有一位家喻户晓的谐剧艺术家——王永梭的得意弟子、国家一级演员沈伐。沈伐的表演，从角色出发，张弛有度，收放自如。他极善于将人物的内心世界通过细腻的舞台动作生动表现，被赞"幽默而不油滑，风趣而不轻浮""既不失法度，又有所创新"。

文艺少年，打赤脚考进省舞校

11月20日，封面新闻-华西都市报记者采访到了76岁的沈伐。已过古稀之年的他，看上去要年轻十多岁。黑亮的头发三七分，梳理得十分精致，黑色风衣外套配一条红色围巾，风度不减当年。说话时，他坐白色皮质沙发，背靠印有夫妻二人牵手照的淡黄色抱枕，唇角带笑，一室温馨。

20世纪30年代末，沈伐的父亲离开家乡富顺县邓井关镇到重庆谋生。1942年8月，沈伐出生在嘉陵江边上的自家铁匠铺。打小沈伐就喜欢曲艺，中学以后，沈伐的爱好更加广泛，"开始喜欢话剧、舞蹈"。

1959年，中学毕业后，四川歌舞演员训练班到重庆招生，肢体语言丰富的沈伐打着一双赤脚考进该校。

回忆当年跳舞的情形，沈伐一笑："作为舞蹈学生我不算差的，有可塑性，才学了半年，就打算带我出国演出。"当时省歌舞团要到国外演出，因为专业演员人数不够，就到训练班选新人，"调了十几个人，男生就只有我一个，跳了几个节目。"遗憾的是，业务上过硬的沈伐，因护照没办下来没能顺利出国演出。

1962年，他跳着《快乐的啰嗦》《凉山酒舞》进入了省歌舞团舞蹈队。"我的专业是舞蹈,从舞蹈学校毕业后我还从事了十多年的舞蹈工作。"《弓箭舞》《采茶扑蝶》《狮舞》《叮叮月琴》《北京的声音》《马刀舞》《赶漂》《红绸舞》,芭蕾舞剧《白毛女》《闹花灯》等,都是沈伐擅长的。十几年如一日的舞蹈表演、形体训练,也为沈伐日后的谐剧表演,打下了深厚的基础。

偷师学艺,演完歌舞剧自学谐剧

谐剧由安岳人王永梭于1939年创立。在沈伐家客厅的一面墙上,大大的金黄色的"谐"字雕像,从造型、色彩、质感等方面诉说着主人对谐剧的热爱。想起第一次看王永梭的谐剧专场演出,沈伐的思绪回到了1963年。"我当时在四川省歌舞团舞蹈队,老师王永梭在曲艺队。有时候我们的演出也在一起,有这么好的机会,可以看他的个人表演。"沈伐回忆,那天红旗剧场座无虚席,所有人都被王老师精湛的演技打动,"那一看简直是入了迷,我就觉得应该喜爱谐剧这种艺术。"

在沈伐心中,师父王永梭是个非常了不起的艺术天才,应该被大书特书。"谐剧不像扬琴、金钱板、车灯,是历史流传下来的。谐剧这个曲艺形式,是他一个人创造出来的。一个艺术家能够创造一种艺术形式,能够形成自己的风格,自己的流派,产生那么大的影响,我们老师是大艺术家,是大师。应该得到我们的尊重、敬仰!"

1963年开始,王永梭在台上演,沈伐便在台下"偷经学艺"。"自学模仿了他一些节目,像《赶汽车》《卖膏药》。"当时文艺界提倡乌兰牧骑精神,要求演员"一专多能",从事舞蹈专业的沈伐,演歌舞、演话剧、演歌剧之外,还能演谐剧。有一天,省歌舞团小分队到峨眉山演出,一位独唱演员生病了,节目不够。领队知道沈伐平时在学习谐剧,就让他去应对。他表演的《卖膏药》引得全场哄堂大笑。"当时白天演了五场,效果非常好。之后在下乡演出,就经常演(谐剧)了。"

拜师王永梭，与谐剧"牵手"一生

谐剧不像北方的单口相声，也不像上海的"独脚戏"，甚至20世纪30年代末四川出现过的一种形式叫"单簧"也和谐剧大不相同。谐剧主要是表演，是通过演员以第一人称扮演剧本中的一个人物，处在规定情景中，用具体的动作，生动的语言，活生生现身说法地展现出一段小故事。

沈伐塑造的"王保长"形象　受访者供图

1939年，王永梭自编自演了第一个谐剧《卖膏药》后，又陆续创作演出《扒手》《黄巡官》《赶汽车》《开会》《喝酒》等20余个谐剧。此后又创作演出《在火车上》《打百分》《结婚》《自来水龙头》等新剧目。

1963年，因为王永梭的一台谐剧专场演出，沈伐深深地爱上这门曲艺。自学、模仿谐剧十多年，沈伐确定了自己以后的艺术方向，也感动了省歌舞团的领导。"我对谐剧特别喜爱，我就立志要学，我要求调到曲艺团，领导也很支持我。"1974年，沈伐正式从歌舞团调到曲艺团，"我们老师在曲艺团时也听到过我在学谐剧，对我有所耳闻。"

那时，王永梭不能登台，只能在幕后管服装、道具等，团长便安排王永梭指导沈伐排演谐剧。"王老师很愿意教我。有个学生来学习谐剧，他感觉是个好事情。"王永梭给沈伐排的第一个戏是《十二点正》，"老师手把手教，段段帮我排。第二天觉得不行，又重新来过。"

谐剧是笑的艺术，但在当时，喜剧并没有现在这么受欢迎。为了符合当时的审美需要，沈伐的第一个谐剧在王永梭的把关下，改了又改，排了再排。

"演出第一场，老师帮我拉幕。我在台上的时候，他比我还要紧张。看着观众有了笑声，有了掌声之后，他比我还要高兴。"

一个想培养亲传弟子，一个想得到师父真传，王永梭和沈伐应节合拍。"老师给我排戏、讲谐剧的道理，我跟他相处得越来越好，正式成为他的入室弟子。"

沈伐非常喜欢这一艺术形式，又有十多年的自学基础，在谐剧"开山鼻祖"的细心指导下，他很快成长为一名优秀的谐剧演员。"王老师带着我走南闯北，一路风光。我所有的荣誉都是谐剧给我的。"

谐剧《零点七》，在央视春晚一炮而红

1986年，沈伐带着谐剧《零点七》参加央视春节联欢晚会。舞台上，他用四川话表演谐剧，引得观众捧腹大笑。

"最开始选的节目，并不是《零点七》。"1985年末，四川电视台推荐沈伐表演、凌宗魁创作的《听诊器》参加1986年的央视春晚。该节目在一审时就被"枪毙"，原因是该题材不适合春晚舞台。就在沈伐准备打道回川时，央视文艺部艺术指导焦乃积在舞台侧幕找到沈伐，问他还有没有其他节目，沈伐说多的是。"他问我舞台效果怎么样，我说才演过，效果还可以。他就指着舞台旁边，找了个小地方说'你演给我看看'。"

沈伐当场表演了《演出之前》（包德宾创作），焦乃积连连叫好，兴高采烈地把沈伐拉到春晚总导演黄一鹤面前。

"当时在场的还有阎肃老师。我又表演了一遍，黄导是北方人，虽然没有全部听懂，但他觉得内容、效果都还不错。尤其看到焦乃积他们被逗得哈哈大笑，都觉得好，就定了这个节目要上。"沈伐非常珍惜这个机会，从确定节目到正式上台的40多天里，他一个人每天关起门没日没夜地排练，"很多演员都喜欢出去游览首都胜景，陶长进（川剧演员，1986年春晚《断桥》许仙的扮演者）约我出来耍，我不去，天天在屋头练。"

因为是纯四川方言，担心有些观众听不懂，黄导一再要求沈伐把语速放

慢，再把太地道的方言词改换一下。"阎肃老师把《演出之前》改名为《零点七》。"《零点七》在后来的几审中都顺利过关，并被安排在黄金时间表演。功夫不负有心人，9分钟的《零点七》大获成功，打破了央视春晚均为普通话节目的格局，台词"全心全意为人民币服务"迅疾成为流行语。

之后，沈伐不仅在北京与游本昌联合举办了《哑剧、谐剧》专场演出，还到全国各地巡演"沈伐谐剧专场"百场，场场火爆，使得谐剧这门艺术迅速在全国叫响，开创了谐剧艺术的巅峰时期，并由此确定了他谐剧第二代掌门人的地位。

1988年，焦乃积到成都挑选央视1988年春晚节目，沈伐的新作品《兰贵龙接妻》（包德宾创作）被看中。为让该节目更加出彩，导演选择已经成名的川籍电影演员岳红与沈伐搭档，被更名为《接妻》的谐剧因此变成了方言小品。

经典"王保长"，舞台演出达3000余场

时间回到1976年之后，老电影《抓壮丁》重映，"王保长"这一角色为很多人津津乐道。四川人艺重排经典剧目《抓壮丁》，邀请沈伐扮演"王保长"。几乎同时，后来调入重庆市曲艺团的凌宗魁根据电影相关情节，创作了谐剧《王保长》，由沈伐表演，走红西南三省。"仅舞台上演出的谐剧《王保长》就有3000余场。"

从艺数十年，沈伐出演了上百部方言剧，最为经典的无疑是"王保长"系列，其塑造的王保长形象已经成为经典。这一角色的口音特点，被业内人士称为"自贡川普卷舌音"。20世纪末，重庆电视台决定投资拍摄方言电视连续剧《王保长歪传》，导演很自然地想到了沈伐。

《王保长歪传》讲述王保长在抓壮丁中捞了不少油水后，20世纪40年代末又出新招，以"蒋总裁"的"新生活十诫"为名，勾结国民党腐朽分子对百姓大收捐税，搞得民不聊生。该剧在多家电视台播放后，深受懂四川方言的观众喜爱。"王保长不是脸谱化的人物，他可恨、可恶、可憎，又有点可爱。"为了让王保长"有盐有味"，拍摄期间沈伐常常抱着厚厚一摞剧本研究这个人

左起：沈伐、刘德一、李伯清　受访者供图

物，甚至拍摄结束，晚上回到房间还要继续琢磨台词，准备接下来的表演，"我演王保长要有自己的路子，自己对人物的理解"。

后来，沈伐又拍摄了《王保长后传》《王保长今传》以及话剧《抓壮丁》、小品《王保长三嫂子》《王保长抓女壮丁》《三嫂子参赛》等"王保长"系列作品。其中，2006年4月开拍的7集情景喜剧《王保长今传》，由拉动四川方言艺术前行的"三驾马车"沈伐、刘德一、李伯清联袂饰演。"1997年，我们三个'桃园三结义'，结拜了。那时候，他们两个都有自己的代表作。刘德一的《傻儿师长》、李伯清的散打评书，都非常受欢迎。我的知名度没有他俩叫得响，就想着也打造一个叫得响的人物。'王保长'就是我的代表作。"

潜心研究、塑造王保长人物形象40年，沈伐对人物的理解、行为的表现方式、语言的表达都有自己的独创性。他用炉火纯青的演技把"王保长"演绎得有声有色，深受全国观众的喜爱。"艺术就是要不断地创造自己的品牌。现在大家看到我就喊'王保长'，这是我努力奋斗的结果。虽然辛苦，但我很享受这个过程。我无憾了。"

（本文原载于2018年12月10日《华西都市报》

封面新闻记者：荀超）

谢惠仁：
古韵试新风，低语传馨香

| 名家档案 |

谢惠仁，1945年生，成都人。1964年拜师著名四川竹琴艺人杨庆文，国家二级演员，国家级非物质文化遗产保护项目"四川竹琴"、四川省非物质文化遗产代表性传承人。谢惠仁擅长一人分饰多角表演，除了传统的唱、念、打，还开创螃蟹步等舞蹈动作，亦唱亦演的新式竹琴大受欢迎。代表作有《水漫金山》《包公案》《三英战吕布》《成都美》《成都美前传》等。张艺谋拍摄的《成都，一座来了就不想走的城市》中，就有谢惠仁四川竹琴的声音。已故著名导演凌子风的电影《狂》，采用了谢惠仁的四川竹琴作为电影配乐。

谢惠仁今年73岁，同龄人大都乘车，他却喜欢骑摩托。"才换了电动车，娃娃不让我骑摩托了，怕危险。这点儿速度，莫来头莫来头！"谢惠仁新换的电动车是大红色的，后轮双排轱辘，看起来比一般电动车气势足。车上的他，粉色西装配墨镜，再加上吊坠佛珠项链和绿松石的戒指，活脱脱的时尚潮男。

结缘竹琴，一爱就是一辈子

四川竹琴是一种古老的汉族戏曲剧种，表演者手持渔鼓、简板说唱故事。因其伴奏的乐器是竹制的渔鼓筒，故又称"渔鼓道琴""道筒"。"四川竹琴最初起源于唐朝，作为宫廷音乐的伴奏乐器进行伴奏表演。"

唐代道教大兴，竹琴已是游方道士们沿街传道、劝善和布施的必备之物。因道人手持竹简板、竹筒传道，故得名"道筒"或"道琴（道情）"，意为"道破世间人情"。道教人物"八仙"中，张果老怀中所抱的法器就是道琴。在民间长期流传的过程中，这种依据道曲曲牌，即兴填词的讲唱艺术——道情，便随着道教传遍全国。随后，民间说唱艺人由此诞生了。

民国初期，"道情"传到四川境内，被民间艺人叫为"竹筒""咪嘡嘡""道筒""竹琴"……直到中华人民共和国成立后，才改名为"四川竹琴"。竹琴长3尺，直径2寸，一端用鱼皮或猪小肠蒙上。演员斜抱竹琴，用指尖拍击竹筒下端；另一手持两块竹制的简板，板上端系有小铜铃，简板相碰时铃响板响，音韵铿锵。

1964年3月3日，谢惠仁正式拜著名竹琴艺人杨庆文为师。"我为什么喜欢古老的竹琴呢？因为我跟它有缘。"1949年前，谢惠仁的父亲拥有一间金银首饰店，"有一天，我师父带着师兄从门口过，不小心打碎了店里的玻璃宝笼柜，当时母亲喊赔偿，但父亲也是穷苦人出身，说不用，师父特别感激。"

到了1964年，谢惠仁家道中落。"我们一家人困苦时，就遇到了我的老师，他正好想为四川竹琴找一个传承人，恰恰我也很喜欢竹琴，我们两个一拍即合。所以我与竹琴的缘分，一爱就是一辈子！"

唱四川竹琴需要"一心多用"，除了说、唱、念白，还需要左右手并用地弹奏竹琴和夹击简板，再配合形体表演来完成整个唱段。演唱者时而模拟角色，以不同的声腔、口吻、情绪来表现不同人物的神态举止及其内心活动；时而又以演唱者的身份，交代情节发展的脉络，描写客观环境，并品评书词中的人物和事件，表露出演唱者的思想倾向与爱憎感情。

"我跟师父学了三个月，就可以上台表演。"谢惠仁有天分又肯下功夫，很快就学会了这门古老的曲艺，"演出的第一个节目是《山间来了个老货郎》，一上台就得到了观众欢迎，大受鼓励。特别高兴，有人认可我，我就学得更认真了。"

年轻时多才多艺的谢惠仁　受访者供图

改练芭蕾，用120斤的杠铃压肩

"荷叶化只船，荷梗化蒿杆，白氏中舱站，青儿把桡扳……"谢惠仁深爱着竹琴，采访中说到兴起时，各种唱段他信手拈来。这都归功于他对竹琴的认真。那时，他每天跟着杨庆文到五一茶社演出，因为爱好，深钻苦研。

但好景不长，1966年，成都市曲艺团解散，谢惠仁被分派到成都市歌舞团，演歌剧、演样板戏。为了演出，谢惠仁20多岁再学芭蕾舞，其中的难度可以想见。"芭蕾舞是残酷而美丽的艺术，别人都是从小学开始练，我那时候筋都硬了。好在我练过体育，学过武术，还有点童子功，很快就掌握了芭蕾舞的很多技巧。"

谢惠仁说得容易，但为了学会芭蕾舞最基本开胯动作，他用120斤重的杠铃压肩膀，腿紧抵着墙，一个星期，硬生生地达到要求。"好痛，真的好痛！但有付出才有回报，吃得苦中苦，方为人上人。"就这样，谢惠仁从群众、反派一路演来，不断努力，终于从跑龙套一直演到比较重要的角色。

那时他每天和文艺宣传队四处慰问演出。但芭蕾舞对形体有要求，慢慢地，谢惠仁意识到自己的芭蕾舞生涯即将结束。"芭蕾舞我很刚的！学习芭蕾的过程，身段、节拍等东西学习了不少，这些东西我一直没忘，对竹琴也特别有帮助。"不能跳芭蕾舞也不能演竹琴，他又开始跟着同事学二胡。

跳完霹雳舞唱竹琴，赢得观众九回巴巴掌

1978年，改革开放大潮初起，谢惠仁迎来自己竹琴生涯的"春天"。这时候，谢惠仁重新"出山"，再次追随竹琴老艺人杨庆文，学起最拿手、也最喜欢的四川竹琴。"这是我竹琴生涯的第二次上台。"

当时，四川曲艺界举行了一场文艺比赛，谢惠仁抱着竹琴唱了一段传统曲目，荣获二等奖。"这次得奖，把我的积极性又调度起来了。"再次登台，谢惠仁受到观众欢迎，"这也让我更加热爱四川竹琴。"

"大概是1983年，邓丽君的歌曲开始流行，又从日本传来了'饭盒子录音机'。"这给了正在唱竹琴的谢惠仁启发，"我也可以边录音边学习呀！"攒了好几个月工资，他如愿以偿买到一台录音机和几盒空白录音带，边录边学，反复练习，"后来为了逐句逐段练习，我又狠心买了一台'饭盒子录音机'，两个机子对录，方便了不少。"

因为有这个妙招，谢惠仁不仅学习了竹琴，又如饥似渴地学习了全国各地的兄弟剧种和地方曲艺。博采众家之长，四川竹琴表演中的表现力在他那里得到前所未有的提升。没过几年，《水漫金山》《包公案》《三英战吕布》等高难度的桥段，成为他独门的拿手好戏，所到之处大受欢迎。

"那时候流行霹雳舞，竹琴不受大家喜欢，领导就让我上台跳霹雳舞，我那个时候跳得有点好，但我有个要求，跳完得唱竹琴。"回忆起当时的情景，谢惠仁眼中闪着光芒，"我有芭蕾舞的基础，有二胡的乐感，我唱竹琴，不是一板一眼地唱，而是唱得有旋律，再加上动作表演，而且年轻气盛，嗓子又好。

大家很认可我的演出，霹雳舞和竹琴都很受欢迎。后来再上台，不可能遭轰下来。有回在音乐学校演出，一个节目我吃了九回巴巴掌！你说要不要得嘛！"

改革派，四川竹琴唱出流行味

"不能说竹琴古老不古老，我是绝对的改革派，我拥有跨越时代的思维！"流行歌曲充斥成都时，"下海"热潮也传到文艺界。谢惠仁抓住时机，带队出演，一天好几场演出，每天都不少于几百张票。"那时候我'操得很'！七几年就染黄头发的，可能成都就只有我一个。人家穿布鞋，我穿筒靴，穿刷刷裤，思想很前卫。"

提及当时的流行歌曲，谢惠仁张口即来，"妹妹你大胆地往前走""长长的站台"。"流行歌曲唱了一年多，很受欢迎，为了生存赚钱嘛，但我始终不忘本！"1985年，谢惠仁学会了吉他，"我用吉他弹唱竹琴，唱流行歌曲伴舞也用芭蕾舞及光效"。

1987年，谢惠仁一人分饰十几个角色的传统四川竹琴选段《水漫金山》，已经在四川演出了好几千场。那时观众对于男扮女的"反串"已经不像早先一样排斥，从白娘子到小青，再唱法海和小沙弥，谢惠仁革新后的四川竹琴又慢慢开始吸引观众了。"《水漫金山》是我这辈子最经典的节目。"

1988年，是谢惠仁"最刚"的时候。"那时候我嗓子好，各方面也都成熟了，晓得调动舞台上的积极性。"谢惠仁笑言，一辈子喜欢突出自己，所以他很善于捕捉观众的兴趣点，"唱竹琴时，我用追光、用剪影，使用闪光灯，当时的舞台效果之好！"后来，他还将竹琴与交响乐相融合，"艺术不要分太清，艺术有个性，也有共性，只要用得好，就是你的！"

颂成都，创作竹琴唱段《成都美》

2003年，张艺谋到成都拍摄形象宣传片。在成都市文化局的推荐下，谢惠

谢惠仁在青羊宫表演四川竹琴《成都美》 受访者供图

仁抱着竹琴走进了拍摄现场。虽然只有短短几秒的配音，却给他不少启发。"这对我艺术上又是一次提升，不是说张艺谋多有名气，而是我觉得他都能歌颂我们成都，我为啥不能用竹琴来宣传成都呢！"

于是，他开始创作新的竹琴唱段《成都美》——"回锅肉要熬成灯盏窝儿，炸茄饼要加味精、盐巴、花椒面儿，连锅汤要用猪的坐墩儿，清烧鸭子要加芋儿，火爆双脆，嘿哟，要脆蹦蹦儿……"用地道的四川曲艺讲述着原汁原味的成都故事。

现在大家再听《成都美》，发现跟最开始的版本有很多不同。"自己写的自己唱就顺口，只有演员晓得哪些要得哪些要不得，总结之后，'要得'留下来，'要不得'去掉。尤其随着时代变化，哪个观众接受（就留下），要用现在的手段和表演手法体现现代的美，进行唱词、唱腔、打法上的革新，使人接受《成都美》，在接受中，我也不断得到提升。"

现在，又有了《成都美》之"美食篇""美景篇""美人篇""名胜篇""小菜篇""小食篇"和《成都美前传》。"要在演唱中逐步更新改革，文字上删除口水话，尽显成都美意。"说着，谢惠仁又即兴哼唱起来……

退了休的谢惠仁，深感竹琴后继无人，儿子的好嗓子让他动起了培养竹琴接班人的念头。"开始喊他他不学，三个月后再说他还是不学，半年后还是不学。"为了打动儿子,谢惠仁先是"晓之以理"再"动之以情",口水说干也没打动谢赤非,"后来我就说,我把我的工资分你一半嘛,你不要工作了来跟我学竹琴!"

因为是"半路出家",谢赤非一上来,先是"闭关"打了三个月的竹琴。"艺术说简单也简单,说深也深。"有了一定的基本功,谢赤非开始跟着谢惠仁学段子,"他学的段子是我段子里最难的,第一个节目就是《三英战吕布》。节奏很快,比现在的Rap快多了,一口气就得唱一篇。"

为了让更多人能了解四川竹琴艺术,谢家父子还一起"上阵",自己填词、作曲,改编传统四川竹琴曲调,先后创作并制作了大型的四川竹琴MV系列视频《成都美》《成都美前传》,通过四川竹琴介绍成都的风景、名胜、美食等。"《成都美》是我退休后艺术上的又一次成功,在这个过程中,我娃娃对四川竹琴也越来越感兴趣。"谢惠仁还希望,未来将有更多可以彼此尊重、真心热爱四川竹琴的好学生,与他一起传承四川竹琴艺术。

(本文原载于2018年11月15日《华西都市报》
封面新闻记者:荀超)

黄志：
荷叶一枯三十年，馨香留与待来人

｜名家档案｜

黄志，原名黄志华，1945年2月生，四川电视台原文艺导演，中国曲艺家协会会员，中国文学研究院原理事。1960年，拜"荷叶大仙"何克纯为师。擅长为四川曲艺写唱词，包括金钱板《洪湖凯歌》、四川扬琴《凤求凰》《凤凰吟》、谐剧《迎巨星》、琵琶弹唱《琵琶陪嫁》、四川竹琴《两把菜刀》、四川车灯《捧着夕阳唱车灯》等，其中四川清音《蜀绣姑娘》获2000年第九届文华奖。

复古贝雷帽搭配格子西装，74岁的黄志给人的第一感觉就是时尚、潮。谈话间，黄志不疾不徐，尽显温文尔雅的风度。但提到四川荷叶，他抑扬顿挫的语调，让人仿佛回到他当年学艺的旧时光里，刻苦严谨又快乐纯粹，让人沉迷于四川荷叶的魅力之中。

15岁拜师，成"荷叶大仙"唯一传人

四川荷叶有位开创了"何派"的大师叫何克纯，20世纪60年代活跃在成都的大小舞台上。他演唱的荷叶别具韵味，檀板和钗子敲打出色，不仅节奏得宜，且善于用来烘托环境气氛。而且他唱功了得，演唱人物惟妙惟肖，被誉为"荷叶大仙"。

黄志打小就喜欢四川曲艺。"我1952年搬到犀浦来住，那时候每家每户都有个小喇叭，可以听无线广播。"13岁那年，黄志跟着广

黄志　荀超摄影

播学会了唱邹忠新的金钱板选段。除了金钱板，他还爱看川剧，几场看下来就可以"照葫芦画瓢"。

当时的黄志，从没想过自己会跟曲艺打一辈子交道，直到1960年，何克纯到犀浦去演出，15岁的黄志遇到了人生的第一次转弯。"何老师唱荷叶，我就觉得这个荷叶怎么这么好听！我从小看川戏看得多，而且自己可以哼。我就主动找到老师，我说我酷爱曲艺，你可不可以教我？老师说，告一哈（试一下）。"何克纯对艺术要求严苛，在选弟子上，也同样如此，"他首先要求学生，有没有嗓子，有没有悟性，还有人品。所以他这一辈子收学生，就收了我一个，我是唯一的传人。"

感念师恩，收徒不请客莫得拜师费

四川荷叶由川剧派生而出，约形成于清末，最常见的演出形式是一人手持竹签、苏镲和檀板说唱故事，艺人用红绿绸带系在苏镲下面，下垂绿绸带状如

黄志向川音学子展示荷叶　受访者供图

荷茎，而苏镲状似荷叶，因而得名"荷叶"。何克纯嗓音洪亮，唱腔圆润，吐词清晰，其演唱人物，绘声绘色，惟妙惟肖，如闻其声，如见其人。他曾与全国相声大师侯宝林、全国曲艺家孙书筠同台演唱，深受观众喜爱。

"我老师的唱腔很优美，他的嗓子很好。他儿时家庭条件不好，在潼南的时候做过船工，带头喊过号子，嗓子好。他后来拜师学荷叶，经过自己的刻苦努力，形成了他独特的派别，叫'何派'。"黄志说，"艺术没有宗派，只有流派。因为荷叶派生于川剧，他把荷叶的唱腔运用得那么好，演绎得那么动听，不光是普通观众喜欢，川剧的艺人都服他。"

拜师之后，黄志每周都要到何克纯家里学习。"他教我的时候非常耐心，他晓得我家里很困难，那时候我父亲去世了，我和母亲相依为命，从东城根街搬到犀浦住。老师对我特别好，就像待他的儿子一样。真的很好。"回忆起自己学艺的场景，黄志感慨万分，"那个时候学艺不像现在，拜师要收拜师费，要请客呀，老师没得这些。"

15岁就拜在"荷叶大仙"何克纯门下，跟着师父系统地学习了近20年荷叶表演技巧和唱腔，黄志可谓得到了何克纯的真传。在收徒上，他也传承了师父的精神。"我要收徒弟，我很操心，而且我会给学生做饭，我要管学生。我（这么做）不是为了学生，是为这份事业，为荷叶培养人才。"

至今，黄志仍在寻找可以教授的学生。"第一他（她）要有嗓音条件，二是他（她）的形象，三是他（她）学来做啥子，我是一直还没发现。"谈及未来收徒，他表示要打破一些不好风气，"有的人收徒要写某某艺术家拜师庆典，收拜师费，还要弟子请客。我收徒弟，不允许提东西来，我们的师徒情，要建立在纯洁的友谊上。拜师也不用下跪，不要喊师父，太老套了，现在蹬三轮都叫师傅。真请客的话，我建议AA制，哈哈哈。"

加入"轻骑队"，遇到人生第二次转折

竹签、苏镲、檀板，是四川荷叶表演的标志性工具。四川荷叶以竹签敲打苏镲与击板相配合为其伴奏。其所击点子均系简化了的川剧锣鼓牌子，每开唱前打击一段前奏，称为"闹台"。演唱中击板以控制节奏速度，同时敲击苏镲打出一些情绪表现所需要的效果音响。

采访中，黄志左手拿起苏镲、檀板，右手拿竹签，边熟练地敲打，边向记者展示荷叶的唱腔。状似荷叶的苏镲，柄部系以绿绸带，垂在黄志身前，形同荷茎托叶。荷叶不仅乐器美，唱腔也美，而且一个人便可扮演多个角色，撑起一台戏。

"哐册、哐册……"配合着荷叶打出的节奏韵味，黄志继续讲述自己的艺术生涯。1964年，经过4年多的学习，黄志掌握了荷叶的大部分唱段。19岁的黄志把曲艺艺术纳入自己的职业规划，所以他考进四川省曲艺团，想要在四川曲艺的舞台上大展拳脚。然而，命运捉弄人，因为户口问题，黄志与省曲艺团失之交臂。

"后来郫县文化馆就把我要到了他们那儿，当时组织了一个'轻骑队'，我们六个队员去各个地方演出。"在"轻骑队"的日子是快乐的。那时候，黄志白天上台演出，晚上就在纸上勾勾写写，为自己作唱词。"我很喜欢文学，1965年开始，就在刊物上发表文章。"

几年的演出，黄志小有名气，大家都知道他是"荷叶大仙"何克纯的徒弟。因为常常演出的原因，他接触的四川曲艺更多了，并为各个曲种创作了不少作品。然而，到了1969年，自称有些"胆小"的黄志，决定告别曲艺，回到

家中种地干农活，一干就是三年。

平静的农村生活，并没让黄志放弃对四川荷叶的热爱。相反，这期间有不少人请他"出山"。直到1971年，他凭借自己快手创作的《红光儿女绘新图》返回舞台，"当时是在温江汇演，很精彩"。

1971年底，原本打算一辈子从事曲艺的黄志，遇到了人生的第二次转折：他成功应聘为四川电视台记者，并因领导重视，于1972年2月到四川大学学习新闻专业。"人的命运啊，有时候并不可怕，重要的是人的机遇。"直到退休，黄志一直在四川电视台文艺部，从记者到导演，他从不忘宣传、推广四川曲艺。

退休不退艺，写完四川曲艺所有曲种

说话间，黄志左手拿起苏镲，右手执檀板，情不自禁地唱起经典荷叶曲目《双枪老太婆》："六月太阳红似火，嘉陵江水泛金波……"专注的样子，仿佛又回到了当年的舞台上。唱到兴起时，黄志表情丰富，只见他双眼一瞪，右手往前一指，再加上丰富的唱腔和不断变化的说唱，韵味十足。

除了唱，黄志还擅长为四川荷叶写唱词。采访之前，他拿给记者厚厚一叠作品。"我爱山、我唱山、开口闭口不离山，大禹诞生在龙门山，万丈高嘛二郎山，红辣椒产地牧马山，桃花盛开在那龙泉山……"描述家乡四川的《蜀山美》；献给抗战胜利七十周年的《将军罢宴》；带有讽刺和搞笑元素的《凤头鸡下蛋》；把"老婆老妈掉下水"这个千古难题写进唱词的《先救哪一个》等。

有趣的是，这些唱词并不古板，里面既有曲艺的传统范儿，也有诸如《酒干倘卖无》《小苹果》《再也不能这样活》等歌曲曲调，还有更为时尚的说唱、摇滚节奏，颇具现代感。"我退休之后自学了电脑，经常上网浏览一些新闻，接触不少网络语言。"

因跟着师父在曲艺团里学习荷叶多年，对金钱板、清音等其他四川曲艺，黄志都无师自通。所以，除了四川荷叶，黄志还为四川曲艺其他曲种写词，获奖无数。比如四川金钱板《洪湖凯歌》获1980年四川首届文学一等奖，四川扬琴《凤求凰》获1982年全国曲艺比赛二等奖，四川谐剧《迎巨星》获1994年四川曲艺新作一等奖，四川清音《蜀绣姑娘》获2000年第九届文华奖。

还有琵琶弹唱《琵琶陪嫁》、歌舞《春回桃花寨》、四川竹琴《两把菜刀》、音舞小品《桃花盛开的地方》、少儿竹琴《我爱家乡美》、四川扬琴《凤凰吟》、四川车灯《捧着夕阳唱车灯》等，受到曲艺界和观众共同认可。"我基本上写完了四川曲艺的所有曲种。"直到现在，黄志仍保持着旺盛的创作精力，为四川曲艺贡献自己的一份力。

（本文原载于2019年11月26日《华西都市报》

封面新闻记者：荀超）

李伯清：退而不休，七旬巴蜀男神与时俱进

　　李伯清，国家一级演员，著名评书艺术家，散打评书创始人，其睿智幽默的语言风格深受广大群众喜爱。代表作品《假打》《世态百相》《大话60年》《新闻书场》《成都智慧》《成都传奇》《大话水浒》《舌尖上的四川》等上百部作品广为流传。1998年，在华西都市报社与四川省文化厅、重庆市文化局联合主办的第一届巴蜀笑星擂台赛中当选巴蜀笑星，与刘德一、沈伐并称巴蜀笑星"铁三角"。网络时代，李伯清依然勇立潮头。2015年创办"皇家贝里斯"足球俱乐部，人称男神李贝贝，微博粉丝390多万。

　　一听说要去采访李伯清，办公室的80后、90后跳起跳起报名。为啥子喃？"李贝贝，男神的嘛！"作为散打评书创始人，今年71岁的李伯清，俨然成了网络红人，微博粉丝390多万，各种表情包不断。采访

日，李伯清穿着蓝色羽绒服迎上来，精神抖擞。虽然已经71岁，但对拍摄的各种要求都相当配合，一句话："随便拍，整归一。"

李老师说："我一直都这样，当年《鲁豫有约》采访我的时候，我穿的都是那双20元的抱鸡婆棉鞋（hái）。"熟悉李老师的人都知道，二十年前他就是这样，无论有多红有多火，绝对不得飘。

14岁参加工作，看电影被拒毅然辞职

龙门阵里，一段段辛酸往事徐徐展开。李伯清家中姊妹众多，一共6个。1961年，14岁的李伯清要考初中了，本该读三十四中，就是现在的新华职中。按李老师的话说："那时候打梦脚，准考证上的一张黑白照片没巴（贴），晓得是没钱拍呢还是搞忘了，反正就是没巴照片，进考场时就被挡到了。那时候也小，就在考场附近耍，一直到全班同学都考出来，才晓得我没有参加考试。"

书读不成了，只有参加工作。学校拿个表喊李伯清填，当时家庭困难，他最渴望的就是吃饱饭。所以钟表厂、仪表厂都没选，选了个木制包装厂，小小年纪的他想着：包装罐头、饼干，肯定吃得好。结果，那是家做外包装的厂，包装好就运走了，根本吃不到。

李伯清在成都地方国营木制厂整整工作了12年。离开这家单位，也是因为家庭问题。因为李伯清妻子是知青，娃娃上户口成了问题，单位又没有能力解决。李伯清就改拉架架车，也就是两轮车。拉架架车的好处是，原来在单位一个月挣二三十元，现在只要努力，一个月能挣一两百元。当然，也有拉不到喝西北风的时候。

其间，李伯清还当过装卸工。某次，四川博物馆有几桶木料，需要改装，把木料用竿竿滚上车的时候，滑竿滑了，李伯清年轻，跑得快；一位姓廖的师傅没反应过来，当场被砸到了，下午3点送医院晚上7点就走了。廖师傅家里只有残疾的女儿女婿，全都是靠李伯清和另一个朋友帮忙料理后事。

因为办事麻利，省博物馆的一个负责人看上了李伯清，问他愿不愿意去博

李伯清 受访者供图

物馆当炊事员。在街道上开了个六级炊事员的证明，李伯清就去了省博，但是，是临时工。"当炊事员，如果你把菜给哪个打多点，正式工要说：爪子？当真你是临时工，你不心痛粮食嗦？！如果稍微给哪个打少点，外面临时工会说：你娃想转正嗦。"

总而言之，李伯清当时在单位表现还可以，用他的话说："单位去街道上调查了一圈，发现这个娃娃除了穷，没有坏毛病，本质上是好的。"正当准备转正之际，发生了一件事，彻底改变了李伯清的命运。

某天，单位要放电影，李伯清永远记得那部电影的名字——《攻克柏林》。伙食团的团长说："伯清，今天早点卖饭，大家吃了要去看电影。"李伯清就随口问："我喃？"伙食团负责人说："临时工，莫得（资格）。"一部电影都不让看，让李伯清瞬间觉得尊严受到了侮辱，心头极不舒服。当天晚上，他把饭卖了，第二天早晨找到馆长，把铺盖卷往自行车上一绑，说："给我把账结了。清朝的砖汉代的瓦我莫得你们弄得清楚，你们不是常说革命不分先后，咋个一张电影票，就因为我是临时工，把我挡到了？"

无论大家怎么劝，李伯清毅然辞职了。回忆起这段，他很扎劲："都说穷人的气大，烟锅巴劲大。当时，中午伙食团的米汤我都没喝一口就走了。"

泡茶馆拜师说评书，一部《说唐》满头大汗

为尊严而战的李伯清，成了自由人，天天耍起也不是个事。母亲给了他几角钱："茶铺里在讲书，你去听一哈吧。"李伯清说："说白了，就是怕我惹事，给我找个耍的。"

鲁迅先生说："茶坊酒肆也是文化折射的一个地方。"李伯清就好好学习

去了。

以前，老成都坐茶馆一人收一角五，其中茶钱一角，说书的老师收五分，两天就三角，李伯清还是给不起。怎奈他一辈子就爱泡茶馆。读书的时候放学了背着书包，在茶馆门口站着听，看到有人起来，就进去坐空位置。参加工作后，有钱就听书，没钱就在茶馆听自己和别人摆龙门阵。他最爱到文化宫的坝坝里喝茶。一起喝茶、吹牛时，李伯清遇到一个打金钱板的，说有机会跟着耍一下。经介绍，李伯清认识了周少稷老师，正式拜师学说评书。

以前的老辈子，自己名字写不起，谈起历史故事头头是道，上下五千年，纵横八百里，金戈铁马，张口就来。这就是口传心授的评书。

李伯清第一次上台，说的是六角八一本的《说唐》。回忆起初登书场的感受，李伯清说："那一个钟头左右，我都不晓得自己讲的啥子，讲得满头大汗，把自己死背硬记的情节，呱呱呱讲完了。"

过去，管说书的都叫"老师"，无论年纪大小，都是"老师"。李伯清满头大汗讲完《说唐》，旁边有人提醒："李老师，你还是把钱收了。"就是拿个筐筐到台下来，三分五分地找听众收钱，遇到大方的，给个五角不找，就赚了。

听到收钱，李伯清顿时感觉脚像铅一样地沉重，拖不动，下不了台，眼泪花还包起了。注意，这不是因为挣到钱而感动，而是从小受的教育，让他感到万分羞愧："我怎么能给列祖列宗丢脸？我怎么能下去伸手要钱？"最后，一个好心的朋友下去帮他把钱收了。

从那天起，李伯清给自己定了个规矩，也算是对评书界起到了一定的改革作用，就是只收固定的说书费用，不参与抽成。比如，茶铺卖一百碗茶，他也只收属于他那场的五元说书费用，茶铺卖两百碗也是如此。他宁肯自己收入少点，也不愿意端着筐筐下台收钱。高峰期，他一天能挣十几元，那时候一个单位厂长的工资最多四五十元，如果按一天8元算，李伯清说书，一个月能挣240元，相当"港"。

最初讲的都是传统评书：《三侠五义》《说唐》，基本上靠口传心授，也讲过《聊斋》《红楼》。有一次在荷花池说书，中场休息时，李伯清突然发现：遭了，脑壳头啥子都莫得了，之前看的章回小说，在脑壳里一片空白。但说书先生不能给观众说：对不起，我记不到了。他立马想起《醒世恒言》里的一段故事，还有电影《胭脂》的情节，就把这两个情节移花接木安到一起，才蒙混过关。

李伯清说："说评书，就是饭憋慌，你吃饭都吃不起，把你憋慌了，你才整得出来。"

录像厅冲击，评书跌入低谷

散打评书，也是时代的一个缩影。作为散打评书的开创者，李伯清从某种程度上来说，也是时代的弄潮儿。

20世纪80年代初，李伯清在茶馆说书，说的都是传统评书，大多是老辈子口传心授的内容。随着港台文化的进入，他逐渐开始讲港台的武侠书，如金庸、梁羽生、古龙的小说。其中全套金庸的书是120元，在当时并不是一个小数目。

好景不长，1985年左右，台球、麻将等娱乐方式逐渐走进老百姓的生活，给评书带来了冲击。不过，这还不算什么，毕竟爱听书的老头儿、老太太们不会去打台球。真正直戳要害的是：录像厅。

过去，茶馆里坐个百十来人，茶馆既要卖茶还要请说书先生，现在，只需要一块钱租个磁带，就能招来一百多个观众。

随着录像厅的流行，评书这个行当开始走下坡路。年长的说书先生逐渐老去、逝去，中年的说书先生慢慢改行了，整个行业几乎跌入谷底。

李伯清开始走村串户，在附近的县上说评书，勉强能维持一般的生活，有时候连烟都吃不起。

1992年，趁着时代的浪潮，李伯清也南下了。不过，不是说评书，而是到广东惠州帮一个亲戚打工，当办公室主任。可待了一年，他不习惯这份工作，因为"心里是慌的"。

李伯清说："外来文化的冲击，把人心给冲乱了。这对这个社会发展是好事，但对评书这个行业来讲就不是好现象。比如，烧天然气是好现象，但对打蜂窝煤的来说就不是好现象。"

从广东回来，李伯清回归老本行，帮曲艺团接一些小演出，找了个小茶馆继续说评书，在这个折腾之中，无意中迎来了命运的转折。

开创讲段子，不小心就火了

李伯清在锦江剧场的悦来茶馆说书，前三个月，可谓凄风苦雨。

1994年冬天，成都冷得下雪。锦江剧场茶馆里人最少的时候只有18个（能在回忆里将人数精确至此，可见李老师对这段记忆有多么刻骨铭心），最多40多个人。按李伯清以往的脾气，现场没有七八十个、百来个观众，他是不得讲的。

为什么这次就坚持下来了呢？

"也可能是冥冥中注定的吧，也可能是我当时神经病发了，硬是坚持下来了。咋个坚持下来的？无聊吧，心想，管那么多！就当好耍吧。"面对十多个老年听众，两三个月之内，李伯清把《黄山剑影》《三国演义》《水浒》《聊斋》《三言二拍》，甚至《鹿鼎记》都讲了个遍。不过，不是把这些一套一套的书全部讲完，而是讲两篇没人听就换一本，还没人听就再换一本。

最后，被折腾得莫法：你们到底想听啥子？

李伯清干脆不讲这些书了，开始讲当时社会上看到的现象，比如打手机、玩传呼啊，这样，不知不觉吸引越来越多的年轻观众走进茶馆，最经典的段子"给原子弹抛光"由此诞生。

经常有朋友要去茶馆给李伯清捧场，但有些朋友是做生意的，个个抱着"大哥大"，别着传呼机，听着听着就要站起来打电话，弄得现场很闹。

李伯清怕其他观众看到不安逸，忙调侃打圆场："婆婆些，你们要原谅，这些都是我的朋友，他们来看我，因为时间紧，生意做得嗨，他们要给原子弹抛光，要粉刷月球，要给长城安瓷砖，太平洋安盖盖，飞机转弯灯，火车内外胎……"

这就是最初的散打评书。

真正把李伯清的评书定义为散打评书的，并不是李伯清本人，而是《成都晚报》的一位资深记者廖友朋老师。廖老师听了李伯清的一场书后，写了7个章节的文章，将李伯清的评书定名"散打评书"。

李伯清火了。

与时俱进李贝贝，心心念念接班人

散打评书中最具标志性的词是"假打"。

现在，随便在街头找个成都人，问："晓得李伯清不？"对方十有八九会说："李伯清，假打的嘛。"

20世纪90年代初，李伯清火遍大西南。火到啥子程度，有个听似"俗气"的段子，似乎最能说明问题。李伯清上收费公厕，遇到守厕所的小妹，小妹一看："李老师的嘛，随便屙。"

那时，他已经年近五旬。

假打，是怎么来的？这和那个时代有着密切的关系。假打，其实是时代的产物。

李伯清说："最初用在打电话上，拿个'大哥大'，把声音提多高，哎呀，几万块的事情有啥子说头嘛。哦，哦，开个奔驰来接我啊？其实是故意说给旁边的人听，也许电话里根本没声音。假的。后来这个词一延伸，没这个事，假打；对别人感情不真实，假打。"

假打之所以火，是因为不真实、不诚实、虚幻，包罗万象都在假打里面，这种现象比较多，最容易被大家接受。李伯清说评书，始终坚持一个原则：老百姓的语言讲老百姓的故事，在老百姓身边找到原型，这样才最接地气。

因为许多记者都是李伯清的听众，所以，李伯清与媒体的关系相当好。

说起与《华西都市报》的感情，李伯清说："我可以斗胆说，《华西都市报》除了创刊号，首发的第一张报纸，我都在剧场帮着发的。"

借着散打评书的势头，李伯清还在《华西都市报》上开了个专栏《发杂音》，漫画头像都是他自己勾的，在报纸上散打了100期。

李伯清透露，其实自己小的时候就比较会说，只是小时候没那么张扬。十五六岁的时候，哪个说他一句啊，一下脸就红了，红到耳根子，相对比较腼腆。

"那个时代，吃饭就成问题，家里兄弟姊妹又多，从某种意识来说，潜意识就是保护自己。有一种自卑，养成那种习惯，别人还没达到的，我们噼里啪啦就先说了。二是很敏感。对事物的观察，习惯性的动作。别人不注意的，我们很快就注意到了，比如今天采访，你们在现场布置这一切的时候，每一个人的表情和行为动作，都装在我脑壳里。"

"足球名将"李贝贝 受访者供图

1998年，由华西都市报社与四川省文化厅、重庆市文化局联合主办的第一届巴蜀笑星擂台赛中，李伯清当选巴蜀笑星，与刘德一、沈伐并称巴蜀笑星"铁三角"。

2018年，是巴蜀笑星擂台赛二十周年。

回想起巴蜀笑星二十年，李伯清长叹一声："第一代巴蜀笑星中，很遗憾的是刘德一老师、李永玲老师都走了。沈伐老师和我，也这么大年龄了。第二代巴蜀笑星活跃的，廖健、叮当、矮冬瓜、钟燕平、张德高、张徐，但是没有第一代影响大。第三代基本没有啥子影响。也许，第一代竞争没那么激烈，第二代竞争稍微激烈些。第一代，观众还守着电视看；第二代，观众勉强看一下电视；第三代，观众都要手机了。但实事求是，一代比一代，在自身的努力上软一些。因为诱惑更多了。第一代，好多老先生，只要把肚皮吃饱，该咋个艺术就咋个艺术。"

人红是非多，李伯清走红后，各方评价两极分化。喜欢他的，觉得散打评书巴适得板，不喜欢的，非议不断。

李伯清是个性情中人，他说，父亲去世的时候，他没有哭，因为那时候他小，不懂得悲伤；年轻的时候遇到困难，顾不上哭，因为家中的妻儿还等着他挣钱买米。成名后，他当着媒体记者的面，硬是伤伤心心哭了几场。他心头不服气：我从来没有估倒哪个来听我的评书，从头到尾，都靠个人。

"吾本蜀都一凡夫，为谋生计说评书。心直口快人得罪，招来笔伐与口诛。心灰意冷求隐退，山城刮来迎客风。他年不遂凌云志，至死不肯返蜀都。"这是2000年5月20日，去重庆发展的李伯清写下的一首诗。

后来，李伯清又回到了成都，有人又说："你说不回来，咋个又回来了？！"

李伯清说："成都是我的家乡的嘛，我肯定要回来。就像母亲对娃娃说：你娃不听话，以后不要回来！其实，哪存在呢？！"

现在，已经退休十年的李伯清，面对网络时代，依然不虚火，成了连90后都追捧的男神"李贝贝"。

封面新闻–华西都市报记者的采访是在李伯清位于西村大院的经纪公司——华语春秋文化传播公司进行的。采访开始前，记者们抢着与李老师合影，对摄像师宣布："现在是粉丝时间！"采访间隙，也偶有90后粉丝过来求合影。李老师都是有求必应。

一位女粉丝说："李老师，我们来个自拍吧！"李老师说："莫得问题。"女粉丝说："那我把美颜模式开起。"李老师说："莫得关系，只要是和我拍，随便哪个都拍得漂亮。就算是不漂亮，也会被我xìn（陪衬）得漂亮。"瞬间又笑翻一堆人。

"李伯清：四川成都人。又名李贝金，李贝贝，韩国名金叫焕，日本名井岛叫焕，英文名安吉拉贝贝。"这是李伯清微信公众号上的介绍。如果你没有转发过"李伯清"这个微信公众号上的段子，那你一定不是资格的铁粉。里面除了一些老成都的回忆，更多的是一些包袱不停、脑筋急转弯式的爆笑段子。

本以为这些段子都是公司里的80后、90后的杰作，李老师揭秘："才开始，我都是亲力亲为，后来才有了个团队。我必须要把控，比如风格上的把握，正能量的把握，有些东西不能过，因为有那么多年轻人喜欢，不能误导，要正面引导，尽可能地传递正能量。"

"我的要求：希望他们能够长足发展，哪怕几十年以后，即使我不在了，公司还在，他们还能继续生活。用不着明天就做上市，后天就垮杆。"

其实对李伯清老师的称呼，也是变化多端的。年轻的时候，好朋友管他叫"李伯"，把"清"字省掉更显亲密，老辈子喊他"伯清"。"喊李伯清，就是查户口的。（此处应有笑声）。喊李老师，就是听评书的。"

对现在网络上年轻女娃子喊自己李贝贝、男神，李老师说："一，我又不是一米八几的帅哥；二，又没惊天动地的啥子事。男神，只是一种昵称，一种亲切的叫法，感情更近一点。相当于喊李爷爷，李伯伯，李大哥。"

李老师从来不用粉丝两个字，他说："不，你们是我的书友，喜欢听我评书的朋友。"

对自己越来越受年轻人欢迎，李老师心中有数："因为有微博、微信之后，造成大面积的网络语言，好雷人啊、我晕啊。年轻姑娘年轻小伙子，00后、90后都是在微博微信公众号上对我加深印象的，再加上在父辈影响下，对我以往的作品加深了认识。我分析，更重要的原因，除了语言上的幽默，我和他们父辈是平等的位置。可能这一点更合他们的拍，他们觉得更亲切。李伯伯那么大年纪了，还给我们一起比哈心啊，比个耶啊，说穿了就是没有距离，接地气、与时俱进。"

李老师也劝诫弟子们："不要只是一味羡慕别人的知名度，自身不努力还是不太好。也希望看封面新闻这一档栏目的所有观众和父老乡亲，你们继续包容和支持本土文化。观众是衣食父母，有让你们遗憾的地方，你们要给予更多的支持和关爱，毕竟是家乡的本土文化。希望后辈沉下心来，少一点急功近利，多一点自律和学习，这样，天府文化还有很大的提升空间。"

（本文原载于2018年12月17日《华西都市报》
封面新闻记者：吴德玉、荀超）

程永玲：稚声一曲惊四座，恰似清音动珠玉

程永玲，1947年5月生，国家一级演员，著名四川清音表演艺术家，享受国务院政府特殊津贴。1958年考入成都市戏剧学校曲艺班，师从四川清音艺术大师李月秋。多次荣获国家级和省级艺术大奖，包括文化部颁发的"文华新节目奖"和"文华表演奖"。荣获过人事部和文化部联合授予的"全国文化系统先进个人"和中国文联授予的首批"全国中青年德艺双馨文艺工作者"等称号。1995年获中国曲艺牡丹奖表演奖。

程永玲擅长演唱小调曲目，她的音色甜美，清新俏丽，既保持了四川清音艺术大师李月秋的风格，又有自己的特色。她先后赴奥地利等国举办"程永玲四川清音独唱音乐会"，赴加拿大、美国、法国和新加坡等国交流演出或讲学，让四川清音艺术走上了世界舞台。2009年，作为继李月秋之后四川清音最具代表性的人物，程永玲被评为"国家级非物质文化遗产项目四川清音代表性传承人"。

背井离乡，11岁女孩光脚进考场

采访程永玲之前，记者电话约时间。电话那头，程永玲的声音清脆明亮，与想象中一样。10月11日，按照程永玲提供的地址，来到她家，这是一个老小区，灰白色的楼房鳞次栉比，绿树环绕，曲径通幽。拾阶而上，两边墙壁又见十足的烟火气。门铃响过，程永玲面带微笑打开房门。门内，她一头干练的齐耳短发，黑色考究的家居风衣，休闲又得体，温婉细腻，气质出众。举手蹙眉之间流露出来的清雅婉约，让人很难想到她已经71岁。

年轻时的程永玲 受访者供图

1947年5月23日，程永玲出生在重庆市一个知识分子家庭，父亲在银行任职，母亲也是知识分子。11岁之前，程永玲家境优渥，过着衣食无忧的生活。因父亲喜欢京剧，再加上学校旁偶有川剧团演出，程永玲对曲艺的印象就只停留在戏曲上。

1958年，程永玲家庭发生变故，家里断了经济来源。正好成都市戏剧学校面向全省招收曲艺班学生，能歌善舞的小孩都能报名，而且学校负担学费和生活费。母亲便让哥哥程永超带着喜欢唱歌跳舞的程永玲来成都报考。她至今还记得当时的情形："考试的地方在东丁字街的成都杂技团，那天下了很大的雨，妈妈给我做的新布鞋，我舍不得穿，就拎在手上打着赤脚进去了。"

初生牛犊不怕虎，面对几位主考老师，程永玲很快唱了一首歌。"唱了之后，老师说'你声音还挺不错的'。问我想学什么，那时候我根本不懂。后来有位女老师唱了句清音，让我跟着唱，'小小尼姑……'就四个字，清音我没听过，就觉得这个弯弯转得挺难的。老师怎么说，我怎么做，看领悟力吧，我基本上还是复制下来了。"

被主考老师夸赞的程永玲，还不忘推荐自己的哥哥："他的声音比我还好！"就这样，兄妹俩顺利通过考核，成了成都市戏剧学校的首批学员。从此，两兄妹远离亲人，远离家乡，住进成都西郊杜甫草堂，开始了朦朦胧胧的艺术之旅。

那一年，程永玲11岁，哥哥13岁。

口传心授，靠努力成嫡传弟子

1959年秋天，名噪一时的李月秋在莫斯科举行的世界青年联欢节上演出，获得金质奖章，载誉归来，轰动全国。"我刚进学校的时候，就记住了李月秋这个名字，印象特别深，天天盼望她来。"有一天，校长亲自到教室里给学生们说："刚刚从莫斯科载誉而归的李月秋，将来学校上课！"

这个消息让程永玲兴奋不已，直到现在她都清楚记得，李月秋当时身穿湖蓝色旗袍，头上扎着丝巾，"很洋气、很摩登，让人眼前一亮"。

李月秋教的第一个曲目是《小放风筝》。"我年龄最小、个子也矮，坐在教室最前面，生怕老师上课点到我。"相较于同龄人的贪玩，程永玲总会安静地待在宿舍，背诵老师的授课内容。"四川清音当时是没有曲谱的，李老师本身也不识谱，教授过程只能是'口传心授'，完全是心记，词、旋律、唱腔都要记，老师一节课教一段，教得很慢，也很认真。"

一个月之后，李月秋在课上抽查，果然选中了程永玲。"我站起来，心怦怦跳，唱完之后，看她表情是高兴的，她说：'程永玲基本把这个课还上了。'"之后，每次被李月秋点名出来"还课"，程永玲总能完整地记住她的运气唱腔，并精确地演绎出来，这让要求严苛的李月秋甚为满意。第二年，在校长的建议下，李月秋从班里正式选出两名嫡传弟子，程永玲就是其中之一，也是迄今为止发展得最好、成就最大的弟子。

采访中，程永玲还笑着回忆师傅的几件趣事。原来，李月秋虽然教学非常严厉，但私下对徒弟关怀备至。比如在20世纪60年代经济困难时期，只要有好吃的，李月秋就会叫她去家里吃饭。李月秋还经常带她到成都的大餐馆吃饭，给她买衣服和鞋子。"餐馆里那些有名的大厨，都认识我老师。"

兄妹搭档进京，给周总理唱四川清音

程永玲天资聪敏、嗓子好、有悟性和勤奋好学、进步快等优势让她迅速从众多学艺的孩子中脱颖而出，被公认为唱清音的好苗子。"拜师仪式很简单，行个礼就可以了。从那之后，老师开始给我们上小课，开小灶。"不同于之前的大课，小课上李月秋更加注重细节，对程永玲的行腔吐字要求严格，"口传心授虽然很慢，但慢工出细活"。

直到现在，程永玲仍觉得"口传心授"的传统教学方式值得继承。回忆当年自己学唱四川清音的场景，虽然是"老师教一句学唱一句，有时一个上午就学一句腔，一句唱词只有七八个字，但节奏慢，旋律长，半天都学不会，一个完整的节目往往需要一个月甚至更长的时间才能学会"，但"幼儿学，入了骨，记得牢，印象深，不易忘掉，就像烙铁那样，深深刻在你的心上"。

现在虽然有了谱子，"但学得快，忘得也快，尤其一些小腔，只是识谱根本记不下来，还是得靠口传心授"。为了找到行之有效的科学方法，程永玲在教授学生时，先把有谱的节目拿给学生练，练会了唱给她听，然后她再根据每个节目的曲牌风格和内容意味，逐字逐句抠唱腔。

李月秋悉心授课，程永玲得其真传。1959年11月，四川省文化厅组团去北京参加全国青少年文艺汇报演出，程永玲和哥哥双双被选中。两人演唱的曲目就是《小放风筝》，"我独唱，哥哥帮腔"。这是程永玲第一次上北京演出，后来在中南海作汇报演出时，一曲传统清音《小放风筝》让周总理连连夸好，程永玲也在全国和全省曲艺界获得了"小荷才露尖尖角"的评价。"那时候不

成都名人聚会，左起：邹忠新、车辐、牛德增、李德才（坐）、李月
秋、夏本玉、程永玲、杨紫阳　受访者供图

紧张，很兴奋。小孩子嘛，没想到太多。"

1962年，周总理出访回国途中，来到成都，不忘再听四川清音。这一次程
永玲演唱了与自己年龄更符合的现代曲目《花儿朵朵红》。"演出结束后，周
总理接见演员时，亲切地摸着我的头说：'小姑娘你唱的是现代曲目吗？很好
哦！今后就是要多唱现代节目。'"周总理鼓励的话语深深地印在了程永玲的
脑海，成为鞭策她编演新节目的重要动力。也正因为如此，在今后漫长的艺术
生涯中，她演唱的四川清音节目，多属反映现实生活的新节目。

在成都市戏剧学校曲艺班学习期间，程永玲经常跟着李月秋到剧场、工
厂、农村演出，她一边学习一边实践。1961年，三年的学习期满，学会并能演
唱30个传统节目（包括清音"八大调"和若干小调）的程永玲，以优秀的成绩
毕业，正式分配到成都市曲艺团担任四川清音独唱演员。

那时在成都，程永玲天天在"五月文化社"书场演出。"1962年开始挂牌
到1965年，收获太大了，每天都要唱清音，基本功一点没荒废。"慢慢地，观
众也开始认可并喜欢她的清音，就连一些大学生，也天天来听。"总府路那一

带的人都认识我，小名人了，走去哪个铺子买东西，都要给我很大的优惠，也是有粉丝的人了。"

出国独唱15场，获赞"来自东方的明珠"

后来，成都市曲艺团被解散，程永玲演"样板戏"，跳了四年芭蕾舞。从头开始练基本功，尤其为了"立脚尖"，脚上打起血泡，趾甲也被磨得掉了下来。好在程永玲上戏校时练过基本功，有基础，很快适应了新工作。而且跳芭蕾舞也不错，形体练好了，对以后的四川清音演唱也有所帮助。

再次恢复唱清音时，程永玲通过"多练、多演、多听"来提高自己。1987年，首届中国艺术节，程永玲带着四川清音参加。唱什么，成了程永玲的难题，因为很多新唱段，她都到北京演出过了。正当她感到苦恼时，著名报人车辐送来了流沙河的一首小诗《我是四川人》。

至今，程永玲都还记得头几句："母亲临盆，临中国最大之盆，生下你，生下我，生下了一亿人。有苏东坡的骄傲，有郭沫若的豪情⋯⋯"有了内容，流沙河又推荐写过四川清音《布谷鸟儿咕咕叫》的唱词专家黄伯亨来修改唱词。经过多方努力，四川清音新节目《我是四川人》获得首届中国艺术节优秀节目奖。

同年，程永玲还应邀到奥地利举办"程永玲四川清音独唱音乐会"，连唱15场，轰动一时，让四川清音艺术走上了世界舞台。这是程永玲首次出国举办独唱音乐会，她心里也没有底。但她平日里练声的勤奋，又给了她上台的自信和勇气。"平时我练声很刻苦，可以从早上一直练到中午，我知道我的嗓子没有问题。"

出国演出的第一场，就遇到大雨倾盆。"在后台的时候，我想万一一个人都没有怎么办呢？很担心。我出场时，只见四周黑压压的，一点声音都没有，只有几束很强的聚光灯照在独唱演出区。我还有点紧张，但第一个曲目唱完，当我低头向观众鞠躬时，几秒钟后，突然掌声雷鸣，我的心一下子就定了下来。"

一个曲目、两个曲目，除伴奏乐队演奏了两首器乐曲给程永玲换演出服的间歇时间外，她在台上不断演唱，台下掌声不断。甚至到演出结束，观众也不愿意走，程永玲只好又返场了两次。第二天当地媒体报道，赞誉程永玲是"来自东方的一颗明珠"。

跨界创新第一人，"天涯歌女"唱唐诗宋词

在程永玲家里的一面墙壁上，数百盒CD摆放得整整齐齐，里面有她喜欢的民间小调、世界名曲，也有她自己的CD作品《蜀乡风情》等。在浏览这些CD的过程中，《天涯歌女》吸引了记者的目光。

《天涯歌女》是雨果唱片公司为程永玲精心录制的碟片。1990年，该公司老总、音乐家易有伍邀请程永玲录制该专辑，程永玲的第一反应就是："我不会唱歌啊。"但易有伍的一番话给了她信心，他说："我录制和出版了你唱的四川清音《小放风筝》，反复听都认为你的声音像周璇，你不要担心。"

程永玲想起自己的师傅李月秋曾被称为"成都的周璇"，现在又有人请她来录制周璇的老歌，这难道是冥冥中注定好的？于是，她答应一试。《五月的风》《采槟榔》《拷红》《钟山春》等周璇的19首歌曲，在程永玲甜美细腻唱功的演绎下，尽显四川清音风格，清新秀丽。"唱片发行之后，听说在东南亚影响很大。"程永玲由此也获得了"现代天涯歌女"的称号。但面对再一次的录制邀请，程永玲婉言谢绝，"因为，我从心底里还认为我是唱四川清音的，不是唱歌的"。

这一次的艺术跨界，是程永玲的一次创新。在创新这条路上，程永玲一直在探索。她在秉承师风同时，开创了自己的清音风格，不但在题材上大胆创新，在唱腔创新上也突破窠臼。特别是在传统"哈哈腔"的运用上，吸收化用了西方声乐演唱中"花腔女高音"的一些美声方法与技巧，玲珑剔透，跳跃性强。比如《送公粮》演唱中的"哈哈腔"和"舌尖弹音"运用，就使唱腔音乐与唱词表达的思想内容达到了高度的审美契合，"根据剧本的唱词内容，剧情需要来结合的话，就会很适合"。

程永玲还将许多姊妹艺术元素，化用到自身的表演中，以增强四川清音的

感染力。但不管怎样借鉴，她"都要讲求化用，不能生搬硬套，即在我所用的前提下，把握契合点"。她也是第一个尝试用四川清音演唱唐诗宋词的人。"第一首就是《水调歌头》。"同时，程永玲注重全面美化曲艺"唱曲"的舞台呈现，追求审美传达"听"与"看"的有机协调，让四川清音充满传统经典而又不落时尚，洋溢着时代气息。

"时代在变化，需求在变化，节目的内容和形式，必然需要变化。"20世纪八九十年代，程永玲对四川清音做过形式上的创新尝试，比如加入伴舞，加入外景拍摄等。但她认为，四川清音最有魅力的还是传统曲调，这是清音最基本的元素和最优美的地方。"四川清音的改革和发展，必须把自己的根须，深深地扎在巴蜀大地，扎在自身传统的土壤里，通过吸吮传统的营养，来焕发新的生命力。而不是抛弃传统、胡乱创新，将四川清音'创新'的不像清音或者不再是真正的清音。"

采访最后，程永玲拿出一叠资料——一张CD、一本书和两本民国时期的四川清音唱词手抄本。其中，《我与四川清音》一书里，既包含了她的艺术经历，还有一些极为珍贵的四川清音词谱选。最为让人关注的是她花了数年时间整理，并于两年前录制完成的唱片《四川清音八大调》，这是为后人留下的宝贵音像资料。

程永玲介绍，四川清音的八大调为"背、月、皮、簧、勾、马、寄、荡"，数百年来都只有文字资料，从未形成完整的唱腔音像资料。音像资料一旦录制成功，对下一辈传人借鉴，以及对于音乐研究，都可提供便捷直观的素材。

"我收集整理八大调的资料，花了两三年。"高强度的整理工作，对于身体不好的程永玲来说，无疑很辛苦很费神，但她却充满干劲。哪怕当时正因为腰伤卧床，但为了尽善尽美地录制音像资料，程永玲专门花时间进行恢复训练，甚至连"童子功"都调动了起来。"因为这对四川清音的意义重大，填补了'八大调'没有音像资料的空白。"

（本文原载于2018年11月12日《华西都市报》
封面新闻记者：荀超）

张徐：误入三才板，一唱五十年

|名家档案|

　　张徐，1957年5月生，祖籍安徽，两岁半来到成都。1977年考入成都市曲艺团，成为金钱板大师邹忠新的关门弟子。国家一级演员，国家级"非物质文化遗产项目（四川金钱板）"代表性传承人。在四川金钱板艺术的表演形式和唱腔方面有所创新，多次荣获国家级和省级艺术大奖。2002年，他创作表演的《怪哪个》获第二届中国曲艺牡丹奖表演奖。2009年，主演的大型话剧《坚守》，获中宣部精神文明建设"五个一工程"奖。2011年，他策划的金钱板音乐剧《车耀先》，荣获首届"文华奖"最佳剧目奖、优秀演员奖等多个奖项。先后跟随牛群、李立山学习相声，并于2010年拜李立山为师。另外，张徐还荣获"成都市有突出贡献优秀专家""四川省十佳演员""巴蜀笑星"等称号，其演出剧照已收入《中国大百科全书》。

张徐的家位于成都双流一个小区，那里有不少文艺家聚集。进小区大门，沿主路一直往里走，假山奇石、绿树繁花、小桥流水，尽显清幽。走进张徐家里，时尚简约的现代化装修风格，舒适大气，雅致温润，与张徐本人的气质相得益彰。

生于文艺世家，摆故事显露表演天赋

张徐 受访者供图

张徐在北京大学出生。其父亲张羽军是北大外语系高材生，母亲徐棻读北大中文系新闻专业，是川剧史上第一位女剧作家。著名作家张恨水，是张徐的叔祖父。如此说来，张徐可谓文艺世家之后。按一般惯例，张徐应该成为一名作家或者戏剧家，但他却选择了金钱板这门有着三百多年历史的四川曲艺。

金钱板形成于清初，早期多以跑乡场、扯地圈为主，后进入茶社书场演唱。由一人表演，唱词多为七字句或十字句，方言土语演唱，唱词通俗易懂。其唱腔以部分川剧曲牌与四川民歌为基础形成。2009年，张徐与师父邹忠新同时成为非遗"国家级代表性传承人"，邹忠新大师仙逝后，张徐被众多邹派弟子推举为金钱板"邹派"掌门人。

"我4岁开始识字，6岁就捧起那么厚（大概一寸）的字书来读，都是童话故事，不是连环画，是字书，我很喜欢。"因为父母爱书，家里总有大量藏书，6岁的小张徐捧起书来能静静地读上一天，"屋头书多，我有个舅舅也是书多，经常到他那儿去翻各种书，看了很多"。

看完书，张徐还会将书中的情节编成故事，趁着和小伙伴在院坝头乘凉时，讲给他们听。"那时候我很喜欢讲故事，把书中看到的民间故事、传说摆给小娃娃听。前不久有个发小还给我说，记得我给他们摆孙悟空定海神针的故事，说对那个场景记忆尤深，说我童年就有基础。"小张徐讲故事不是掉书袋，他会加上自己的想象并模仿人物，讲起来绘声绘色，"大概这种（表演），真的是我从小的一种能力吧"。

画画磨洋工，无意中爱上金钱板

张徐演出照 *爱访者供图*

金钱板，也称"三才板"。板质以楠竹或斑竹制成，共3块，每块长30厘米，宽3.3厘米，厚约0.5厘米，其中两块中嵌有小铜钱或金属片，可击出风云雷雨等多种不同节奏、音响。采访中，张徐为记者展示了他的金钱板功底。只见他左手持两块竹板，右手持一块竹板，随着双手上下翻飞，清脆悦耳的竹板声传来。明快的节奏、诙谐的唱词、丰富的肢体语言、饱满的神态，声情并茂，气势恢宏。

张徐最初与金钱板结缘，却是因为画画。

20世纪70年代，原本想要将儿子培养成作家的爸妈，改了主意，不让张徐看书。"那时候父母觉得当作家是最危险的职业，学校的文艺活动也不要我参加，觉得我就是在外面耍。"为了让孩子"有本事"，张徐父母开始让他学画画，"规定我每天要画两个小时以上，画啥子呢？只是照着别人的画，学画学得非常枯燥，非常苦恼，非常无聊，每天就是磨洋工。"

有一天，张徐画到无聊跑出去玩，看到一个小伙伴正在敲打三个竹片片。

"我觉得非常有意思，就喊他教我。他说'我是搞耍的，你要学去找另一个人'。这个人就是我现在的师兄罗大春。"当时让15岁的张徐感兴趣的不是金钱板，他只觉得打板很酷，"这是我父母唯一没有干涉我的事情。"那时的张徐并没有意识到，这三块竹板会伴随自己一生。

从单音节到多音节，张徐花了三个月时间掌握"打板板"，也学了两个金钱板小段《大公鸡》《老王剃头》。1973年，16岁的张徐还模仿快板《奇袭白虎团》写了个段子，记录自己与同学到龙泉驿参加劳动的场景，并打着金钱板用普通话说了一段快板书。

17岁，张徐高中毕业了，有了大把时间的他，顺从父母的意愿跟着舅舅学画，"不到半年，画画水平跟以前相比确实判若两人"。说着，张徐向记者展示了他当年的绘画作品，连环画、素描、自画像、人像，很见功力。"我妈还给我许愿，说当时的油画第一人是她战友，我画得好就去跟他学。结果没多久，我就下乡去了。"

金钱板唱得好，到文化馆成文艺骨干

18岁的张徐金钱板打得好，专业又是画画。到乡下没多久就成功报名县文化馆美术学习班。"那会儿笔还没丢，在学习班遇到了一帮画友，大家都是年轻人，年轻气盛。"学习班课程结束，张徐写了一段金钱板，记录大家的学习场景，"当时根本不懂得平仄，也不懂唱腔。但我板子一耍，大家就很惊奇，觉得很好看，还互相留地址说以后常来往。"

这次表演引起了学习班美术老师的注意。"美术老师回去就跟文化馆说，这个娃娃金钱板打得好！没想到，当时就有曲艺队的老师，专门坐车到我住的地方，喊我去文化馆。"因为要劳动挣表现，张徐拒绝跟曲艺队老师走，"结果那个老师硬是拖起我走"。

到了文化馆，张徐常常要到基层宣传演出。为了让宣传活动影响力扩大，张徐快速认识到了节奏明快、形式新颖的金钱板的魅力。"那会儿年轻爱表现，下乡演出多，也有生活阅历。而且我写唱词注重笑料，有包袱，现场效果好，经常拿奖。"张徐的金钱板很受当地人欢迎和喜爱,他与金钱板的缘分也越来越深。

拜师邹忠新,竹林里单独练嗓

金钱板流派分"花派""杂派""清派"。"花派"板式打得花,打得热闹,且打且耍,眉眼身法灵活自如;"杂派"唱词长短运用自如,不受节奏拘束,唱一段说一段,说中带唱;"清派"重视咬词吐字,字正腔圆,细腻准确,行腔中不能有"啦""哈""呀"等虚字尾音出现,表演动作不大。金钱板代表人物邹忠新吸收了"清派""花派""杂派"等各艺术流派之长,创新演新,并不断改革金钱板的演唱艺术,形成"邹派"。

邹忠新生前对张徐评价很高:"我喜欢这个徒弟,不高不矮,不胖不瘦,就是漂亮,那才安逸儿逸哦。二一个呢,我这个徒弟娃娃正派,不乱来,孝心好得很,我喜欢德行好的娃娃。他学得很好,而且他把金钱板改革得好漂亮。"

时间回到1977年,20岁的张徐因为金钱板打得好,被成都市曲艺团"点招"为邹忠新的学生。回想起当时的招生考试,张徐笑了:"说要考试,我赶紧根据邹老师的唱词请了川剧老师作曲。一开口,完全就是川剧高腔,相当于我是打着金钱板唱的川剧。但邹老师人很好,唱完点头说'这个娃娃要得'。我觉得应该是老师热心肠,把我要起了。"

学艺两年,张徐跟着邹忠新一字一句地学。"我每个礼拜去两三次,先背词,唱会了就学表演,手到眼到,先模仿邹老师,他再一点点给我抠细节。"金钱板讲究唱腔,张徐就每天练嘴皮子功夫。"现在大家都说我的嗓子亮,其实刚参加工作时我的嗓子很差,找了好几个声乐老师都没把我扳过来。"

但张徐有股不服输的劲儿。"其实人只要没得声带小结这些,都是好嗓子。音色、气息运用到位,有时候完全靠'悟'。我跟着教授学了几年都不行,最后就看身边的演员,坚持模仿他们,天天去竹林里自己练,不到半年就解决了假嗓的问题。"巅峰期,张徐可以唱很高的调。

有段时间,张徐还专门到艺校学习,从舞蹈基本功练起,锻炼体形。"邹老师最有名的《十三太保》我没有学到,他是将舞台上的一套动作连贯起来了，但我当时在艺校练的动作比他复杂。真是苦练形体，在业务上没得到啥表扬，就是刻苦天天得表扬。"

如今，张徐已经凭着自己的全能，让更多人开始接受、喜欢上金钱板。但回想起1979年第一次在专业舞台上演出金钱板，他也曾腿打颤颤。"我上台是被逼的。当时跟师父邹忠新到重庆演出，邹老师嗓子突然倒了，平时顶替老师演出的人也不在，就喊我上去。那会儿大家工资都好低嘛，能拿出一点钱来看演出好不容易。"

不想让观众白花钱，张徐硬着头皮走上舞台。"以前的舞台都是业余的，我已经离开两年，这次演出很不成功。可观众人很好，礼貌性地给了我掌声。"有了掌声，张徐就有了自信，"我主动找到领导，说以后多安排我演出。等到了第七场，我就很自如了。那会儿，邹忠新、李月秋他们演出，返场四五次都很正常。我到第七场也有了返场的机会，到了二十几场，就成为最受观众欢迎的节目之一。"

再唱金钱板，不返场观众不让下台

20世纪80年代，受"下海"大潮影响，张徐开始在四川各地走穴。曾经在一个演出队，一台晚会有11个节目，张徐一个人就能占7个。"4个吉他伴奏，一个化妆相声，一个对口相声，一个金钱板。对口相声和金钱板还要返场。"

此外，他在音乐剧、舞台剧、影视剧领域也都有着颇深的造诣。"拍电影电视剧，也是男一号男二号。"张徐的老照片集里，有一组男扮女装的剧照。照片中，张徐烫着卷发，金丝眼镜配丝巾，模样相当俏丽。"那是我的第一部电影，反一号，也是第一次演'坏人'。拍电影跟舞台剧小品不一样，是不同行当，培养了我的镜头感。"

几十年的四川生活，张徐彻彻底底变成了四川人。无论是金钱板，还是相声、小品的演出，张徐地道的四川话让人印象深刻。"长大以后，看样板戏学普通话，一直到学相声，我的普通话都过不到关。"1988年，张徐开启了自己的北京演艺生涯，"天天跟北京人打交道，语言上有了很大进步。"到北京演出为了得到观众认可，张徐痛下决心要学好普通话，"我开始背字典，狠下功夫，现在口音基本没得了"。

演得多了，看得多了，张徐开始思考：吉他和相声融合起来效果这么好，那金钱板能不能通过融合来获得新的发展机会呢？于是，他开始尝试对金钱板做一些发展。"传统的金钱板唱腔是以川剧为基础的，虽然我从小在四川长大，也听过不少川剧，但没有系统研究过，这也给我学习金钱板带来了不小的阻力。"但学吉他让他学习了乐理，"这下就一通百通了。"影视剧的拍摄、小品的演出，又让张徐对人物塑造有更进一步的理解，从而对金钱板也有了新的认识，"这就是互相融会贯通给我带来的好处。"

让张徐意识到自己突破金钱板瓶颈是一次艺术节的演出。"当时我表演了两个节目，一个金钱板，一个相声。"张徐本以为相声的剧场效果会更好，"没想到金钱板把相声压了，演完之后，观众一直鼓掌，我只有再上台给大家鞠了一个躬。"还有一次，张徐与曲艺界三巨头同台演出。"当时表演完金钱板，观众巴巴掌一直拍起，要求我返场，我只有上去再演一个。当时还有一个唱美声的演员，那场演出只有我们两个下不到台。"

后来一次展演，张徐的金钱板荣获一等奖，这次获奖缘由传到张徐耳朵里。"我以为是我段子写得好，表演得好。当时评委里还有谐剧艺术家王永梭老师，他们说我唱的金钱板有了歌唱性。一语惊醒梦中人！这么多年，我搞吉他弹唱、相声小品、影视剧，多年的积累喷薄而出，我的金钱板瓶颈已经破了！"携金钱板再次登台的张徐大受欢迎，甚至不返场观众不让下台，"金钱板大有整头！"

退休后的张徐，仍然享受演出的乐趣。为了让金钱板成为"活态博物馆"，不只是见诸文字，张徐还倾尽所能传承金钱板。"我要求弟子不能只是简单模仿我，还要能自己创作，自己处理，自己完成演出，从这点来看，他们暂时都还做不到。"他也承认，"在艺术界表演界，淘汰率很高。把金钱板作为非物质文化遗产保留下来，有人会唱会打，这个没问题。但咋个让它保持活力，咋个发扬光大，这种人才可遇不可求。"

（本文原载于2018年12月3日《华西都市报》

封面新闻记者：荀超）

第四编

◇

编 导 界

严西秀：二胡拉出一生曲艺路

名家档案

严西秀，1942年生，成都人，国家一级编剧，戏曲作家、评论家。1962年开始从事专业曲艺工作，创作各类形式的文艺作品千余件（篇），30多个作品在中央电视台（包括春晚）播出。创作的讽刺喜剧《仙人掌》、方言喜剧《天堂鸟》、曲艺民俗风情剧《岳池农家》获得蜀地文艺奖；大型音乐剧《温暖阳光》获得四川省精神文明建设"五个一工程"奖；曲艺剧《笑娃娃的抗战》获四川艺术节剧目奖；谐剧《麻将人生》获得2012年中国曲艺作品金奖、2014年由叮当演出而获得牡丹奖表演奖；竹琴《竹情》、金钱板情景剧《粑耳朵》获2014年全国曲艺比赛一等奖。2005年撰写的论文《从清音谐剧的过去看四川曲艺的未来》荣获中国文联评论奖一等奖，次年获中国曲艺牡丹奖理论奖。出版作品有《严西秀作品集》《严西秀曲艺戏文选》等。

2019年1月11日，由严西秀编剧，杨真执导，王迅、黄小蕾等主演的公益励志片《灵魂的救赎》上映，这是严西秀参与编剧的第一部登陆大银幕的作品。从1962年从事曲艺创作至今，他陆续创作了千余件（篇）作品，题材多样，涉猎曲艺、戏剧、诗歌、散文、电视剧、电影等。说起这些创作，还要从他小时候讲起……

一段心债：欠一块六毛五二胡钱

1942年，严西秀出生在自贡，因为父母工作繁忙，他跟着成都的爷爷奶奶长大，用他自己的话说，是第一批"留守儿童"。

严西秀家是书香门第，大爷爷和曾祖父是同榜举人，父母又是京剧票友，"他们在自贡还组建过京剧团"。所以他从小爱好广泛，尤其喜欢文艺。8岁时正在盐道街小学读书，路过隔壁师范学校，正好听到一首欢快的《金蛇狂舞》，听着听着竟然被曲目感染，落泪了。

"我中学时期是德智体美全面发展的学生。德，我是少先队的大队长；智，我是学霸，门门功课5分；体，我是全市中学生撑杆跳高的第三名；美，我是学校乐团的二胡手。"14岁进入中学的严西秀跟着身边的同学一起自学二胡，"1块6的二胡，5分钱的弦和松香"。

但严西秀当时并没有这个钱。"这把二胡是一个农民自己做的，他说你先拿起去，我说两个月之后给你（钱）可不可以，他说可以。"严西秀之所以承诺两个月后给钱，是因为他一个月交给学校6块钱伙食费，每周退2毛，两个月正好能攒够1块6。

"但是由于各种诱惑，要看电影，要吃香东西，这1块6毛老攒不起来。再次看到他到学校来卖二胡，我就躲。他在上操场我就在下操场，甚至躲进厕所，十分狼狈。其实他并没有找我要钱，我就是心虚。大概一年以后，他就再也没来过学校了。"直到今天，这1块6毛5的二胡钱，严西秀都没能还给别人。这也成了他的一块心病："如果没有这1块6毛5，我就学不了二胡，也就考不进自贡曲艺团，就没有我现在了。这是我无法偿还的心债。"

35斤定粮：助他走上曲艺道路

1961年，19岁的严西秀高中毕业，因为种种原因，他没能读大学。"我觉得自己考清华北大都没得问题，但事实并不是这样。"高中毕业后，严西秀被分配去当老师，"我读书时，一个月定量34斤粮，教书则是19斤，简直吃不饱。"因为吃不饱，半年之后的他遭不住了，"1962年自贡市曲艺团招生，我去报名，首先问的问题就是你们粮食定量多少？35斤！"

为了每个月35斤的定粮，严西秀正式走上曲艺道路。"其实我当时并不怎么爱好曲艺，我喜欢诗歌、喜欢文学，并不懂曲艺。"从开始的无可奈何，到把自己的健康、才华、智慧、时间、精力、心血一点点投入，严西秀对曲艺的爱越来越深。现今，曲艺已经成为他生命中不可或缺的一部分，即使已经退休多年，他依然还活跃在曲艺的第一线。

1962年进入自贡曲艺团当乐员，严西秀用二胡为演员伴奏。这期间，他接触了不少曲种，对曲艺创作也有了一定了解，并开始尝试创作。1964年，严西秀还与正在自贡川剧团工作的著名剧作家、"巴蜀鬼才"魏明伦一起到农村参加"农村文化工作队"。"我们写了很多可笑的节目，甚至在节目中教农民如何种地。其实对于农事，我们一窍不通。太可笑了。"

之后的十多年里，严西秀被安排做团里的杂事，甚至打扫厕所。但不管生活如何不易，他一直没有丢掉文艺创作。"1966年到1976年，我写了很多作品，这些初期的幼稚创作，对我的磨砺也很大。"

一曲《白发吟》："生逢其时"影响很大

1978年，严西秀36岁，已经从事专业曲艺工作18年了。伴随着"改革开放"新时代的到来，严西秀的创作热情喷涌而出。"我95%以上的作品都产生在改革开放之后，没有改革开放，就没有我今天的一切，这是一个可以尽情解放思想、尽情施展才能的好时代！"

1980年的一天，严西秀阅读了《人民日报》刊发的文章。"我预感到将有大事发生。正巧,全国职工文艺调演要我写一个曲艺作品,我便写了琵琶弹唱《白发吟》。'白发啊……/雪一样白/银一样亮/默默无声/闪闪发光/您何时白了少年头?/你为谁辛苦为谁忙?/白发啊/第一根可长在安源煤矿?/第二根可生在黄浦江?/三根四根长征路/五缕六缕延河旁/白区云雾黑/战地菊花黄/饮马长江照容颜/身后红旗头上霜……'"

《白发吟》全文266字,整个表演只需6分钟。节目短小,但因作品"生逢其时",且情感含金量很高,又有很强的时效性,所以演出一路畅通直到中南海怀仁堂。"《人民日报》还破天荒地发表了这篇曲艺作品。全国17家报刊争相转载,影响很大。"

从此,严西秀的命运也发生了改变。"1980年6月,四川省第一届曲代会上,我被选为四川省曲艺家协会副主席。当时的副主席有四川扬琴大师李德才、金钱板大师邹忠新、四川清音大师李月秋、评书大师程梓贤等,都是大师,只有我一个年轻人。回到自贡后,文化局提我为副团长、团长。"

《白发吟》奠定了严西秀的创作起点,再加上他一直从事曲艺工作,接触专业曲艺团、电视台、报社机会很多,绝大多数作品都能登上舞台或荧屏。"上舞台概率非常大,都是根据需要写出来的。而且我因为作品起步高、影响大,专家也乐意提意见指导我、帮助我。所以节目都在水平线上,还出了不少较好的作品。"

1989年,严西秀应成都市曲艺团之邀到成都。他和袁永恒、袁航一起,还为创刊之初的《华西都市报》写过情景剧《真情敲开万家门》。

一台《仙人掌》:打出小品新天地

在《严西秀曲艺戏文选》一书中,系列讽刺小品《仙人掌》占了34页,囊括了《开张志喜》《明暗之间》《讲坛自白》《仿古训练》《阴阳界上》《高度统一》和《皆大欢喜》7个小品。"曲艺作品有三种状态——'牡丹花''开心果'和'仙人掌'。'牡丹花'很好看,人人都爱;'开心果'大家也都喜欢;但'仙人掌'有些人就不喜欢,现在最缺的就是'仙人掌'。"

20世纪80年代初，严西秀开始创作小品。针砭时弊、剖析人性，有了《仙人掌》系列。"7个小品，像串串儿一样串起来了。全是讽刺小品，讽刺的尺度比较大，对改革开放初期社会的困惑和不良现象进行抨击。"著名剧作家、巴蜀鬼才魏明伦评价，"本剧好在多刺，而憾在刺之不深也"。

1990年10月，首届西南地区话剧节在成都举行，历时半月，来自云、贵、川的12个话剧艺术院团，分别上演了14台话剧。"我们被安排在当时的新声剧场演出，就在天府广场旁边，观众基本就是我们'内盘'（各省文艺界内部）。我们演的时候，整个剧场座无虚席，掌声雷动。评委认为这次话剧节就出了'两台半'戏，一台是重庆话剧团的《雾重庆》，一台是成都市话剧团的《死水微澜》，'半台'就是我的《仙人掌》。"

这次演出之后，《仙人掌》火爆全川，演出邀约纷至沓来。"当时温江地区宣传部到后台找到我，人家问我一场多少钱。我麻起胆子报1000元一场，我们有20多人，吃住行你们包，人家马上同意包20场。四川电视台唐姓导演找到我，说这一台7个小品全部拍成电视剧，一个字都不改，就这样拍。所有的内行都称赞，都鼓掌，都点赞，大家都高兴得不得了。"

最后，很意外。《仙人掌》只拿到了首届西南地区话剧节的舞美奖。"最佳编剧奖、导演奖、节目奖什么奖都没有。后来才知道，因为有人说这个节目有问题。说《仙人掌》能演就行了，不批评就已经够意思了。"即使没有获奖，但得到文艺界同行们的好评，严西秀也非常满足，"我们回到自贡之后又演了30多场，其中一个小品还上了央视。"

不久，严西秀又带着自己的小品参加"中国小品荟萃"展演。"全国选了7个小品，其中有两个是我的。《高度统一》和《当务之急》，由林兆华导演，全由北京人艺的大腕们来演。你想，全国征稿，高手如云，作品既有观赏性又有思想性才可能当选。1990年起，四川省文化厅每年举办小品大赛，一连十届，后来又恢复为两年一届。我每次都有作品参赛获奖。后来我多次担任参赛节目评点。这开阔了我的视野，也倒逼我必须努力提高自己的理论水平。"

严西秀（右二）创作的《麻将人生》获全国金奖　受访者秀供图

拜师王永梭，开启谐剧创作

严西秀创作过不少谐剧作品，《川军·张三娃》《麻将人生》等好评不断。20世纪80年代初，严西秀成为谐剧创始人王永梭的弟子，开启谐剧作品创作。"当时拜师不需要磕头、敬茶这些过场。当时就是在北京的全国曲代会上，一天中午大家正在吃饭，大约有两桌人都是四川代表。开饭前，王老师站起来向大家宣布：'西秀是我的徒弟了。'就这样，谐剧成了我创作的一部分。"

《川军·张三娃》是严西秀为"说唱四川·叮当谐剧专场"创作的谐剧。叮当师从沈伐、李伯清，是四川谐剧第三代掌门人。"当时我想，叮当在当下举办谐剧专场，应该推出什么样的谐剧呢？或者说这些谐剧应该具备什么样的品质？具有什么样的意义呢？"

严西秀的思绪飞得很远，他将谐剧总结为三个阶段。第一阶段是王永梭时代。"王老师一直是一个人在战斗，在1949年以前，他积累了21个节目，以曲艺人特有的脊梁和情怀，'位卑不敢忘忧国'的平民意识，哀民生之艰难，愤人世之不平。是小人物向着庞然大物发出微弱的呐喊和抗争。"

时光进入20世纪70年代，谐剧第二代的大旗，由王永梭的最得意弟子沈伐扛起。"在那个时代，沈伐与包德宾从《这孩子像谁》开始，精诚团结，佳作不断。归而纳之，是把小人物身上的缺点，用手术刀予以有趣的解剖，让观众笑着'和自己的过去告别'。"

第三阶段就到了叮当所处的当下。严西秀认为，叮当的谐剧应该与第一、二阶段有所区别，在内容上，既要遵循谐剧"针砭时弊"的特点，又具有自己的特点。在形式上，应该突破谐剧七十多年来"一人独演，独演一人"的约束。"有好长一段时间，不少谐剧'轻松愉快'地远离现实，在纯'搞笑'中慢慢变傻，谐剧声音越来越弱，谐剧分量越来越轻。今天，谐剧的旗帜交给了以叮当为代表的谐剧第三代。此时此刻，叮当的谐剧专场，应该用具体的节目而不只是理论，来体现四川谐剧人新的思考——谐剧不能承受之轻。"

（本文原载于2019年1月14日《华西都市报》

封面新闻记者：荀超）

陈福黔：
戏里看人生，剧中谱真情

|名家档案|

陈福黔，1944年出生于贵阳。1981年毕业于中央戏剧学院导演系，国家一级导演。执导话剧《赵钱孙李》《棠棣之花》《绝对信号》《爱的力量》《女公民肖哈来》，执导电视剧《同一片蓝天》《杨闇公》《江湖恩仇录》《死刑已经判决》《带刺的玫瑰》《绿茵姑娘》《山月儿》《密码没有泄露》《华夏之灵》《都市俏辣妹》《抓壮丁·王保长新篇》《希望不流泪》《鲜花盛开的村庄》等。

在四川，没有人不知道诙谐幽默的影视剧《抓壮丁》的，也绝没有人不知道《抓壮丁》的主角王保长。2004年、2007年，陈福黔请来中戏老同学李保田，出演由他执导的电视剧《王保长新篇》和《王保长新篇2之死去生来》，将这个可憎又有点可爱的"天下第一保"推向了全国。

除了"王保长"，陈福黔还执导
了不少影视作品，《杨闇公》《江湖
恩仇录》《绿茵姑娘》《山月儿》
《华夏之灵》《都市俏辣妹》《鲜花
盛开的村庄》《希望不流泪》等都出
自他手。

现在回看这些电视剧，可谓实力
派戏骨云集，李保田、张国立、邓
婕、"武松"祝延平、"祁厅长"许
亚军、翁虹等，都拍过陈福黔导演的
戏。尤其是当今"霸屏"综艺节目
的张国立，从1984年开始跟陈福黔合
作，拍摄了《密码没有泄露》《死刑
已经判决》《带刺的玫瑰》《桃花曲》等多部作品。

陈福黔 受访者供图

相比现在一些流量明星动辄一集几千万的天价片酬，三十多年前张国立拍
一集陈福黔的戏片酬多少？12月6日，陈福黔接受封面新闻–华西都市报记者采
访，分享了他与这些老戏骨的拍摄故事。

考演员：技能很多没信心

"父亲是军人出身，母亲是中国第一批时装模特，当时的西南排球队主
力。"陈福黔就读的重庆人民小学，校长是邓小平夫人卓琳，"我小时候的生
活非常优越，从没想过自己会搞艺术。"

陈福黔11岁时，9岁的弟弟跟随父亲在重庆大礼堂看了一场杂技表演。"弟
弟回来就说他要学杂技，没多久就去了重庆杂技团。不久之后，姐姐又考入了
重庆歌舞团学舞蹈。"这时候的陈福黔，仍没想过会和艺术产生关系，"我一
门心思要考重点高中。"

15岁那年，正在上课的陈福黔看到有人从门缝盯着自己。"后来知道他就

是峨眉电影厂人事科科长，来重庆招生。知道我姐姐和弟弟都在学艺术，就觉得我也有这个天分，让我去当电影演员。"那个年代，电影刚刚兴起，少年陈福黔也憧憬过自己的演员梦，"我拿不定主意，就问我爸爸。他很开明，说你自己决定"。

抱着试试的态度，陈福黔参加了峨影厂高级演员训练班的考试。"我穿了蓝色短裤、白衬衣，圆口布鞋，白袜子，还系了红领巾。结果到那儿一看，别人都比我大，都是西装革履并且气势非凡。一下就觉得自己完全考不起。"

因为"没信心"，轮到陈福黔考试时，他反而不紧张了。"我准备了一首诗朗诵，按现在的说法就是很正能量。"诗朗诵之后，考官又问他其他才艺。"我会翻跟头。"说着，少年陈福黔还真翻了一个，让考官很感兴趣。"又问我还会什么，我会说相声。"这段相声是陈福黔的原创作品："甘蔗成林，鸭子成群，不用功学习……当时是5分制，甘蔗成林就是全是一分，鸭子成群就是全是二分……"

这次招生考试，在少年陈福黔心中不过就是一个普通的"过场"，"这个事儿就过了，完全没有寄希望"。谁知直到接到录取通知书，15岁的他正式考进峨影厂高级演员训练班，"1959年，从重庆来到了成都盐道街3号，这里是省文化厅所在地。"因正逢"困难时期"，各方面都比较紧张，峨影厂暂时不上马，陈福黔和其他同学一起，被分派到四川省戏剧学校学戏剧表演。

毕业大戏：促成鲍国安拿下《曹操》

1963年，18岁的陈福黔被分配到了四川省人民艺术剧院。"当时200多人，60%~70%的人被分到了各地市州。我被分派到演员队，经常到各个地方演出，光是仁寿就待了大半年。"

1976年以后，因业务能力过硬，陈福黔从演员被提拔为导演助理，同时负责舞台监督等工作。这期间，他的编讲故事能力、构思能力和编导能力都得到了锻炼和提升。1978年，中戏到成都招生，四川人艺推荐了陈福黔。"当时四川只招两个人，一个是我，一个是剧校同学查丽芳。"

招生考试上，陈福黔结合自己的亲身经历，讲述了一个虚实结合的故事。

"把考官都讲糊涂了，直问我是不是真的。"打动了主考老师，陈福黔编讲故事的能力也得到了认可，很快，他就接到了中戏导演系的录取通知书。

中戏学习，陈福黔感触颇多。"我到了大学才真正感受到老师多么认真、呕心沥血地把知识传给我们，可以说是废寝忘食。"但在当时，中戏的排练场地只有四楼小礼堂，"这个班排演了节目，其他班已经在排队等了。有时候，老师给我们排完小品或者片段，都到凌晨一两点了，还得顶着凛冽的寒风骑自行车回家。"

陈福黔同班同学中，基本都是演员出身，像电视剧《三国演义》中曹操的扮演者鲍国安；凭借《宰相刘罗锅》《神医喜来乐》等为观众熟知的李保田；《人民的名义》里祁同伟的扮演者许亚军等。

"我们班里，李保田光彩照人，演技非常好，他包演了小班的男主角，11个小品，他演10个，剩下一个他是导演不能上角色。大家的毕业大戏都想找他主演。"陈福黔的毕业大戏片段却选了鲍国安，"他演岳飞"。陈福黔有很多导演创意，作品最后，岳飞冤死风波亭一段戏，陈福黔把时间设置在除夕夜，配以爆竹声的设计，震撼了全场的老师同学观众。

"因为我这个戏，鲍国安成了我们的毕业剧目——莎士比亚的四大悲剧之一的《麦克白》的男主角。这个戏吸引了不少人来观看，北京人民艺术剧院、北京电影制片厂的全来了。鲍国安为什么能演曹操？是因为'岳飞'，是因为'麦克白'，之后才有了《三国演义》的曹操、《鸦片战争》里的林则徐，这些都是相辅相成的。"

一集150元，张国立片酬"高"

1981年，陈福黔从中戏导演系毕业了。回到四川，他被四川人民艺术剧院领导委以重任——担任四川人民艺术剧院进京的重点剧目四幕喜剧《赵钱孙李》的执行导演。"这个戏是院长栗茂章编剧，调集了四川人艺最棒的老中青演员来演。"

1984年，陈福黔开创了四川电视台第一部承包电视剧《密码没有泄露》

（编剧陈福黔、查丽芳）的先河。"我邀请张国立担任男一号，邓婕扮演女一号。那时候张国立已经拍了几个片子了，邓婕正在参加《红楼梦》海选。"

看完剧本的张国立，与陈福黔见面的第一件事就是谈片酬。"他说：'陈导，如果你能一集给我150元，我绝对给你好好干。'"

"邓婕上我这部戏时已经参加《红楼梦》选演员了，但当时她是王熙凤五位候选者之一。《红楼梦》选秀时，选演员方针就是：青春、美丽，不考虑演没演过戏。但是初选的演员刚定下来，导演组心里又打鼓了，王熙凤、林黛玉、薛宝钗等这么重的戏，这些年轻娃娃能完成吗？"

就在《红楼梦》导演组犹豫不决的时候，陈福黔的《密码没有泄漏》要在中央台一套星期六的黄金时段播映。"聪明的邓婕马上打电话给阮若琳台长和王扶林总导演，告诉他们自己参演的戏要播出了。"第二天，陈福黔就接到邓婕欣喜若狂的电话："陈导，太谢谢你了，阮台和王导看了我们的戏说：'邓婕很会演戏嘛！'我演王熙凤已经定了。"

进军民营影视，《希望不流泪》感动全川

20世纪90年代初，陈福黔曾当了几年领导。"事情非常烦琐，总结起来就三件事：找我谈工资的，谈职称的，谈家庭孩子的。"这些琐碎的事情，占据了陈福黔大部分精力，"除了执导电视剧《同一片蓝天》外，其他时间都是开会、汇报、谈话……我苦恼、压抑。"静下来的陈福黔清醒认识到：自己不是当官的料，只有做好专业，当好导演、编剧、演员，才能获得更大的人生价值。

找准了人生定位，离开领导岗位走出体制之后的路该怎么走？"肯定要以影视为主！"陈福黔于1994年1月成立了四川第一家民营影视公司：四川省经济电视制作中心。第二年，完成了资本原始积累的陈福黔，着手拍摄了公司的第一部电视剧《希望不流泪》。

这部作品源自陈福黔在飞机上读到的一篇报道：《女教师和父母离异的十五个孩子》。文章只有几百字，内容是写我国离婚率不断攀升，由于家庭破

裂的影响，不少孩子没有走上正道。女教师胜过父母的关心、呵护，帮助着这些孩子们。

短短的文字让陈福黔心绪激荡，他想到离婚后自己与女儿的相处。"我自认为并不是一个没有爱心的父亲，但也会犯下伤害女儿的过失，那成千上万对离婚夫妻怎么能保证他们不犯和我同样的错误呢……我立即电召编剧，要写一部父母离异时对孩子无形影响的电视连续剧。"

陈福黔说，《希望不流泪》的主题不是反对离婚，而是告诫父母们，当你们决定要离婚时，一定要尽最大努力减轻对孩子的伤害，同时告诉孩子们即使父母离婚了，也要正视生活的坎坷，成长要靠自己。不到半个月，他就收到了编剧寄过来的故事梗概和分集提纲。"大纲的文字让我泪水长流了。"

1997年，30集《希望不流泪》在成都电视台的黄金时间播映，收视率和口碑双丰收。"要感谢《华西都市报》给了我很大的支持，几乎每天都在报道这个剧。观众普遍反映：'太感人了！''我硬是眼泪没断过！'十几年后，一位退休女观众见到我还说：'陈导，你所有作品中我最喜欢的还是《希望不流泪》。'"

时间紧迫，李保田来演王保长

2001年，时隔出演话剧41年，陈福黔又受邀执导话剧《抓壮丁》，巴蜀笑星沈伐饰王保长，刘德一饰李老栓，深受观众喜爱。2002年，陈福黔很快迎来他与《抓壮丁》的第三次缘分——20集的《王保长》电视剧剧本送上门。"我很快读完剧本，虽然还有这样那样的问题，但仍然是我接过的剧本中最好的初稿之一。"随后，陈福黔购买了《王保长》的电视剧版权，并进行进一步修改、打磨。

谁演王保长？是这部戏的关键。

定这个角色，陈福黔经历了漫长复杂的抉择。"我最先想到的当然是沈伐，他已经演了《王保长歪传》，反映不错，我们还合作排演了话剧《抓壮丁》。我一直等他的电话，希望他能表态愿意出演我导的电视剧《王保长新

陈福黔（左一）与王保长扮演者李保田（右一） 受访者供图

篇》，但始终没有音讯。"因为投资方不愿意陈福黔无限期拖下去，陈福黔只好北上，去请张国立、邓婕，"这可能造成了沈伐的终身遗憾，也是我的心痛。很对不起他。"

2003年初春，正值"非典"威胁，北京的大街上行人稀少，陈福黔一下飞机就赶到张国立家里。"邓婕分外高兴，告诉我国立还没回来。我把剧本留下，要她和国立尽快看剧本，明天我再来具体商议。第二天，我准时到达，国立、邓婕已在客厅等我。他们都很喜欢这个本子，国立还推荐卢队长由张铁林扮演，王刚演李老栓。我说当然太好了！"

进一步谈到预算，这部戏最少要投60万一集才能保证质量。"国立说，福黔你不要担心钱，我们这个院子基本上住的是金融和外贸界的，他们经常在院儿里碰到我都要说，下部戏也让我们投点资嘛，让我们也沾点星光吧！不说大话，不出这个院子，筹两三千万没问题。"

资金有着落了，开机时间呢？"他抱出来一堆合同，2003年全排满了，一直要等到2004年春节后。"张国立怕陈福黔不放心，还特意写了个承诺书。大意是："明年春节后，我承诺演陈福黔导演的王保长，若你们等不及可换演员，并不用通知我。"然而，陈福黔能等，两家投资方却不同意，必须在2003

年开机。"他们担心王保长的题材被别的单位抢走，损失巨大。"

万幸，陈福黔还有中戏同班同学李保田。"他不仅有档期，还非常喜欢这个题材，他当年在徐州地区文工团就演过王保长。他太爱这个角色了，对剧本提了很多建设性的意见，研究得非常准确细致。"

还有个问题让陈福黔心里打鼓，李保田一集片酬要多少钱？"他说这个问题不要考虑，你们按我五年前所得稿酬的50%给我就行了。非常够意思！"之后，李保田又推荐了王大安演李老栓，"王大安的表演和为人我太了解了，我不可能拒绝。可有个隐忧让我暗暗叫苦。在成都时，李伯清向我表达了他想演李老栓的愿望。"

陈福黔脑子快速转动，马上想出一个更适合李伯清的角色——"蒋县长"，戏份也很重。"我想一回成都就给李伯清讲清楚，他应该演蒋县长，只有符合自己形象气质的角色才能更放光彩。但不知道是不是李老栓演员已定的消息传回了四川，一直等到要开机了都联系不到他，电话怎么打都不接。"

至今，想到自己的兄弟沈伐、李伯清错失《王保长新篇》，陈福黔歉意满满。对于出演了"王保长"的李保田，陈福黔也说"对不起他"。原来，在接到剧本时，李保田建议剧名改为《保长王耀祖》。"我那个时候也不知道怎么想的，偏要叫'新篇'。现在想想，李保田有《宰相刘罗锅》《神医喜来乐》，加上《保长王耀祖》，就是他的电视剧'三部曲'了。很对不起他。"

（本文原载于2018年12月31日《华西都市报》

封面新闻记者：荀超）

金乃凡：一别台前，隐幕五十年

▎名家简介 ▎

金乃凡，1945年生，祖籍辽宁。1961年考入成都军区战旗文工团学员队，1963年分配到战旗话剧团当演员，1978年毕业于中央戏剧学院导演系，1998年任战旗文工团话剧团团长。国家一级编剧，著名导演，享受国务院政府特殊津贴。

代表作：独幕话剧《钟号齐鸣》《将门虎子》，电视剧《刘伯承血战丰都》《青城剑道》，大型话剧《一代名将战孤城》《芳草青青》《结伴同行》《乌蒙铁军》《追求》，大型方言喜剧《文化站长》、大型军旅喜剧《有一个美丽的地方》等。大型话剧《结伴同行》获文化部文华编剧奖、文华新剧目奖，及全国剧协首届曹禺戏剧文学奖。

自2015年以来，中国影视剧市场开启了"四川造"的霸屏模式。早在半个世纪以前，著名编剧、导演金乃凡就凭借话剧《钟号齐鸣》《一代名将战孤城》《芳草青青》《结伴同行》以及电视剧《刘伯承血战丰都》等叫好又叫座的作品，拿完了所有大奖。金乃凡说，他一辈子只做了一件事：舞台艺术。

阴差阳错：依然与舞台艺术结缘

73岁的金乃凡，银白头发，腰板挺直，精神矍铄。金乃凡是满族，爱新觉罗氏。"我从小就是孩子王，用四川话说是个'费头子'。"

自称从小很顽皮的金乃凡，从来没有想过自己有一天会跟"艺术"扯上关系。"1961年，我在十三中读初二。有一天我正在后排靠边的座位上看小人书，就看到老师带着一群不认识的老师来班里，后来才知道他们就是文工团的老师，来选苗子。"

"后来校长找到我爸，说：'现在战旗文工团在招生，指名点姓要让金乃凡去考试。我们建议孩子不去，因为金乃凡是可以学科学的。'我还记得，有印象。我爸爸就说了这样一句：'假如孩子愿意，随他。'"

金乃凡至今仍记得初试的场景："在正通顺街98号，是巴金先生的院子。初试很简单，就在传达室。有老师量量你的身高，看你的手直不直、腿直不直、软度如何，弹跳、下腰、抬腿、下蹲。这些都过了就说回去等通知，参加复试。"

等复试通知正值1961年夏天，暑假里的金乃凡差点忘了这件事儿，当时正值"困难时期"，金乃凡家院子养了几只鸡，厕所在院外。"一个星期天的早晨，我爸爸起床上厕所，到了前院以后，他就看到前院门缝塞进来一个信封，牛皮纸的小信封。鸡已经把信封皮给挠破了，外面沾满了鸡屎，但里面的信笺没事。"

金乃凡两只手指捏着沾满了鸡屎的牛皮纸信封去了复试地点……也是这一天，金乃凡正式与舞台艺术结缘。

转战话剧：跑龙套比男主角还忙

1961年8月25日，金乃凡背着行李卷到战旗文工团报到。在这里，他正式成为舞蹈学员，开启了两年的舞蹈学习生涯。"考的时候哪知道是要学跳舞啊！当时就知道有句话'跳舞跳舞，一辈子受苦'。"既然来了，就得好好学，"早晨起来第一件事就是练功，基本功，毯子功，拿大顶5分钟。"

当时金乃凡的专业课，如基本功、毯子功、古典课、芭蕾课等，都由舞蹈队老演员教授。没有"童子功"半路学舞蹈，金乃凡骨架太硬又没天分，学了很久都不见成效。"我的舞蹈成绩很差，有点厌学。"

回想1960年和1961年两年，学员队共招收了上百名学员，绝大部分被淘汰。每到学员队裁员的时候，金乃凡等一批成绩不好的学员就"风声鹤唳"。"如果被点到名，就知道要离开了。都是十七八岁的男孩子，面子上也过不去，但也没办法。"正当金乃凡面临被舞蹈队淘汰的危机时，却峰回路转、起死回生，"1963年底，话剧团正在排练一个大戏《霓虹灯下的哨兵》，需要跑龙套的，就从学员队要淘汰的人里选了几个个子高的。"

就这样，18岁的金乃凡开启了自己的话剧生涯。关于话剧里跑龙套的故事，金乃凡的妻子胡兰在自己的文章里有过这样的描述："一场话剧演出下来，要换好几套服装，他们（金乃凡和著名配音演员吴俊全）比主角还忙。从匪兵甲到小战士再到群众。最精彩的是，话剧《霓虹灯下的哨兵》里有两个修女的角色，没有一句台词，遇见赵大大惊吓得在胸前划十字狼狈而逃。由于缺人，就让他俩演修女。反正穿上修女的长袍遮面，辨别不出来。"

《学王杰》，成了他的"小骄傲"

一本1966年的《四川文学》杂志，对金乃凡意义重大。经过52年的时光，杂志内页早已泛黄，轻轻翻开，署名金乃凡的数来宝《学王杰》映入眼帘。"这是我的第一个作品。"

他的第一部作品数来宝《学王杰》写完之后深受肯定。"写了以后，组织

金乃凡　受访者供图

上马上拿去投稿。嘿，《四川文学》首篇刊登发表。"

　　和这本杂志一起收藏起来的，还有当年杂志社写给金乃凡的用稿说明及稿费收据。"1965年，我们到北京演出《边哨风云》，我们的管理员拿着给剧组的生活费到北京，还给我带了7块钱的稿费，《四川文学》给的稿费。当时所有老同志都说：'小金你行啊你！'。"

　　《学王杰》之后，金乃凡的创作天分正式被挖掘出来。"1970年成昆线通车，话剧团派人去体验生活。"那个年代，编剧创作非常认真，必须要深入一线采访、体验生活，"当时创作组派了另一个人，比我大几岁，团里派他去采访。那时候路也不好，采访对象全部在深山老林，很辛苦。他提出说'小金这个人好写还聪明，我带上他'，我也很高兴，就跟着他跑完成昆线跑湘渝线。"

　　几个月的采访、体验，金乃凡他们获得了大量素材。"回来之后，讨论怎么处理素材上，我们俩产生了分歧，我心里对他暗暗不服，觉得他提的点子也一般嘛。而且他就比我大两岁，也是演员出来的。"所以两人讨论好故事结构之后，一人分写三场戏，"我拿到之后很兴奋，一直写写写，写写写。我写完拿给他时，他还没写完。"

　　金乃凡记得，审稿那天正是晚上。也是这次审稿，金乃凡上了一堂"生动的批改作业课"。"就看他拿起红笔，叉叉，叉叉。我站在他旁边，手心全是汗，脑袋上也是汗。我写的那三场，差不多有4/5，全是叉。"

　　"后来我一想，算了吧，《钢铁大道》就交给他了，我再写别的。"说到这儿，金乃凡喝了口茶，"这里我要做个小结，总结一下：等到我后来真正地搞创作，在创作上启蒙了，才认识到，他当时批的每一处都是对的，他是我在创作上的第一个老师。"

得意之作，《钟号齐鸣》一炮打响

收藏资料是金乃凡的好习惯，在他的"藏宝库"中，金乃凡的话剧处女作——独幕话剧《钟号齐鸣》，足有5本，全是自己订的作文格子纸，每本都是厚厚几十页。"《钢铁大道》之后，我'自立门户'，借机会创作了《钟号齐鸣》。'钟'是老百姓打钟，支援修铁路，'号'就是铁道兵吹的号，体现军民一家亲。"

金乃凡写剧本之前要打无数次腹稿，为了精益求精，他总是改了又改，一个小时的独幕戏，他写了足足半个月。写完了剧本，想要登台排练，还得"过五关斩六将"。"演员讨论之后，领导讨论，然后再往上讨论、审批。好在这个剧本出来之后，大家都觉得好，所以很快就排了。"

第一次看着自己的作品被排成戏登台演出，金乃凡兴奋而得意。"很开心，我写的东西他们在台上念。"后来，《钟号齐鸣》在兰州参加汇演，一炮打响，"在整个汇演期间，我作为代表在创作会上做报告，但我上台之后非常紧张，只说了几句话'我要说的体现在作品里头，没什么好讲的'，然后就下去了，那时候还是胆怯。"

在兰州演出成功，团队回成都时，又在宝鸡演了一场。"西安电影制片厂就看中了《钟号齐鸣》，说要改编拍成电影。但当时领导没同意。"电影没拍成，金乃凡有点失望，回到成都想看简报上对自己作品的评价，却又被喝走，"后来我才听说，《钟号齐鸣》被评为十大好戏之一。"

戏好、有才的金乃凡，越来越受到重视。1974年3月16日，他受单位推荐，成为中央戏剧学院导演系复课招收的第一批工农兵学员。"我们班25名同学来自部队、工矿企业和部分省市的艺术院团，都是根红苗正的业务骨干。"

在大学，金乃凡学的是导演专业。尽管练过舞蹈、跑过龙套、做过编剧，但金乃凡对镜头知识、场面调度、演员走位等导演基本功非常陌生，"完全没概念"。因为不了解，金乃凡进中戏前的摸底考试，考得一塌糊涂。"好在那会儿推荐和考试相并重，我最终还是进去了。"

中戏学导演，班长是名导吴天明

进入中戏，金乃凡深感"一登龙门，身价十倍"。"我们班主任是徐晓钟，原来的中戏院长、现在的国家大剧院艺术总监，著名戏剧家。他是留苏学生。我们进入学校之后，这些老师们全身心地扑在我们身上。我们25个学生，可以说是受到了精英教育。"

除了理论知识，金乃凡最深的感受就是教学的"严谨"。"不管什么戏，哪怕用一小段音乐，也要请音乐学院的教授来创作，而不是随便找一首凑合。"

说到这儿，金乃凡想起了著名导演谢晋生前很喜欢引用的一句话："拍电影就像两只手捧水，每根手指都要拼命夹紧。不然，这里漏一滴，那里漏一滴，捧起来的水就会很快漏完。"金乃凡在大学里的感受，恰好就像是这句话的生动诠释。

在大学里，金乃凡专业技能得到提升的同时，胸襟和眼界也得到了开阔。"我们的同学来自天南海北，大家互相聊天、唠嗑，一个比一个聪明。"执导了《老井》《变脸》《百鸟朝凤》的著名导演吴天明是金乃凡的班长，"吴天明对生活、对泥土的认识在那个时候就有了。同学之间相互影响，相互感染，受益匪浅。"

2000年，中央戏剧学院五十周年校庆，9月14日在首都剧场举行庆祝大会。时任战旗话剧团团长的金乃凡，因荣获"中央戏剧学院学院奖"，赴京与会领奖。重回阔别二十多年的母校，看到张灯结彩喜气洋洋的校园，看到写有自己名字的大红喜报，尤其见到许多可敬可爱的师长和回校参加校庆的同学，金乃凡激动不已。"我得过不少大奖，但'中央戏剧学院学院奖'是最让我骄傲的奖项。"

中戏的学习生涯，让金乃凡一生受益。他越发清楚"走出夔门"的意义。"纵观近代以来的艺术大家，都走出了夔门，走出了四川。扬雄、司马相如、李白、苏东坡、郭沫若、李劼人、艾芜……"在金乃凡看来，现在的四川艺术工作者更需要走出去，"老祖宗留下的遗产太丰富了，现代人反而受其所累，因为不用出去就有这么多好东西了。但艺术是需要杂交，需要交流的。"

金乃凡认为自己有所成就，就是因为他走出了夔门。"我出生在山西，血液里流淌着北方文化的基因，我是满族，爱新觉罗氏。来到四川之后，受到这里的文化浸润。再加上我们经常到全国汇演、交流，这又增加了我的阅历。"

《一代名将战孤城》，再现刘帅英雄形象

中戏毕业之后，金乃凡又创作了第一部反映刘伯承元帅的戏剧作品《一代名将战孤城》。该作品根据1926年底至1927年初四川泸州起义的革命历史，塑造了年轻的起义军总指挥刘伯承深谋远虑、用兵如神的英雄形象。

"1979年秋，刘伯承元帅传记写作组入川。一行三人，著名作家柯岗牵头，解放军政治学院教授朱玉和刘伯承元帅的儿子刘蒙来川，搜集刘帅早期在四川的革命事迹。"金乃凡和同事做向导，记录兼照顾写作组的饮食起居。

金乃凡跟着传记组一道，沿着刘帅早年的战斗足迹，除甘、阿、凉三州外几乎跑遍四川全境。他们从各地党史办、市县志办、刘帅家乡宿老、民间闻人中搜集到不少珍贵的历史资料，"这些资料我们都保留了一份"。

大概一年后，金乃凡受到委派，参加反映刘帅的话剧写作。"我于1981年9月执笔完成8场话剧《一代名将战孤城》初稿。1982年元月，重庆大型文学期刊《红岩》杂志刊登全剧。这是他们首次发表话剧剧本。四个人署名，我的名字是第一个。1984年7月，四川人民出版社公开发行单行本。"

不久，金乃凡又创作了10集电视剧剧本《刘伯承血战丰都》，原名《血战鬼城》。金乃凡通过自己手中的笔，真实再现一代名将刘伯承元帅经典的攻城战役。剧中，以少胜多，闪电出击，2000余人血战3天歼敌4000余人的场面，至今仍让不少老观众印象深刻。

"刘伯承元帅戎马一生，他的一只眼睛被打瞎就是在丰都。丰都被称为鬼城，很多人来了都是有去无回的。子弹从他右太阳穴打入，右眼飞出。当时只用了草木灰敷上，后来一位德国医生给摘了眼球，连麻药都没用。这在今天的医疗条件下都很难完成，九死一生，非常传奇。"

《刘伯承血战丰都》是战旗文工团与电视台合作的第一部电视剧。以前的

电视剧剧集很短，甚至只用上、下集就能讲好一个故事。金乃凡的10集剧本，在当时来看，是部大剧，想要拍成电视剧，并不容易，甚至很多人都不认可。

签字打印好的剧本放在领导办公桌很久，一天，突然有人喊金乃凡赶快把第9集中间缺的一页送过去。"听到这个消息，我就知道有门！原来领导本来觉得看了没用，有一天拿起来看，看着看着就看进去了，说老金写得好！"

除了战争描写，金乃凡还在剧本中加了感情戏。他强调作品要接地气，要有观众缘。"有人帮我统计过，我的一场戏获得了40多次掌声。因为我在写戏的时候，脑子里随时在想观众喜不喜欢。主旋律题材也可以平民化、生活化。"

1987年的剧本讨论会，金乃凡带着与陈位其合作的大型话剧《芳草青青》赴京。由于主题新颖、构思精巧、人物鲜活，又一次引起强烈反响。"都说编剧是戴着镣铐跳舞，我们是双重镣铐，创作的自由空间小。在这个基础上想要把舞跳好，首先你要知道，观众才是戏剧的上帝。理论上讲，没有观众就没有戏剧，舞台上演出的所有戏剧，都是观众与戏剧人共同创作完成的。"

一部《结伴同行》，通吃戏剧大奖

金乃凡写东西很慢，找好故事核之后，他会反复琢磨，精雕细刻。"我这个人比较较真，要拿出一篇是一篇，不写废稿。"从第一部剧本创作至今，五十余年来，金乃凡创作了上述5部影响深远的作品。尽管产量不多，但金乃凡的每一部戏都落地有声。更凭借话剧《结伴同行》，荣获中央文化部文华编剧奖、文华新剧目奖，及全国剧协首届曹禺戏剧文学奖。

时间回到1992年，当年的4月30日至10月2日，历时近半年的文艺汇演在成都—广州—兰州—沈阳—南京—济南—北京次第展开。

成都是首战之地。"由我创作、雷羽导演、杨柱舞美设计，赵亮、刘玉贵、王彦波、杨啸枫、魏琦主演的大型话剧《结伴同行》，首战告捷，引起很大的轰动、夺魁呼声一片。此后《解放军文艺》、全国剧协《剧本》月刊都发表了剧本。该剧受邀进京为颁奖晚会祝贺演出。"

《结伴同行》的故事情节曲折有致，生动感人。剧中，满怀理想的军干子弟、大学应届毕业生赵军生瞒着父亲要去参军；即将出嫁的荷花，要去找以前的未婚夫；普琼边防连连长陈铁柱，最后一次讨说法；入伍10年的班长马义祥，刚刚结婚就马上归队；才当兵一年就打定主意要回内地的侯小川。金乃凡笔下，几个想法不同、性格迥异的年轻人结伴同行，成为一个临时集体。一路上，生出许多饶有趣味的故事。

　　金乃凡通过《结伴同行》，表现了高原军人的无私奉献、艰苦奋斗的优良精神。尽管主题是庄严肃穆的，但金乃凡并没有用教条式的写法，让观众陷入沉重。他通过对"侯小川"的刻画，让人们在亦庄亦谐中，恰到好处地领略主题。"《结伴同行》不光感人至深，也赏心悦目、引人入胜。据统计，最叫好的一场演出观众掌声笑声达40余次。"

　　饰演"侯小川"的演员赵亮，初登话剧舞台，就因此剧囊括了中国戏剧舞台最具权威的三个奖项：全军系统表演一等奖、梅花奖、文华表演奖。因为这个戏，他一炮而红，后来参演电视剧《康熙微服私访记》，饰演"三德子"，被全国观众熟知。

　　已经退休的金乃凡，正享受着儿孙绕膝的天伦之乐。但每周他都会走进剧场，看一两场舞台剧。"经常有人请我看剧，找我写剧评，写序言，已经欠了很多稿债啦。"

　　金乃凡最不喜欢那些"胡编乱造""装神弄鬼"的剧："现在有很多作品，缺乏一种敬畏之心。创作不能一味地迎合热点、找噱头，这种动机就不纯。还有的为了迎合主题，先想好框架，那就太八股了，不能主题先行，临水唱空戏要不得。"

　　金乃凡强调，艺术创作要符合规律："以前的作品都是作者有感而发，观众用票房决定你的戏的好坏。现在的观众更多是亲友团，是发的票。没有票房，市场这条路走不远。艺术的生产、艺术的规律、生命都是靠自己，不能靠国家救济，一旦'断奶'就无法存活。"

（本文原载于2018年12月24日《华西都市报》

封面新闻记者：荀超）

包德宾：
夜深一盏灯，石匠『雕』剧本

|名家档案|

包德宾，1949年生，四川宜宾南溪人。国家一级编剧，享受国务院政府专家津贴。著有谐剧、清音、扬琴、相声、小品、唱词、戏曲等艺术形式作品200余篇（部），曾获文化部创作一等奖、中国曲艺牡丹奖、四川省精神文明建设"五个一工程"入选奖、巴蜀文艺评选一等奖、四川省小品大赛创作一等奖等各级创作奖30多个。谐剧《这孩子像谁》获文化部一等奖，《王熙凤招商》获第四届中国曲艺牡丹奖文学奖；谐剧《零点七》、小品《接妻》分别登上1986年、1988年央视春晚。

四川南溪，有位大书法家叫包弼臣（1831—1917），晚清三大碑派书家之一。他自创了一种将北碑与南帖熔为一炉独树一帜的"包体字"，自成一格，被称"字妖"。至今，"包体"书法仍是人们寻求、收藏、研究、借鉴的对象。包弼臣曾任盐源训导、邛州学

包德宾 受访者供图

政、资州学政长达20多年，培养出大批人才，清代蜀中唯一的状元骆成骧即出其门下。

1949年，包弼臣逝世32年之后，他的曾孙包德宾出生。不同于曾祖包弼臣，包德宾见长于剧本创作，父亲毕业于北京大学，母亲毕业于北师大，哥哥姐姐也都是高材生。但文化世家出生的包德宾，却只读到了初中二年级。"我父亲1961年去世，母亲虽然是教师，但因为身体不好，停薪留职几年，到了1965年完全没有生活来源了。"

拼命阅读，小学三年级读完《水浒传》

没有条件继续读书的包德宾，16岁就参加工作，当起了石匠，一干就是13年。打路沿石，打桥拱石，修下水道，在铺满积雪的山上打眼放炮……生活虽然艰苦，但包德宾始终有个"作家梦"。"我姐姐包川（著名作家）大学读的是中文系，她就在做'作家梦'。我那会儿还是个初中生，也跟她一起做'作家梦'。"

因为有梦想，少年包德宾一有时间就"拼命阅读"。因为家境困难，买不起书，包德宾读的作品，大部分都是姐姐抄下来的笔记，如普希金的《青铜骑士》《欧根·奥涅金》《波尔达瓦》等

除了这些作品，包德宾还接触了大量的古诗词。"我外公是晚清最后一批秀才，所以母亲从小就读私塾，'四书''五经'张口就来。我哥哥的古典文学基础非常好，《红楼梦》可以整章整章地背，《三国演义》《警世通言》过目成诵，他记忆力特别好，甚至有段时间想去说评书。"

受家人影响，包德宾的古典文学量积累深厚，他还喜欢到图书馆读书，

"我读小学时就喜欢读剧本，那时候能借出来的剧本，我几乎读完了"。包德宾阅读能力很强，小学三年级就读完了《水浒传》。喜欢阅读的他，还会从自己的生活费里省出一部分去看书，"4分钱去租书，可以读一天"。

第一部独幕话剧打开创作大门

打石头、抬石头、修马路……做石匠的日子是辛苦的，但包德宾性格乐观开朗，始终不放弃自己的"作家梦"。工作之后，只要有时间，他就"泡"在图书馆，甚至中午吃饭，也是边啃馒头边读书。

1966年之后，单位成立了业余文艺宣传队。17岁的包德宾参加演出。"我要上台说相声，还拜了一个相声老艺人为师。"说了几年相声之后，包德宾开始自编自演。1972年，23岁的包德宾，创作出了第一部独幕话剧《前进路上》。这时，他的女儿刚刚出生。

剧本完成之后，"自娱自乐"的包德宾把作品丢到一旁。直到1973年，包德宾的同学来家里要。"他看到我的剧本，说他的姐夫在成都市文化馆工作，把剧本带给他看一下。"不料，就此为包德宾打开了编剧创作的大门。

"写了这个剧本之后，我就学着写相声，写清音，写扬琴、荷叶、金钱板。写完之后，我就把作品拿给大家看，看要不要得。他们说'可以，唱得走'，我就写，边写边走。"

也因为《前进路上》，包德宾备受重视。"当时有两个专业老师专门指导我，陪着我写，陪着我讨论，陪着我采访、体验生活。对我的帮助很大。"剧本创作会还没完，成都市曲艺创作会又开始了。读过斯坦尼斯拉夫斯基《演员的自我修养》的包德宾，从这两次会议上，学到很多。

师从王永梭，31岁创作首部谐剧作品

1977年之后，包德宾的剧本创作迎来"大爆发"，并在省文化局群众文化

工作室写书、创作。但由于种种原因，一直办不到调动手续，他仍是石匠。好在，有不少人被包德宾的作品吸引，关注、关心着他的生活。

"四川日报文艺部的老师对我特别关爱，接连发了我好多作品，手把手教我（创作）。还经常从《四川日报》图书馆借书给我看，我需要什么书，都帮我借。1975年到1977年，看了很多国外的戏剧作品，包括莎士比亚、亨利克·易卜生的话剧。"

这位老师痛心包德宾白天当石匠晚上写作，就推荐他去四川省曲艺团。经过几番沟通，1978年8月，包德宾正式调到四川省曲艺团，从事专业曲艺创作。当年，由成都市话剧团将包德宾创作的独幕话剧《前进路上》搬上舞台；他创作的四川扬琴《山村鸡叫》在《四川日报》发表，随后改编成独幕话剧被四川人民艺术剧院搬上舞台，并获得了1978年四川省文艺调演一等奖。

领导又给了包德宾一个新任务——写谐剧。谐剧是四川独有的艺术曲种。1939年冬天，谐剧创始人王永梭先生在合江县庆祝新年的晚会上，自编自演了一段11分钟的小节目《卖膏药》，作品表现出的对小人物的深切同情和对当时社会的抨击，引发了观众强烈共鸣。之后，他将这"一人独演独演一人"的新形式定名为谐剧。

谐剧从问世那天起，就以针砭时弊、关注平民、讴歌新生活为己任。王永梭先生还在川、黔、滇等地开门办学，培养弟子学生数百人，为谐剧打出了一片明朗的天空。"1978年，王老师时隔多年第一次登台演谐剧，我非常喜欢。我被借调到四川省群众文化工作组的时候，就听王老师讲过课。到了省曲艺团，我有好几次陪他到市、县去讲课，听了若干次，对我帮助很大。"

巷子口的议论，引发火热的《这孩子像谁》

1980年，儿子出生，包德宾从医院带儿子回家过程中，周围邻居纷纷上前，围着他讨论孩子像谁，这个场景让包德宾灵感迸发。一个月之后，他就写出了人生中的第一个谐剧作品《这孩子像谁》：

这娃娃到底像哪个嘛？你们领导意见都不统一，叫我咋个搞得清楚嘛！

不忙，我再看一下……这一回我看准了，像我，像我！

乖乖不哭，不哭，哪个敢说你不像我，像像像，鼻子像，嘴巴像，眼睛像，嗨，连耳朵碗碗的沿沿都像嘛！

"我那时候正在长江三峡，跟着航标工体验生活，早出晚归。"包德宾的小儿子刚刚出生一个月，"我想家了，想儿子，他才满月我就出去了。"想到儿子，就想起自己抱着儿子回家时引发的"轰动"，在巷口不停有人说这个孩子像哪个，"当时全社会正在大讨论'实践是检验真理的唯一标准'，也有的人说'领导是标准'，我就写了《这孩子像谁》，讽刺了人云亦云没有主见的人。"

"节目一出来，评价比较高。"1981年元旦，著名谐剧表演艺术家沈伐将《这孩子像谁》搬上了四川电视台的元旦晚会。

1981年，文化部、中国曲协来四川选调演节目。"当时我这个节目争论比较大，就不让选节目的人看，报送另外的。但他们已经晓得了《这孩子像谁》，就指定调这个节目。"

《这孩子像谁》一登台，引起了很大的关注。"著名文艺理论家王朝闻说'这个节目有峨眉山的猴气'。"当时，还有调演组专家提出该剧是"新时期曲艺创作的里程碑式作品"。

因为《这孩子像谁》，包德宾彻底"火了"。"全国十几个省市来学习这个节目，加拿大、美国等国外曲艺爱好者、学者也来了，他们也感兴趣了，想来学谐剧、演谐剧。电视台、广播电台、报纸都来采访我，但我太年轻了，紧张得一句话都说不出来，哈哈哈。"

《零点七》助力沈伐登央视春晚

1986年的央视春节联欢晚会，著名谐剧表演艺术家沈伐用四川话表演的

《零点七》，引得现场观众捧腹大笑，台词"全心全意为人民币服务"等迅疾成为流行语。《零点七》原名《演出之前》，包德宾创作于1983年。

《零点七》的创作灵感，来源于一次全省艺术市场调研。包德宾感慨："在计划经济转向市场经济的关口，艺术家对艺术还是要真诚，不能一切向钱看，特别是艺术活动、艺术创造。艺术家的艺德、艺品、舞台演出，如果都向钱看就不好了。对艺术创造，还是要充满敬畏充满真诚。艺术是一种高级的审美活动，不能让铜臭玷污。"这也是《零点七》想要表达的观点。

《兰贵龙接妻》上春晚创造流行语

时隔两年，包德宾创作的《兰贵龙接妻》再次走上央视春晚的舞台。"包产到户之前，他是烂滚龙，后来自己安心种田，有了经济收入又接回了妻子，变成兰贵龙。这个政策不仅改变了经济，也改变了人。"剧本出来之后，因为争议太大，一直到1983年才搬上舞台。"第一场演出，电视台、广播电台实况转播，现场掌声成型的约17次，掌声不断，笑声不断。"

为让该节目更加出彩，导演选择已经成名的川籍电影演员岳红与沈伐搭档，被更名为《接妻》的谐剧因此变成了方言小品。台词"一，二，二点五""像麻将牌里的幺鸡""打我，打得个保质保量"迅速流传开来，也成了来自春晚的第一批流行语。

1988年，包德宾创作的三个谐剧《梁山一百零九将》《公关小姐》《零点八》参加四川省曲艺创作比赛。一等奖作品五个，包德宾一个人就占了仨。"评委老师打分，《梁山一百零九将》居然是满分。"

因为表演包德宾的剧本，沈伐火了，其他演员也火了。

包德宾专注创作，哪怕是别人请吃饭，他都不去。"我为了让自己高大，已经是踮起脚尖走路了，就是一门心思搞谐剧。"每年，包德宾都会构思数百个作品，真正落笔的只有三四个，最终能够产生影响的，更是少之又少，"现在我的写作已经成熟了，写出来基本上没有废稿。"

他总结作家的创作状态："就像是练气功，每天修炼每天修炼，有了灵感就像一种气感一样，突然一下进入一种气场，那个时候你就可以天马行空。所以我要专注，我要找到这个气场，找到这个行为特征、叙事方式、模样都鲜活起来，我才来写。先要找到这个感觉，不然再多理性没得形象也不行，找到这个形象，一下就文思如泉涌，四溢而出。"

如今，除了笔耕不辍，包德宾还经常受邀讲课，为四川曲艺创作培养新人。他自己也有两个弟子，徐崧和秦渊。包德宾对两位弟子喜爱有加，经常为他们的创作出谋划策。"徐崧曾获得第三届巴蜀笑星，秦渊创作的四川清音《莲花开》、四川扬琴《守望》分别斩获第九、十届牡丹奖文学奖和节目奖。"

（本文原载于2019年1月7日《华西都市报》

封面新闻记者：荀超）

谢洪：
追梦赤子心，首开武侠风

|名家档案|

谢洪，1950年出生于四川成都。中国峨眉电影制片厂（峨影集团）一级导演、编剧、制片人、舞台剧导演、大型文艺晚会策划人。电影代表作有《白莲花》《神秘的大佛》《京都球侠》《国际大营救》等；电视剧代表作有《海灯法师》《傻儿司令》《黑金烈之经侦在行动》《王保长今传之海选记》等；舞台剧代表作有《升官图》《抓壮丁》《高腔》等。曾获第一届法国巴黎华语影视节"雄狮奖"，蒙特利尔国际电影节"最受欢迎的导演"，并获蒙市荣誉市民称号，迦太基国际电影节"银豹奖"，全国最优秀影视节目电视连续剧一等奖，中国西南话剧节"最佳导演奖""最佳演出剧目"奖等九项大奖，西南五省区电视连续剧一等奖等。

谢洪出生自文艺世家，其父谢继明是20世纪四五十年代著名的话剧演员，演过《茶花女》男一号的阿尔芒、歌德的名作《浮士德》等。"之后他从演员转为教学，培养了许多优秀演员和导演。电影《英雄儿女》王成的扮演者刘世龙，就是他的学生。"

因为父亲，谢洪从小就长在西南人民艺术剧院，只要有时间，就会偷偷溜到剧场里看大人们排戏、演戏。但他最喜欢的，还是在剧场里看电影。"电影艺术的魔力，对小孩子的吸引力更大，成了我一生都不可摆脱的梦。"

谢洪 受访者供图

谢洪1990年执导拍摄电视剧《国际大营救》时正逢云南雨季，剧组在躲雨时做猜猜看游戏，看谁看的外国电影多。"当时在场看外国电影最多的演员，能背出78部。"问到谢洪时，他一高兴，说出了301部片名，甚至讲出了影片的内容，"我记忆力超好，也庆幸小时候就被世界其他国家的电影以及国内的大量名片影响。电影，成了我少年时期的最爱。"

考进中戏前，曾在动物园喂狮子

北京电影学院78级可谓大咖云集，摄影系的张艺谋、顾长卫，导演系的陈凯歌、李少红、田壮壮……他们掀起了中国电影的第五代浪潮。从小就喜欢电影的谢洪，本来也可以考北影78级导演系，却因一念之差，转身错过。

十六七岁，谢洪离开成都到了凉山州德昌县的农村，尽管日子艰苦，但到了晚上，谢洪便和自己的伙伴们弹吉他、唱歌、读小说，给大家讲看过的电影、戏剧。1973年，因为会编会导会演，谢洪考进昆明空军文工团，成为一名光荣的文艺兵。

5年后，谢洪复员回家。本以为自己会从事艺术相关工作，但因5年前的入伍手续没完善，只能被分配到动物园当饲养员。"我被分到了猛兽科，喂老虎、狮子。"待了3个月，刚刚学会给老虎喂食的谢洪，因才艺被成都一生物科研所看中，"因为我普通话好，能说会道，形象也不错，就喊我去当采购员。"

后来，北京电影制片厂的著名导演崔嵬拍《风雨里程》，谢洪被崔嵬身边的副导演张华勋推荐去跟组跑龙套。

在剧组跑了半年龙套，改革开放浪潮席卷而来。"1978年，北京电影学院导演系招生，我正在剧组，想跟导演请假，导演反对说：'电影导演是电影学院学出来的吗？我下一部电影你跟着我干！'因为对大导演的尊敬和敬畏，我就没敢请假。当时摄制组有个小姑娘，在1965版《烈火中永生》饰演小萝卜头的方舒，就考了表演系。"

可《风雨里程》电影拍完没多久，崔嵬就被查出患了肝癌，在医院住院，谢洪回到原单位继续当采购员。1979年，中央戏剧学院第一次面向全国招生。当时，崔嵬的夫人知道这一消息后，立即通知了谢洪，张华勋也给予热情帮助。经过短短两三个月的准备，蹬着三轮车当采购员的谢洪，以第一名的优异成绩考进了中戏导演系。

《神秘的大佛》票价2毛5，票房却过亿

在刚刚过去的2018年，609.76亿元的全国电影总票房成绩振奋人心。可在38年前，一张电影票只要2毛5分钱，一部影片票房想要过亿，简直不可思议，但刚刚进入中戏导演系读一年级的谢洪做到了。

由他编剧的新中国第一部动作片《神秘的大佛》，开创了中国电影最早的商业模式。该片由刘晓庆、葛存壮（葛优父亲）、张顺胜、管宗祥（管虎父亲）等主演，采用了当时的全明星阵容，刚一上映便引起轰动，是中国类型片

谢洪（左二）、刘晓庆（左四）在《神秘的大佛》剧组　*受访者供图*

的第一次大胆尝试。

"我是在上海电影制片厂接到中戏录取通知书的，那时候上影厂正在筹拍我编剧的《白莲花》。"带着电影作品进入中戏的谢洪，半个月后又为学校送上了一份大礼——《神秘的大佛》，"我刚拿到通知书去北京报到前夕，上影给了我一个任务，'你把你的戏乐山大佛写一个剧本'。"带着任务，谢洪和创作伙伴张华勋、陆寿钧、祝鸿生一行来到乐山采风，"8天就写出了《神秘的大佛》"。

《神秘的大佛》的故事发生在20世纪40年代末期的乐山地区，描写爱国人士将修缮乐山大佛的钱财隐藏于佛像背后的山上，当地恶霸沙舵爷（葛存壮饰）与国民党特务觊觎已久，在使用了卧底、偷盗、抢劫等卑鄙手段无效后，企图炸佛强掠。爱国志士梦捷（刘晓庆饰）联合了老僧（管宗祥饰）和警长（江庚辰饰）以及当地一群正义人士，经历了一番激烈争斗与较量，挫败了敌人的阴谋，保护了千年文物与人民财产。

其实，早在几年前，《神秘的大佛》故事就已经在谢洪的脑海里成型。"偶然机会我一个人到乐山旅游，看到了海通法师的故事，非常震撼，出于本能，就开始在心里编故事了。"同样，之前上映的《白莲花》，也是谢洪在陕北旅游采风时根据当地传说改编的故事，大受欢迎，"采风快速编故事的能力，是我在部队里养成的习惯，而且水平不错。巴金先生主编的杂志《收获》，刊登了电影剧本并对《白莲花》大加赞赏。"

"《神秘的大佛》集武打、惊悚、神秘于一身，这在当时是没有的，是国内第一部武打片，是改革开放大潮下涌现的一朵奇葩。"谢洪说，这部作品成就了很多人，"我、张华勋导演、主演刘晓庆等，一夜之间为全国观众熟知。这是整个剧组珠联璧合取得的成功，大家都非常地忘我，每个角色都全力以赴。"

对于女主角刘晓庆，谢洪赞誉有加："晓庆有很多武打戏，她坚持不用替身，亲力亲为。有一场戏从一个山崖上往下跳，她一落地，腿一弯，膝盖就撞到脸上，青了一大块。"

那时候，刘晓庆已经有了不少粉丝。"当时有一个小姑娘来找刘晓庆签名，签完也不走，跟着剧组。晓庆心一软，就把她留下来同吃同住，哪怕有口西瓜，都要给这个粉丝吃。她有四川女人的泼辣、生动、可爱、善良，大家都很喜欢刘晓庆。"

机缘巧合，推荐陈道明演《一个和八个》

2018年尾，中国电影家协会换届，陈道明当选主席，可谓众望所归。在观众心中，陈道明温文尔雅，演技完美，在电视和电影中塑造了一个又一个经典人物，而张军钊执导的电影《一个和八个》，则是陈道明的首部电影作品，他之所以能够出演许志一角，正是因为谢洪的推荐。

1983年，张军钊执导电影《一个和八个》，该片摄影是张艺谋、肖风，美术是何群，被称为第五代导演的"开山之作"。"开拍之前，军钊来找我帮忙，想找个中戏学生演个角儿：形象比较正派，有点冷漠。我想了想，指着楼下正在打球的一个人问军钊：'你看那个怎么样？'他说行，我就叫：'道明，陈道明。'陈道明刚打完球，汗流浃背地跑过来。我跟他说有个电影让他来演，他挺兴奋，学表演的谁不愿意演啊。"

第二天，谢洪再与张军钊通电话时，又将陈道明的表演优势讲给对方听。"当时陈道明在班上已经是比较突出的，学业、演技，大家公认的出众，形象、身材都不错。"谢洪和陈道明的友情持续了多年，"有次我去国家大剧院看话剧，正在门口跟别人说话呢，就有人从背后咚地给了我一下，我回头一看，陈道明在给我做鬼脸。"

谢洪曾邀请李保田出演了自己执导的电视连续剧《月季皇后》。"李保田是1978年考入中央戏剧学院导演干部进修班的，他虽然学的是导演，但他基本上把经历花在了表演上，是公认的表演天才。同学们拍片段、小品，大多数都是他主演。一会儿演革命烈士许云峰，一会儿演《十五贯》里的娄阿鼠，一会儿演国外的敲钟人，一会儿演一个乞丐，五花八门的角色都演，演得非常好。"

导演进修班结束之后，本应回到徐州的李保田想留在中戏。"当时因为种种原因，学校没有这个名额，他就住在中戏的招待所里面等待被发现。"1984年，毕业后的谢洪受四川电视台邀请，回川拍摄一部女性题材电视剧，"我马上想到李保田，就叫他一起来到成都，上我拍的这个电视剧《月季皇后》，在里面演一个街道生产厂厂长，是个压制人才的负面形象，他演得活灵活现，非常好。"

《月季皇后》是李保田出演的第一部电视剧。"虽然还有话剧痕迹，但整体上，显示了他的光彩。我专门拿到上海电影译制厂，请著名配音大师尚华配他这个角色，他听到之后非常高兴。"《月季皇后》在央视播出之后，引起很大反响。此后电影《流浪汉与天鹅》邀请李保田主演，在莫斯科电影节一炮打响。

1997年，由谢洪执导、编剧的电视剧《傻儿司令》开播，在全国引起了不小轰动。"我走到全国各地，很多人一听到《傻儿司令》肃然起敬。江浙一带听四川话是很困难的，但我前两天在丽水拍戏，很多人把台词都记住了，如数家珍。有个大企业家说：'我有段时间离不开《傻儿司令》，我心情一不好就看，看完一下就通泰了。而且不是简单地笑，是有很多启示。'"《傻儿司令》早已成为一代四川人的记忆，"有次我去理发，店员问我导演了什么戏，我说《傻儿司令》看过没，他说：'看过，我和爸爸妈妈都喜欢看，喜欢了好多年！’”

他引用普希金的名言“活得匆忙，来不及感受”强调生活阅历的重要性。“你要把对生活的感受，变成一种悟性，一种情怀。”同时，想象力对导演来说也非常重要，“没有想象力的编剧和导演都是平庸的，我的作品都跟想象力有很大的关系。比如《神秘的大佛》《白莲花》《草莽英雄》，还有《傻儿司令》那么复杂的故事，周围那么多人物，很多要借助想象。”

（本文原载于2019年1月28日《华西都市报》
封面新闻记者：苟超）

第五编

音乐界

朱宝勇：歌韵化丹青，『黄杨扁担』走天下

|名家档案|

朱宝勇，1932年生于南京。著名歌唱家、声乐教育家、国家一级演员，中国音乐家协会会员，四川省民族声乐学会主席，四川师范大学音乐学院艺术顾问、声乐系原主任、教授。《黄杨扁担》《太阳出山》以及他自己作词编曲《尼罗河畔的歌声》等歌曲广为流传。出访美国、俄罗斯、埃及、印度、黎巴嫩、叙利亚、阿尔巴尼亚等国。名字被载入《中国歌唱家辞典》《中国艺术家辞海》《当代中国名人文化录》等。

1932年，中国大地内忧外患。朱宝勇出生在这一年的南京，数年后，南京沦陷，他随家人西迁到湖南、贵州躲避战乱，逃过了那场劫难。

朱宝勇祖籍安徽合肥，生于军人家庭，家中有四个孩子，他是最小的。幼年的他便对音乐和美术展现出了极大的兴趣和天赋。家里有一台老式风琴，姐姐

们喜欢唱歌，每当风琴响起，母亲便将小朱宝勇抱着坐在旁边听小曲子，他也跟着"咿咿呀呀"地唱。让朱宝勇印象更为深刻的是唱片中老头子怪怪的声音，母亲总在他调皮不睡觉的时候吓唬他，"你再不睡，我就要叫老爷爷来了"，于是他很快就进入梦乡。朱宝勇已经不记得，当年家中那张唱片是什么，现在回想起来，也许是男低音歌唱家夏利西滨唱的《伏尔加船夫曲》吧。

声乐天赋难掩，错过中央民族歌舞团

1950年，朱宝勇考入贵州师范大学艺术系学习美术，成为中华人民共和国成立之后第一批大学生。艺术系分为美术组和音乐组，虽然朱宝勇的专业是美术，但是音乐活动却一点没有耽搁——但凡文艺汇演和学校活动，朱宝勇必定会被选中，成为固定"外援"，参加演唱。

大二的时候，声乐老师看中了朱宝勇的嗓音条件，动员他转到声乐专业。朱宝勇甚为犹豫。从小深受家庭传统文化熏陶的朱宝勇心里盘算着，每一件绘画作品都是看得见摸得着的实物，而歌曲若不是极为有名，就很难保存下来。思前想后，朱宝勇婉拒了声乐老师的建议。

谁曾想不到一年，又有伯乐发现了朱宝勇这匹"千里马"。大三那年，中央民族歌舞团来到贵州访问演出，主要走访少数民族地区。朱宝勇作为美术尖子生，和其他几名同学一起被选上，跟随歌舞团采风。旅途中，朱宝勇难掩自身的声乐天赋，几次开口演唱，深受中央民族歌舞团领导赏识。回校之后，歌舞团领导多番恳请学校调朱宝勇到中央民族歌舞团，此时临近毕业，学校已有分配安排，校方只能婉拒好意。

但中央民族歌舞团没有放弃，1953年，得知朱宝勇被分配到四川民族出版社做美术编辑，他们再次派专人前来向出版社协商调动，不想错过这位声乐人才。但朱宝勇作为第一批就业的大学生，深受重视。出于所在单位的需要，朱宝勇再次失去了调至中央民族歌舞团的机会。

1954年，四川省机关文艺汇演，要求每个单位选送文艺节目，并参与评奖。朱宝勇代表四川民族出版社参加，以一首《蓝蓝的天上白云飘》获得大奖，名冠蓉城。20世纪50年代初，不少国外代表团前来，需要歌舞表演招待外宾。从那之后，但凡晚上出版社的电话响，同事们都让朱宝勇接，因为几乎都是找他前去演出的电话。"喂，宝勇啊，某某国家的外宾来成都了，请你来参加今晚的演出。"

朱宝勇　受访者供图

不久，因为出众的演唱天赋，朱宝勇终于被省文化厅调入四川省歌舞团。调任新职的那一天，朱宝勇拎着一卷铺盖、一篮子书就去了歌舞团报到。当天晚上便遇上招待外宾，领导安排他男声独唱。自此以后至退休，朱宝勇在省歌舞团独唱了四十余年，歌声飘扬祖国大地各处，也将民族声乐传扬至海外。

初出茅庐出唱片，《太阳出山》传唱大江南北

1956年，中华人民共和国成立后的"第一届全国音乐周"在北京举行，这是当时音乐界一大盛事，不少知名音乐家都在音乐周上亮相：黄贻君、周小燕、郎毓秀……能跟随四川省歌舞团前往北京，朱宝勇兴奋不已。他被委以重任，在音乐周汇报演出中，不仅担任独唱、领唱，还要兼任报幕员。

汇报演出结束后，朱宝勇被安排在北京短期学习。他犹记得那是一个寒冬，一天，他正在住处复习课程。一位同留在北京学习的友人来访，刚进门便吆喝着："朱宝勇，请客！"朱宝勇莫名其妙，反问他请什么客？友人还以为他在装糊涂："你出唱片了！你在音乐周唱的《太阳出山》出了唱片。"

朱宝勇仍不肯相信，以为友人在开玩笑，对方急了，便要带朱宝勇去现场

看。寒冬中的北京，朱宝勇跟随友人走在去往王府井百货大楼的路上，他裹着棉大衣，心里既疑惑又有些震惊。那时候能出唱片的都是哪些人？梅兰芳、郎毓秀等，个个都是大名鼎鼎的人物。自己不过24岁，初出茅庐，哪有资格出唱片？但他又突然想起，音乐周后，中央广播电台曾邀约他的独唱《太阳出山》和团里的扬琴独奏《将军令》两个曲目前去录音，当时他仅以为是电台播音用，难道这就真的是录唱片吗？

来到王府井，上二楼楼梯口，迎面看到一张橘红色大海报，上面写着"第一届全国音乐周优秀曲目选"，其下落款"中国唱片公司发行"字样。朱宝勇逐一查找，果然在男声独唱一栏中写有自己的名字：《太阳出山》，演唱者朱宝勇。

朱宝勇愣住了，直到友人把他拉至四楼唱片销售处。只见人头攒动，不少人在选购唱片。友人向售货员说道："买《太阳出山》，放来听下。"售货员一边宣传着："今天来买这张的人特多，您听，好听着呢。"一边将唱片放上唱机。熟悉的钢琴伴奏和朱宝勇的声音响彻大厅："太阳出山嘞……"

朱宝勇既兴奋又紧张，哪知友人此时突然指着他向大家介绍，《太阳出山》就是他唱的！周围的人都围过来要朱宝勇签名，他性格腼腆，不想被继续围观，立马买了四张唱片包好，离开了人群。等下楼之后，朱宝勇才缓过神来，原来自己真的出唱片了。

此后，《太阳出山》成为朱宝勇的成名曲及代表作，在中国大江南北广为流传。多年之后，朱宝勇与友人骑车在成都郊区游玩，路过一片田野，无意间听见那一排排电杆上的喇叭里传来了熟悉的歌声，正是自己的《太阳出山》。川西坝上音韵荡漾，夕阳西下，田间有辛勤的农民耕耘。对朱宝勇而言，"太阳出山"仿佛是一个美好的象征，冉冉升起。

编译外国民歌，"黄杨扁担"全国流传

"太阳刚刚爬上山岗，尼罗河水闪金光。家乡美丽的土地上，劳动的人们在歌唱……"朱宝勇在演唱外国民歌时，总觉得差了点什么，"如果外国的民歌全部用中文演唱，会失去当地特色，语言的魅力就没有了。"在阿尔巴尼亚

和叙利亚时，他就曾自学当地语言，试图原文翻唱。

当地语言很难模仿，要唱出民族特色还需要注意一些语气和发音的变化。在翻译的帮助下，朱宝勇学习了阿尔巴尼亚、埃及、叙利亚等多国语言，用于理解歌曲含义，掌握地道唱法。要说他真的懂多

年轻时的朱宝勇　受访者供图

国语言，朱宝勇瞪大了眼睛，笑道："那都是瞎猜。"

《你呀你呀》《小辫子飘啊飘》是朱宝勇的另外两首异域民歌代表作。为了保留当地民族特色，他尝试了唱一遍中文、唱一遍原文的演唱方式，在20世纪60年代的中国大地上广为流传。

引进来，也要走出去。出访国外期间，有一首歌曲，朱宝勇一定要演唱，那就是备受川渝地区民众喜爱的《黄杨扁担》，这也是朱宝勇最为有名的代表作之一。这首原本在重庆流传的民歌，自朱宝勇1958年首次演唱后，便开始在全国流传。

有一次，四川省歌舞团到重庆沙坪坝演出，结束时，朱宝勇将《黄杨扁担》作为返场歌曲，一开口即获得台下观众热烈欢呼。一遍过后，观众仍未尽兴，朱宝勇又接连唱了两遍。其火爆程度，实不亚于现在的明星演唱会。

周总理面前独唱，获评"很有民族特色"

1964年，周恩来总理出访东南亚，所到各国均以盛大而隆重的礼仪和独特

风情的艺术表演欢迎。访问期间在成都短暂歇息，周总理提出要看看四川文艺界的表演，朱宝勇有幸参与其中。

朱宝勇还记得那一天，金牛坝礼堂的花园外聚集了许多文艺界的朋友。大家都静静站在树下等待。朱宝勇有个习惯，演出前总是不安定，得知是在周总理跟前唱歌，他更加紧张。

他准备了两首民族特色较为浓郁的作品，手风琴伴奏独唱。两首皆是团里创作的，经过朱宝勇的演绎，已经登台多次。此时，有人从礼堂出来，大家纷纷围上去询问情况。听得那人说"总理说缺乏民族特色"，朱宝勇才恍然大悟，原来周总理听完是要发表意见的。这让他更加紧张起来。

终于轮到他了。走进大厅，舞台右侧聚了些人，周恩来总理身着青色中山装，坐在一张棕色皮沙发上，四川省歌舞团杜团长则坐在后侧，给周总理汇报情况。

报完自己演唱的曲目后，朱宝勇开始唱了起来。他有个特点，台下哪怕再紧张，只要上了台，就全身心投入到演唱中，甚至还有点"人来疯"。刚才的不安逐渐退去，在悠扬的手风琴伴奏中，他顺利完成了演唱，自认为发挥不错。

周恩来总理回头向团长询问朱宝勇的名字，然后微笑着点评："言语清晰，感情充沛，很有民族特色。朱宝勇，你就这样坚持下去，不要动摇。"朱宝勇如释重负，兴奋起来，若是其他场合，他怕早已欢呼雀跃起来。他满怀着喜悦匆匆离场，礼堂外的人也照例上来问询，他不敢骄傲，只淡淡说："还可以。"

喜爱绘画的朱宝勇将这段难忘的经历用画笔记录下来。多年以来，朱宝勇已经养成了边唱边画的习惯。在得到周总理的肯定后，朱宝勇对于民族音乐的探索更加坚定。多年之后，他将自己的两项艺术成就结合在一起，出版了自己的美术音乐作品《声绘巴蜀情》。书中画有各民族生活场景特写，并配有他演唱各地民歌的音像资料。朱宝勇说："歌声是绘画的线条。"这本书很好地诠释了此话。

（本文原载于2019年5月20日《华西都市报》

封面新闻记者：徐语杨）

黄虎威：峨眉歌明月，天山弹牧歌

|名家档案|

黄虎威，1932年生，四川内江人。作曲家、音乐理论家，四川音乐学院教授、作曲系前系主任。作曲家何训田、宋名筑、杨晓忠、陈黔、郭峰等都是其学生。曾任中国音协创作委员会和中国音乐著作权协会理事。正式出版、发表成果150余件，其中包括人民音乐出版社、中央音乐学院出版社出版的14种音乐作品单本、专著和作品选。音乐作品《巴蜀之画》《峨眉山月歌》《阳光灿烂照天山》均已载入多种中国音乐史书。

"我的作品只是一朵山野里的小花！"

虽然已是资深"80后"，著名作曲家黄虎威对音乐的那份挚爱恍若18岁，执着而浓烈。

行走田野之后，他用五线谱画出了《巴蜀之画》《阳光灿烂照天山》《赛里木湖抒情曲》《嘉陵江幻想曲》《峨眉山月歌》等，让我们在歌声里畅游锦绣山河；他漫步书林间，写下《和声写作基本知识》《转调法》《斯波索宾〈和声学教程〉习题解答》等，用方块字解读他乡乐语；他耕耘杏坛之上，业精于勤而桃李芬芳，培育的学生享誉国内外。

系统学音乐，川音作曲系首届毕业生

1949年，中华人民共和国刚刚成立，黄虎威不到18岁。在得到母亲的认可和期许后，黄虎威进入了文工队，终于可以自由地徜徉在音乐的海洋。黄虎威本身会弹风琴，在文工队里他又学习了小提琴。

1950年夏天，文工队从成都迁到重庆，成立西南人民艺术学院。学院分为文学、音乐、美术、戏剧4个系。黄虎威被分到音乐系，从此开始了系统的音乐学习之路。在这里，黄虎威创作了他音乐生涯中的第一首专业作品——《工人打先锋》，由四川省音乐家协会原副主席、音乐家安春振作词。

1953年，全国院系大调整，黄虎威跟随学院重回成都，音乐系和成都艺专音乐科合并，成立了西南音乐专科学校，也就是四川音乐学院前身。由于对和声和作曲都很感兴趣，黄虎威进入作曲系，1954年，他从川音毕业，成为四川音乐学院作曲系首届毕业生。

毕业后，黄虎威留校任教，当助教的他被分配到学校的唱片室管理音响资料，主要的工作是负责欣赏室和师生借还唱片。黄虎威心里想着，作曲系这样安排，是准备将他培养成音乐史教师。他心系作曲，对管理唱片室的工作其实不情愿。但出于工作安排，也只能虚心接受。

和历史上每一位在自己的领域有所建树的名人一样，他们总是先在不起眼的地方汲取着让他受用一生的知识。唱片室有丰富的音乐作品资料，他开始大规模地接触音乐作品，获得了许多新鲜的音响感受。黄虎威现在回忆，那段时间的学习对他今后的音乐创作其实有很大帮助。

1956年，发生了一件影响黄虎威创作生涯的大事。那时，苏联作曲家古洛夫在天津中央音乐学院开设和声班，黄虎威被派往天津学习了一年多。这一段经历对黄虎威而言关系重大，他坦言，对于后期作曲功力的修养来说，这次的学习至关重要。

因为学习用功，黄虎威被班里推荐为课代表。一年下来，黄虎威整理了大量学习笔记。学习结束后，他的学习笔记得到老师古洛夫的赞赏。回到成都，学校将这本笔记印出，用于全国音乐院系交流。

这本笔记对于推广功能和声体系起了很好的作用。1957年正是斯波索宾的《和声学教程》中译本在中国正式出版的时候，古洛夫和声学成为其重要补充。

思乡情切切，《巴蜀之画》成为经典

虽然理论研究、创作活动与音乐教育"三位一体"贯穿在黄虎威近40年的人生历程中，但最引人注目的，还是他的音乐创作。

从古洛夫学习班归来后，黄虎威准备用新学到的技术练练手。25岁第一次离开家乡到天津学习，黄虎威思乡情切，便将这种情感融入了创作。那时的四川音乐学院周围，田野、油菜花、小桥流水，完全是一派田园风光。

1958年，黄虎威成名钢琴组曲《巴蜀之画》问世，倾注了他对四川的无限思念。而其中一段《蓉城春郊》，正是利用古洛夫教的新方法写成，也是目前在这套组曲里影响力最大的段落。

这部以钢琴音乐作为颜料绘成的"组画"，施彩浓淡相宜，艳而不俗，因此获得各方青睐，在中外音乐界广为流传。中央音乐学院钢琴系老师易开基到成都时，发现了《巴蜀之画》的美，将它带去北京，由应诗真首演，逐渐在全国产生影响力。

中国著名钢琴家顾圣婴、周广仁、傅聪、顾国权都演奏过《巴蜀之画》，它也成为法国古典吉他演奏家拉尼欧的音乐会常奏曲目。

此后，《巴蜀之画》成为钢琴考级曲目，载入12本中国音乐史书、11本音乐词典，流传于世。

浓郁的巴蜀风格是川派作曲家黄虎威的特点。他很欣赏巴托克说的一句话："农民音乐的词汇应该成为我们创作的母语。"音乐作品是演奏给别人听的，演奏者和听众的共鸣越高，演奏质量也就越好。

"听得懂"成为黄虎威创作的重要标准。那么，如何让听众"听得懂"呢？

"我在四川土生土长，应该算个'土特产'了吧，那就应该把自己地方的特色写出来，如果每个地方的作曲家都能表现自己的'地方特色'，那么音乐创作就会有一个'百花园'的局面。"基于这样的原则，黄虎威的《峨眉山月歌》成为了为人称道的作品。

1981年春，四川省小提琴比赛艺委会找到黄虎威，希望由他创作一支比赛曲目。他思前想后，决定选取他最熟悉的领域进行创作——古典诗歌。从小熟读诗书的黄虎威对古诗信手拈来，李白的《峨眉山月歌》当即成为他首选："峨眉山月半轮秋，影入平羌江水流。夜发清溪向三峡，思君不见下渝州。"太白诗歌唯美的意境化为黄虎威笔下悠扬的音符。旋律柔美动听，充满诗情画意，乐思波澜起伏，恰似流不尽的滔滔江水，绵延不断地诉说着思念。

此曲一出便反响热烈，1984年，著名小提琴家盛中国将《峨眉山月歌》录制出版，一时红遍全国。

一次意外惊喜，创作钢琴曲《欢乐的牧童》

黄虎威对新疆的情结很深。幼时诗书里念"大漠孤烟直，长河落日圆"感染着他。中学时期，李惟宁的《玉门出塞》展示了天山与大漠广袤的意境。1963年夏天，黄虎威参加中国音乐家协会组织的创作小组，到新疆采风，终于有机会圆梦天山。

到了新疆，他感觉自己真的进入了民间音乐的海洋，当地的民歌引起了黄虎威极大的兴趣，他仿佛成为一块干涸的海绵，被扔进大海，源源不断汲取着养分。没过多久，他构思了一部小提琴与钢琴演奏的组曲《新疆音画》，得到当地民众喜爱，他因此受到鼓舞。

从新疆回来没多久，风暴来临，他精心创作的《巴蜀之画》受到批评，作曲系解散，黄虎威陷入了人生的低潮，仿佛什么事都不能做。

但他一直忘不了新疆的人情风貌，脑海里始终有异域的旋律，他想为新

黄虎威在研究曲谱　*受访者供图*

疆创作点什么。因为一次偶然，名曲《欢乐的牧童》就在这样的环境下创作出来。

　　黄虎威的老伴王老师，当时在四川音乐学院对面的"五七艺校"为舞蹈学生弹钢琴伴奏，每天都要弹大量的伴奏曲。当时现成的伴奏乐谱很少，黄虎威便每晚帮老伴写曲子。有一天，王老师又没有曲子可弹了，她回到家，请黄虎威再谱一首口味不一样的，黄虎威只得点头答应。

　　怎样的曲子会显得特别、不一样呢？

　　他清楚地记得那一天，1972年6月12日的一个夏夜，他无意中在书架上翻到了由石夫编曲的新疆哈萨克族民歌《牧童之歌》，埋藏在心底的异域风情喷薄而出，脑海里瞬间闪现出了歌曲的全貌。大概只用了20分钟，黄虎威一口气便写成了《欢乐的牧童》。他心想，这下可以给老伴交差了。

　　次日，王老师在学校弹奏起来，得到了全部学生和老师的好评，称其节奏明朗欢快，十分好听。此后，《欢乐的牧童》成为了中国流传最广、弹奏最多的钢琴曲目之一，尤被儿童所喜爱。

　　对于黄虎威来说，这是一场意外的惊喜，本来只是无心插柳，没想到蔚然成荫。在他为新疆创作的曲子里，最受他喜爱的，还是为长笛创作的独奏曲《阳光灿烂照天山》。这首在作曲界刮起旋风的知名乐曲，被称为"生活甘泉孕育的花"，同样创作于1972年。

当时的黄虎威刚做完胃大部切除手术不久，妻子被催下农场，幼女不在身边，在疼痛万般折磨之际，他构思出了饱含深情的《阳光灿烂照天山》。这支歌充满了青春活力、生机盎然。

因为历史原因，这首在当时造成轰动的曲子未得到出版。后来，中央人民广播电台请到中央乐团首席长笛李学全夫妇演奏，这才流传全国，成为中国音乐学院长笛考级全国通用教材第九级乐曲，被载入9种音乐史书。

整理20年，音乐教材被争抢一空

在音乐学习的过程中，斯波索宾的《和声学教程》是一本绕不开的必学书籍，它首次出版于20世纪30年代，风靡全球至今。对于大多数音乐学生来说，书是好书，但理论略显艰涩，如果没有其他辅助材料，书后习题分析通常无从下手。

1991年，恰逢斯波索宾的《和声学教程》重新翻译出版，人民音乐出版社当时的音乐理论编辑室主任韩建邠便向黄虎威发来邀约，请他为本书的习题解答制作答案，成为《和声学教程》的配套书籍出版，以便学生理解。彼时，已经59岁的黄虎威即将退休，便欣然答应下来。

未曾想，1993年8月，韩建邠意外去世，黄虎威与人民音乐出版社的联系就此中断。但他想着既然已经开了头，不能中途放弃。哪怕不是用于出版，当作一个教学工作也极有意义。两年后，人民音乐出版社专门派人到成都拜访黄虎威，希望《习题解答》一书的合作能够继续。

黄虎威迟疑了一下，当时手里工作尚有另外几件，且《习题解答》工作量巨大，如果按照合同约定日期，未必能如期出版。人民音乐出版社当即回复到，什么时候写完什么时候出。黄虎威这才吃了定心丸，开始专心致志整理答案，没想到这一整理，就是20年光阴。

2000年，《习题解答》的上册先行出版，全部工作的完成则一直持续到2011年。1992年退休之后，黄虎威不再进行新的音乐创作，而是将大部分的精力投入到《习题解答》的制作当中。

对于和声的理解，黄虎威有一套自己的认识，那就是传统和声应该与自己民族的音乐语言结合起来。中国传统音乐强调旋律的运用，妙不可言。然而和声是外来的，如何把这个舶来品与中国的民族音乐语言结合，可以说是几代中国作曲家共同奋斗的目标。

在此初衷下，黄虎威写成了《和声写作基本知识》，人民音乐出版社连印4次均被读者争抢一空。《转调法》一书则是其在教学过程中累积的理论经验，同样由人民音乐出版社连印3次，并很快被各大音乐院校和声教师用作教材或参考书。

耕耘数十载，培育学生享誉国内外

1980年，黄虎威被聘为中国音协创作委员会委员；1983年，文化部聘任他为"全国第三届音乐作品评奖"评委；1985年，他成为首届教师节"成都市优秀教师"；1986年，文化部聘任他为"文化部博士、硕士学位专家初审会"成员……

生命的小溪在不停流淌，在创作和理论道路上从未停歇的黄虎威如今已满头白发。他对创作的态度依然坚定，对学问的探索依然严谨。虽然87岁的黄虎威耳聪目明，近些年也时常有老友向他邀曲，但他都婉言拒绝。并非他故作姿态，而是出于对音乐的虔诚。

"我已经过了创作的黄金时期，写肯定能写出来，但是肯定无法达到曾经的水平，要写就写最好的，所以干脆不写为好。"黄虎威认为，音乐创作必须要同时具备两个条件：技巧和灵感，再好的技术，若没有灵感的迸发，也很难写出好作品。就好似他当年写成名曲《欢乐的牧童》，也不过20分钟的事情。

黄虎威宁肯要一个好作品，也不允许自己创作100个平庸的作品。这是他对自己的要求，也是对如自己孩子般的作品的负责。1992年退休之后，黄虎威便几乎不再创作，而把主要的精力投入到了理论研究与教学。

当黄虎威回望一生时，他笑着说："庆幸能有作品流传于世，也有学生继往开来。虽无著作等身，但有几部书著倾尽心血，以慰人生，并能答谢养育我的山川、热土以及父老乡亲。"

（本文原载于2019年5月27日《华西都市报》

封面新闻记者：徐语杨）

敖昌群：一气呵成写就《我爱你，中华》

| 名家档案 |

敖昌群，1950年生，成都人，著名作曲家，教授，硕士生导师。中国音乐家协会理事，原四川省文联副主席，四川省音协名誉主席，四川音乐学院第五任院长。享受国务院政府特殊津贴。敖昌群从事音乐创作及作曲技法研究56载，主要音乐作品有：《生命交响乐》，大型音乐会《成都之门》，管弦乐《大凉山随想》《羌山风情》，歌曲《妈妈格桑拉》《遥远的可可西里》《成都是我家》等，室内乐《第一弦乐四重奏——青春年华》，交响合唱《壮士出川》，合唱《太阳之歌》，无伴奏合唱《静夜思》《泸沽湖》，舞剧音乐《深宫啼泪》，钢琴组曲《童年》等；电影音乐《血魂》《遥远的地平线》等，电视音乐《飞越四川》《泸沽湖》，电视剧音乐《和平年代》《江湖恩仇录》《沉默的情怀》等60余部。出版有《敖昌群创作歌曲精选》等。

2019年初春时节，我们来到位于成都新生路6号的四川音乐学院。按照安保人员的指引，写着"川音"二字的那栋楼，就是著名作曲家、原四川音乐学院院长、硕士生导师敖昌群教授的家。"叮咚叮咚"，几声门铃过后，敖昌群的妻子张莉娟笑着打开房门。敖昌群的家简单、质朴，温情满满。顺着主人的招呼往客厅里面走，只见沙发背后一整墙的书架，各类音乐书籍满满当当。

来自音乐世家，与刘晓庆是同班同学

敖昌群出生于音乐世家，父亲敖学祺毕业于民国期间的国立音乐院（中央音乐学院前身）声乐专业，中华人民共和国成立后在四川省音乐家协会工作，担任《西南音乐》《园林好》《音乐世界》的编辑。母亲刘美琳虽然在省音协做行政工作，但同样酷爱音乐。

从小受到音乐熏陶和影响的敖昌群，不仅在家里听父亲引吭高歌，还常常随父母参加各种各样的音乐会，接触了不少四川民族民间音乐和曲艺音乐，这对他日后的音乐工作产生了很大的影响。"我们家五兄弟，个个都喜欢音乐。"

受父母影响，敖昌群在小学时就显露出了极高的音乐天赋。"那时候喜欢唱歌，喜欢读乐谱、抄歌，在各种音乐活动上担任领唱、独唱，对音乐很有感觉。"1963年，四川音乐学院附属中学招生，敖昌群正好小学毕业。爱音乐的他，被父母"委以重任"——考川音附中。

经过母亲手把手教弹钢琴，唱了一首父亲教的《金瓶似的小山》，以及模仿节奏等考试，招生考试顺利通过。"考进四川音乐学院附中，对我来说是人生中的一次很大转折，因为我的太太张莉娟也在这一年考进来。我们同时开启了音乐学习、音乐事业的起点。"

敖昌群当时所在的川音附中班级，人人都有艺术特长，而且行当齐全，除了都要学习钢琴外，全班同学还分别学习小提琴、大提琴、扬琴、琵琶、竹笛、二胡、筝、古琴等专业。学扬琴的敖昌群和学二胡的张莉娟当年都是班上的优秀学生，二人曾分别担任过学习委员和班长职务。在这个班里，还有刘晓庆。2018年1月，他们还曾在"四川音乐学院附中初三班同学会"上，回忆了当

敖昌群　受访者供图

年的学习生活。

1966年之后，很多老师没办法继续给大家上课，但敖昌群和同学们仍执着于音乐艺术，照样勤学苦练，自我提高音乐技能。在学校，除了扬琴专业学习外，敖昌群还自学了手风琴，并尝试把班里同学们所学的各种乐器编在一起，创作了一首小合奏，这是他独立创作的启蒙。"完全是自学，凭着自己的爱好，凭着自己的想象，凭着自己的热情，把西洋乐器和民乐器编在一起，应该是我创作的第一个开始吧。"

深入甘孜，从配器开启创作

"第二十八章，终止中的重属和弦；第二十九章，结构内的重属和弦；第三十章，重属和弦中的变音……"著名音乐理论家、教育家斯波索宾的《和声学教程》是一本对于所有学习音乐的朋友均有帮助的专业性书籍，适合作曲和指挥专业的人学习。在20世纪五六十年代，这本书非常难得。为了自学作曲，少年时期的敖昌群从同学处借来此书，小心翼翼地手写誊抄，从目录、章节内容、乐谱绘制到习题内容，都工工整整。

五十多年过去了，这本《和声学教程》手抄本被敖昌群精心保存了下来，上面的字迹清晰工整，书页上不见一丝褶皱。和这本手抄本一起被敖昌群珍藏的，还有俄罗斯民族乐派著名作曲家李姆斯基·科萨科夫的《管弦乐配器法教程（上册）》。这两本书，陪着敖昌群在甘孜州走过了八年时光，对他的作曲创作有很大的帮助。

　　"1970年，我们班一部分人被分配到了甘孜，我和张莉娟一道乘着卡车到了康定。在那儿，我们先是下乡劳动，加入甘孜军分区宣传队到修建贡嘎机场的部队慰问演出，唱歌、跳舞、说快板、对口词等，生活丰富多彩。"折多山下，海拔2800米的康定，美丽而又偏僻，当时的艰难困苦是难以想象的，食品、物资、燃料都极度短缺，最不缺的就是歌舞，这里的人们天生就能歌善舞。敖昌群常与当地演员一起参加演出。

　　跟随部队慰问演出结束后，敖昌群和张莉娟一起被分配到甘孜州歌舞团（原为甘孜州文工团）。在高原，他与张莉娟慢慢从同学、同事、朋友过渡到恋人。他的作曲创作也进入非常重要的阶段。"这八年，是我通过自学进入创作的阶段。"那时候，歌舞团里有一些创作力量，但年轻人不多。敖昌群就根据团里的要求，从配器开始为乐队写一些曲子。"为乐队配器、写舞蹈音乐，逐渐过渡到真正的音乐创作，完全是在实践中摸索，在实践中学习。"

　　弹钢琴、拉手风琴、唱歌、演话剧，在舞剧《白毛女》《红色娘子军》跑场的过程中，敖昌群接触了大量的藏民族民间音乐。"当时，康定经常举办全甘孜州的文艺调演，我们也有很多时候到各个地方去慰问演出，在这个过程中我接触到藏族音乐的多种艺术形式，包括弦子、踢踏、锅庄、山歌、热巴等舞蹈和音乐。在巴塘农村收集民歌体验生活的那半个月，白天下地劳动，晚上听当地人唱歌、跳弦子舞直到深夜。"这八年，敖昌群在创作上无师自通。康藏高原淳朴热烈的音乐，也在敖昌群心中生根发芽，深深影响了他的创作风格。

人生转折，考入川音作曲班

　　1977年恢复高考的消息传来时，敖昌群正在甘孜州歌舞团工作。"我应该是第一批知道高考消息的，但没想到这个高考跟我还是有关系的。"直到有一天，他接到了远在成都的妻子张莉娟的电话，"她问我，你就没想过要参加高考吗？"妻子的提醒让敖昌群大梦初醒，他立马研究恢复高考的有关规定和政策："没有年龄限制，没有婚否限制，只要考上了就可以被录取。"

原来，自己真的可以参加高考！敖昌群在完成团里布置的所有工作之后，开启了"临阵磨刀"的复习模式。"高考准备的时间很紧，可以说是熬更守夜。先在四川音乐学院考专业，又回到康定参加文化课考试，高考成绩下来，还不错，被作曲系录取了。"回忆这段经历，敖昌群言语简洁，唯有偶尔停顿时，才能感觉到他对那段时光的刻骨铭心，"从中学毕业分配到甘孜州是一个转折，八年之后通过高考考回川音，又是人生中的另一次转折。"

其实，那时候敖昌群手风琴演奏和钢琴演奏都很不错，但他最终却因"创作可以把你的情感通过你的作品更好地表达出来"而选择作曲系。"我们班有十位同学，都是从上万的学生当中挑选出来的，后来产生了两位院长，若干名系主任，还有不少音乐理论家、作曲家。"

回忆起大学的生活，敖昌群用"如饥似渴地学习"来形容。"毕业前，我们班同学集体向学校打报告，要求延长学制。没学够啊！不管是从创作理论角度还是创作技术角度，都觉得没有学够。尤其是工作之后才发现掌握的东西离工作岗位的要求很远。哪怕在学习之后，高度也没达到，就向学校提出再学几年。但这个要求显然没有实现，1982年毕业，留在学校了。"

敖昌群回忆，自己的主科老师黄万品教授，对作曲写作的要求非常严格，"一个主题往往要改8到10周。第一周，三小节拿去，老师提出修改要求；第二周拿去，老师继续提出修改要求，可能经过8周、甚至10周，一个主题或乐段才符合老师的要求。这样的教学，让我们对创作的严谨性、创作的高标准，都有了新的认识。"

一气呵成，写就《我爱你，中华》

敖昌群写了大量的音乐作品，《康巴音诗》是他的第一部管弦乐作品，也是他的毕业作品。"我在甘孜州生活了八年，甘孜州是我的第二故乡。在那里，我受到藏族音乐文化耳濡目染，是我创作的丰厚土壤，离开多年依然魂牵梦绕。"音乐中，有敖昌群的生活体验和生活积累，他用专业技能阐述了自己的情怀，展现了康巴地区藏族人民对生活的热爱，对未来的憧憬。

敖昌群最先完成了《康巴音诗》的两架钢琴谱。"毕业演出由两架钢琴演奏，著名歌手郭峰担任第一钢琴，我担任第二钢琴。"毕业音乐会演出当天，敖昌群的母亲特地赶来现场为儿子助阵，"我母亲听了以后很激动，她说：'这部作品以后一定要用乐队来演

敖昌群作品音乐会海报　受访者供图

奏。'"两年后，母亲的这个愿望实现了，"第二届蓉城之秋音乐会学校选拔作品，就选上了我的管弦乐《康巴音诗》和我的歌曲作品《我爱你，中华》。这两部作品分别获得蓉城之秋音乐会器乐作品第一名和声乐作品第一名。"

由苏阿芒作词、敖昌群作曲的《我爱你，中华》与《我爱你中国》还并列为歌唱祖国的优秀经典曲目。

为《我爱你，中华》作曲，源于偶然。"当时正是港台歌曲在内地开始流行的时候，市面上都是一些软绵绵的歌曲。正逢征歌比赛前，我在电台工作的大学同学陈景渝建议我写一首具有阳刚之气的男高音的歌曲作品。他的建议正合我意，我立即开始寻找歌词。在中国音协主办的词刊上看到一组专门推荐的诗歌作品，第一首就是著名世界语诗人苏阿芒的诗歌《我爱你，中华》。"

敖昌群一下就被这首构思新颖、词句凝练、激情澎湃的诗歌所吸引。"他用诗人的方式加以叙述，用反衬的手法表达了海外游子对祖国的热爱，没有大

而空的套路，有一种扑面而来的新意。"歌词点燃了敖昌群的兴奋点，一句句深情的曲调在敖昌群的脑海里编织成型，"《康巴音诗》我用了一年时间，《我爱你，中华》写得很快，一挥而就"。

词有了，曲子也写好了，谁来演唱呢？敖昌群第一时间想到了自己的同班同学、著名男高音歌唱家范竞马。"他正在参加中央电视台'电视青年歌手大奖赛'四川赛区选拔。我把谱子写好，手抄给他。他没在家，我就把歌单从门缝里递进去。"第二天，范竞马给敖昌群打电话："他说'老敖，你把我整得一晚上都没睡着觉'，我问怎么回事，原来他拿到这首歌之后，一唱，兴奋得一晚上没睡觉，一直唱。他说我就拿这首歌参加比赛了。"

虽说是要到北京演出，但临去之前，这首歌还差点没能唱成。原来，当范竞马拿着这首歌去四川电视台参加比赛，反响非常强烈，评委给了很高的分，范竞马获得赴京参加决赛的资格。但也有人对歌词提出了质疑：既然是爱中华，怎么全是在描写其他国家，没说中国呢？要求重新填词。"还真找人续了第二段歌词，加上了扬子江、昆仑山等内容。范竞马拿到歌谱后一看，当即表态说：'你们要加歌词，那我就不去北京了！'也有专家指出，中国文学的修辞方式是多种多样的，直抒情怀、开门见山是一种手法，反衬，也是文学修辞的重要手法，要提倡百花齐放。最后，有关方面放弃了续词的做法，同意维持原作，最终范竞马得以按照原词进京参赛。"

凭借一曲《我爱你，中华》，范竞马荣获首届全国青年歌手电视大奖赛第二名，引发现场评委、音乐人与广大听众的热烈讨论与好评。"很多人索要谱子，给我写信，包括知名歌唱家。"几十年过去了，这首歌早已红遍了大江南北，无数优秀的歌唱家在音乐会上演唱这首歌曲，并进入各大音乐院校、大专院校声乐专业的教材，是国家级重大声乐比赛参赛选手的必唱曲目之一。"每当听到这首歌，人们的心头总会不由自主地产生一种对祖国的深深眷恋，很多旅居海外的华裔歌唱家，也经常在世界各地举办的音乐会上演唱这首歌曲，以此表达他们对中华母亲的诚挚赞颂与经年不变的由衷热爱。"

（本文原载于2019年4月29日《华西都市报》

封面新闻记者：荀超）

王文训：
宫商角徵羽，唱不尽才情纵横

|名家档案|

王文训，1954年12月生，四川崇庆县人（今崇州市）。国家一级作曲，美国国际文化科学院院士。1974年入崇庆县川剧团任演奏、作曲、指挥。1978年入四川音乐学院作曲系学习，师从邹承瑞教授。1984年调崇庆县文化馆任音乐辅导干部。1988年调成都市川剧院任专职作曲。其音乐创作涉及川剧、舞剧、音乐剧、电影、木偶戏、湖北花鼓戏、广播剧、电视剧、民族器乐曲、管弦乐曲、歌曲等多个种类。

代表作有川剧《大脚夫人》《二丫与秀才》《欲海狂潮》《逼侄赴科》《马前泼水》《尘埃落定》《薛宝钗》，湖北花鼓戏《十二月等郎》，金钱板音乐剧《车耀先》，电影音乐《槐花几时开》，电视剧音乐《苏东坡》，广播剧音乐《三国演义》等。作品多次荣获国家级大奖，包括文华大奖、精神文明建设"五个一工程"奖、飞天奖、天安奖、巴蜀文艺奖等。

川剧，是四川文化的一大特色，早在唐代便有"蜀戏冠天下"的美誉。作为融文学、音乐、舞蹈、表演、美术等艺术为一体的戏曲艺术，川剧音乐的五种声腔：昆腔、高腔、胡琴、弹戏、灯调，可谓中国戏曲艺术的一个缩影，甚至一些文化学、戏曲学专家将其视为"国宝"，认为川剧是中国戏曲声腔艺术的"活化石"。音乐在川剧中拥有不可替代的重要作用，甚至在一定的条件下，能决定一个剧目的成功与失败。

在四川，王文训是赫赫有名的川剧作曲家，蜚声海内外。刘芸、陈巧茹、孙勇波、李沙、孙普协、王超、王玉梅等不少梅花奖演员的"冲梅"剧目，音乐作曲都出自王文训之手。刚刚过去的第29届中国戏剧梅花奖终评舞台上，成都市川剧院青年演员虞佳表演的《目连之母》，作曲也是王文训。

自学板胡，享有"王板胡"美誉

王文训是四川崇庆县人，也许是母亲曾是钢琴手的原因，王文训自小对音乐天然敏感。有一天，他看到街上卖酱油的小伙子拉奏二胡，"看他手指这样往下一按，音乐就变高了"。王文训恍然大悟：原来二胡的音阶是这样来的。回到家王文训找到了姐姐给自己的零花钱，"花了3块钱就买了一把二胡"。

有了"兵器"，王文训开始摸索、练功。"听着琴弦铛铛铛铛，它的定弦是五度的，再听空弦，知道了。"为了更好地练习，王文训又买了一本关于二胡的书，"那本书就是我的老师了"。

虽然当时只有15岁，但王文训的自学能力很强，而且非常勤奋，练习起来简直就是拼命三郎。学了二胡再练板胡，王文训很快成为县宣传队的文艺佼佼者。"我们到处演出，经常独奏二胡、板胡。"渐渐地，凭着高超的板胡造诣，王文训在温江一带走红，并有了"王板胡"的美誉。

1973年，王文训被县里保送到四川音乐学院在双流举办的"音训班"，在民乐系谭民才教授门下学习板胡专业。虽然只有45天时间，但有了名师指点，一直自学的王文训万分珍惜，"自学那么多年，突然有老师了，如饥似渴"。对于他来说，一天24小时实在太短太短。于是，当其他人晚上休息时，他就把铅笔夹在琴弦上练，整个屋子都是嗡嗡声。从此，上"音训班"每周一次、风雨无阻，王文训由崇庆县骑自行车到四川音乐学院上课，直到1977年高考。

今天，王文训早已蜚声海内外，随时可就川剧音乐侃侃而谈，但这成功的背后，他付出了多少不为人知的辛勤汗水，可想而知。

学贯中西，用现代技法写传统戏曲

20世纪五六十年代，川剧和曲艺是四川老百姓喜闻乐见的娱乐演出活动。在王文训家附近，小时候就有崇庆县大东街川剧团。幼时，他常常牵着大人衣角，"溜"进剧场看川剧。"有时候没票混不进去，我就在戏园门口等，等到戏演到一半儿，就会敞开大门，再进去看。"

小小的王文训，被台上的剧情吸引，他喜欢演员的唱、做、念、打，也喜欢川剧锣鼓、唱腔音乐与演员表演时的那种默契。台下的王文训，从没想过自己会跟川剧音乐打一辈子交道。哪怕第一次高考，他首先想到的也是民乐。

1977年，中断了十年的高考得以恢复。已经在崇庆县川剧团任演奏、作曲、指挥三年的王文训，一边工作一边备战高考。"由于我是上手琴师，每场演出都得参加。"没有空闲时间学习，王文训"就怀里抱着琴，手中拿着书"在演奏间隙备考，"演出到时就扔掉书拉琴"。

苦熬数月，王文训的付出得到回报，他获得了板胡专业西南第一的好成绩。"因为种种原因，川音民乐系当年未能收我这个第一名。"那年王文训刚好22岁，按照招生要求，他没有资格再考下一届的民乐系了。

天无绝人之路，爱好民乐的王文训对作曲也非常感兴趣。早在县宣传队时，他就写过不少20分钟的小歌剧。和二胡一样，对于作曲王文训最开始也是自学，"把作曲理论书、和声学的书拿来看，反复推敲"。1976年，他与人合作，完成了自己的作曲处女作——大幕戏《丁佑君》。

有了作曲基础，王文训顺利考入78级川音作曲系。与同班同学相比，他在作曲上，上手非常快。"我的优势是什么，我学板胡拉的曲目都是中国的民族音乐，学作曲全是国外大师的作品，两头我都装在肚子里。我学了西洋作曲这套理论，我用在戏曲作曲领域。"王文训写的和声织体常常被老师表扬，"我的恩师对学生非常严格，但我的和声织体老师觉得写得很好听，说'我是写不出你这样的旋律的'。"

自小接触民族音乐，王文训非常重视传统文化。在他看来，为中国戏曲作曲，首先一定要把戏曲的根抓住，然后再用现代的技法把传统文化融入现代。"分析欧洲的东西可以，但你一定要把握中华民族的东西，我们不比欧洲的差。我们是吃理论亏，其实民族声乐有它的一套理论，也有很多文章，却没有构成体系。"

废寝忘食，手抄《川剧音乐概论》

好音乐可以带动演员，抒发情感。乐声的衬托，激扬回荡，乐中旋律会引发观众情感，扣人心弦。王文训深谙音乐的重要性，他的每部作品，都令人赞叹，让人着迷。为了做好川剧音乐，他可下了一番苦功夫。

当年，王文训进入四川音乐学院作曲系学习之后，他从学校图书馆借到了一本厚厚的、铅印版《川剧音乐概论》，里面关于昆、高、胡、弹、灯等川剧音乐知识让他废寝忘食。"这是带我入门的书。"书很厚，可按照图书馆规定，王文训只能借出来一个礼拜，怎么办呢？"我开始手抄，天天抄，那么厚一本书，一个礼拜抄完再还回去。"

刚从川音音训班板胡专业毕业时，王文训还用积攒两三个月的工资买了一台"饭盒录音机"。从此，机不离身，随时录下老艺人的唱段及大量传统剧目。"我们县剧团经常到四川各地去演出，每到一处演出，我都要到当地农民那儿去，好的山歌好的音乐，录下来。"

有了理论支撑，再加上这些传统戏的唱段，王文训一头扎进川剧音乐中，专心分析川剧曲牌、调式、词格和作曲理论。"用了两年时间，我终于把川剧音乐和作曲完全熟悉，五六年之后了如指掌。"这段时间里，王文训把所有精力都花在研究上，他比别人多花了十倍功夫，"A4纸大小，用来分析记录的厚本子，我写了七八本"。

王文训进入成都市川剧院工作之后，曾有位老鼓司问过他："你年纪轻轻怎么记了那么多曲牌？"王文训回答："你不知道我年轻的时候多么苦啊。"嘴上说着苦，但王文训表情安逸，很享受当时"苦"的过程。"那些传统戏录下来之后，我从细枝末叶上分析它，逐一弄清所有川剧曲牌的性质、结构与功能。很多人不知道我当年下的功夫之深。"

钻研川剧音乐多年，王文训对川剧的曲牌非常有研究。他举例，在川剧的300多个曲牌中，有3个曲牌都是说唱形式。也就是说，当下年轻人喜欢的说唱Rap，川剧里早就有了。"最俏皮的要数'扑灯蛾'，听起来非常有趣。"

在川剧大幕戏《尘埃落定》里面，由王超扮演的"傻子"在获得独自看守官寨的机会之后心中大喜，非常诙谐地唱"我要当土司"，这一段就是不带锣鼓的"扑灯蛾"。"如果加上锣鼓的节奏，观众马上就听出Rap的感觉了！"此外，曲牌"课课子"和"飞梆子"也是川剧里的Rap，"'课课子'节奏稍慢，'飞梆子'是3个曲牌里面节奏最紧凑的"。王文训喜欢了解现代元素，"我的理念就是绝不落后于时代"，他还曾用弹戏的旋律写过爵士音乐《人生如戏》。

2005年，王文训受邀为大型现代湖北花鼓戏《十二月等郎》作曲配器。"以前我只知道湖北花鼓戏，然后开始研究唱腔、曲牌，研究三个月后，音乐写出来，现代又唯美。我喜欢挑战自己。"《十二月等郎》大获成功，荣获湖北省精神文明建设"五个一工程"奖。"第一稿全国精品工程30台入选，二稿于2005年9月完成，2006年2月20日由国家交响乐团录音。"该剧获2007年文化部第十二届文华大奖、文华音乐创作奖、中宣部第十届精神文明建设"五个一工程"优秀作品奖，2011年1月获2008—2009年度工程重点资助剧目（十大精品剧目）第二名。女主演曾菊凭借该剧荣获梅花奖。

为川剧正名，一张音乐专辑卖了四万张

王文训注重听觉艺术与视觉艺术的统一，他认为音乐不应该"拼凑"，不是"黏合"，而是"化合"，喜欢"在血液里流淌的东西"。"20世纪80年代初，广播电视台播了很多老艺人的唱段，那时候技术没有这么发达，声音没

有经过修饰，还存在音不准的情况，让很多人觉得川剧不好听。"作为川剧从业者，王文训明白多年来川剧界为正名花了多少代价。看到这个情况他暗下决心："一定要把川剧音乐写得好听！"

"音乐成功，这个剧就成功了一半。"王文训明白自己肩上的担子有多重，所以每当他拿到一个剧本，首先就要研究它，"看它到底是动之以情还是晓之以理，应该用怎么样的音乐包装它，动机和主题一定要恰到好处"。2015年春，四川省在上海举办川剧文化艺术周，成都市川剧院捧出了四台好戏，即《欲海狂潮》《马前泼水》《尘埃落定》《薛宝钗》，而这四台戏的音乐创作，都出自王文训之手，深受好评。

四台剧目，四种音乐。而川剧《欲海狂潮》则有两个版本，弹戏版和高腔版。该剧最初是用川剧弹戏声腔创作的，王文训在继承弹戏传统的基础上，以现代作曲技法加以发展、丰富，使全剧音乐更加激越婉转、优美动听，更具情感冲击力。该剧曾获第九届中国戏曲电视"天安奖"二等奖、第十四届"飞天奖"三等奖，并得到市场认可，制作的专辑磁带非常畅销，销量高达四万张。

昆高胡弹灯，扮不完蜀地豪杰

王文训不仅在川剧音乐领域见长，他还为近百部戏曲、广播剧、电视剧、舞剧、专场文艺晚会等谱曲，2018年4月19日、20日在成都演出的话剧《苏东坡》，就是王文训的作曲。在他看来，话剧《苏东坡》，是在叙说上的戏说，有诙谐调侃的风格。于是他选择用30、40段川剧帮腔来做"旁白"，这种具有特色的戏剧表现手法，为观众呈现出了一个地道的四川苏轼。在音乐旋律上他采用古典元素，讲述宋朝的故事。

除了用音乐来彰显苏轼的个性，体现他特有的川人的幽默和个性外，王文训还运用了音乐的高亢和低落，来配合苏轼的人生际遇。"他的整个人生其实算是悲怆的，从四品大员到囚犯，他的人生起伏很大。所以需要张扬的时候，会有'大江东去'的感觉；讲到他与亲人、友人的感情时，也有细腻的音乐呈现；该悲怆的时候也会悲怆。"

用音乐，征服苏轼学会专家

早在1994年，王文训就曾为20集电视连续剧《苏东坡》作曲、配器，其中《蝶恋花·花褪残红青杏小》《赤壁怀古》《明月几时有》等至今为人津津乐道。"当时是采用招标的形式，邀请全国作曲家为这部剧写音乐，北京很多著名作曲家都参加了。"竞争相当激烈，只有王文训走到了最后。

"当时还有一个人，剩下我们俩竞争，很激烈。后来就给了我们两首歌，分别创作。写出来觉得我俩的都挺好，又给了两首，最后我的四首都不错。"王文训说，本来电视剧《苏东坡》制片主任已经发话，两人都来写，一个写歌曲，一个写背景音乐。"我没有同意，要写我就一个人全部写完，因为我已经有了整体思路。"

王文训为《苏东坡》写了14首歌曲和众多间奏音乐。"当时四川电视台、成都电视台的录音室都是免费使用，四川所有歌手来试唱，也全部免费。"他还用音乐征服了北京苏轼学会的专家。"当时在北京举行电视剧研讨会，导演和编剧都去了。编剧徐棻老师回来之后跟我说：'你把那些专家都征服了，他们说作曲太美了，简直把苏轼吃透了。'"

写每段音乐，王文训都要"潜下去"。"我要潜到他（苏轼）当时是在什么样的背景，什么样的情感下写的这首诗，我喜欢那种情感爆发出来之后，写出来的东西。"其中，插曲《十年生死两茫茫》原本并没有在《苏东坡》的剧本里。"我喜欢对比，有抒情的就有悲哀的，这是苏轼很重要的一个代表作，他通过这首词思念亡妻王弗。"尽管是悲伤的，但王文训不希望这首歌曲太悲悲切切，而是悲伤中充满大气。"写出来之后，徐棻老师、导演一听，说，'加进来加进来'。因为这首歌，生加进来了一场戏。"著名歌手、《青藏高原》原唱李娜，唱了《苏东坡》三首插曲。

"滚滚长江东逝水，浪花淘尽英雄。是非成败转头空。青山依旧在，几度夕阳红……"94版电视剧《三国演义》让很多人记住了这首主题曲，可对于很多老成都人来说，他们更喜欢早于电视剧的108集广播剧《三国演义》的主题曲，虽然歌词一样，但音乐更为大气。"《苏东坡》的音乐我写了很久，《三国演义》的主题曲我只花了两个小时。"

左起：陈巧茹、徐棻、王文训 受访者供图

　　作为川剧作曲家，王文训可谓学贯古今、精通传统，又熟悉西洋技法，可驾驭现代创作。此外，他还精通声腔、旋律、和声、复调、配器及各类器乐性能和演奏技巧，对剧情、唱词、曲牌、板式，以及演员的嗓音条件、乐队的演奏水平等诸多因素知之甚深。"我平时没有什么爱好，所有的爱好都是为了作曲服务，所有的精力都放到了音乐上。"

（本文原载于2019年5月6日《华西都市报》
封面新闻记者：荀超）

蓝天：
歌中有戏，戏中有歌

┃名家档案┃

　　蓝天，1957年生于成都市金堂县。毕业于四川省川剧学校、四川音乐学院，师承名鼓师左俊臣、作曲家黄虎威。1976年考入内江市川剧团，任专职作曲兼上手琴师，1997年调入四川省川剧学校，现为国家一级作曲。蓝天创作有大量各类舞台剧音乐、歌曲、舞蹈音乐及电视剧音乐。两度获文化部"文华音乐奖"，文化部教科司"音乐教育奖"，作曲的舞剧《十里红妆》、滇剧《水莽草》分别获全国精神文明建设"五个一工程"奖，音乐剧《畲娘》获第五届全国少数民族文艺会演最佳"音乐创作奖"，清音歌《要嫁就嫁解放军》获全军文艺调演金奖。同时，多次在全国艺术节、戏剧节获奖。

　　"移风易俗，莫善于乐。"音乐是思维的声音，是不假任何外力，直接沁人心脾的最纯的感情的火焰。几千年的巴蜀大地，孕育了内涵丰富的音乐文化，音乐界名人辈出。出生于四川金堂县的蓝天，就是四川最出名的现代作曲家之一。第一次见到蓝天，是在川剧《欲海狂潮》的演出现场。一头银发的他，脸如雕刻般五官分明，长身玉立、温文尔雅。"实淡泊而寡欲兮，独怡乐而长吟"是很多人对蓝天的第一印象，但在音乐的道路上，蓝天一直是疯狂的。

为了生计，19岁进川剧团任上手琴师

蓝天打小就对音乐有着天然的敏感和兴奋。9岁，蓝天创作了人生中第一部音乐作品——《白公鸡花公鸡》。"那年我爸妈带我回老家资阳看望一个朋友，那人也是教师，在乡下的一所学校任职。"大人们聚会聊天，蓝天就独自一人跑到学校后山玩。朝阳明媚的天气里，躺在山坡的草丛中，感受着清风拂面的蓝天突发奇想："我总是在唱别人的歌，能不能唱自己的歌呢？"

灵感来了，挡都挡不住。蓝天至今仍记得自己编的歌曲："白公鸡呀花公鸡，伸伸脖子叫起来，小朋友们起得早，唱起歌儿做游戏。"有了歌词、曲调，学会简谱的蓝天，还郑重地写下歌谱，兴奋地问大人们好不好听，虽然只有短短几十秒，却让他欣喜若狂。

"我人生中的第一把二胡，只花了两块钱。"虽然练琴辛苦，但蓝天乐在其中。二胡之后，又开始学习小提琴，"当时没钱买，琴是跟别人借的"。期间，蓝天接触了大量的欧洲传统音乐，对巴赫、莫扎特、亨德尔等音乐大师的作品非常痴迷。几年之后，以罗马尼亚天才作曲家波隆贝斯库的生平为主题的音乐传记片电影《奇普里安·波隆贝斯库》进入中国。

更让他印象深刻的是波隆贝斯库的小提琴《叙事曲》，每一个音符，每一个休止，每一个连接，每一丝颤动，都深深地印在了他的心里。"这个片子我看了很多遍，我那时候对小提琴非常喜爱，无论天寒地冻或酷暑难耐，每天练琴都在十个小时以上，那时小提琴就像'情人'，终日不肯放手。"每当夜深人静，悠扬的小提琴就是蓝天情感的宣泄，甚至有人说，深夜听蓝天的琴声会让人流泪。

蓝天演奏《叙事曲》　受访者供图

　　为了生计，19岁的蓝天不得不走进内江川剧团。"那时候，我们家七口人，兄弟姊妹五个，我是老大，我参加工作可以减轻家里负担。"可蓝天的偶像是波隆贝斯库，对川剧、对戏曲根本看不上眼。"哪怕走过川剧团，我连门都不看一眼，那个时候的高傲，真的是无知、幼稚、狂妄，觉得我怎么可能搞川剧。"

　　其实，蓝天能够成功考进内江市川剧团，也是因为小提琴。"进川剧团之前，我是内江业余文工团的小提琴首席，在内江六中读书时也作了很多曲子。"他以演员的名义进入川剧团，在团里担任上手琴师兼学唱腔设计。这就要求他必须懂川剧音乐，对川剧的昆、高、胡、弹、灯五种声腔了如指掌，可传统戏曲跟西洋音乐的区别太大了。

　　从因为生活所迫无奈进入川剧行业，到如今会十几种乐器，对川剧五种声腔、两百多种曲牌异常熟悉，蓝天感慨万千："正因为我进去了，川剧给我这一生带来很大的影响，它像一片沃土培育出硕果累累，成就了我今天的辉煌。"

震撼剧坛，川剧《死水微澜》音乐创新

　　蓝天的川剧音乐是吸收了传统川剧音乐的精髓，用现代的审美理念和娴熟

2001年，蓝天在上课 *受访者供图*

的作曲技法而写成的。由蓝天创作的、获得了文化部"文华音乐奖"的《死水微澜》唱段，既是传统的，又是现代的；既让老年观众听了觉得过瘾，又让年轻人听了觉得好听；既有浓郁的川剧韵味，又有强烈的时代气息。"《死水微澜》音乐是我对川剧音乐的学习、了解、研究，进而形成自己独特的戏曲音乐个性的一次集中体现，也是我对川剧音乐改革的一次大胆探索。"

在蓝天看来，戏曲音乐的改革和发展应该注重"神似"而不应该强调"形似"。"川剧《死水微澜》音乐最重要的是它的根是川剧的，其他就应该打破思想枷锁，在作曲上把自己解放出来。有时，我甚至觉得我是在写'歌'而不是写'戏'，我的创作状态是立体的，有时甚至是音响式的，我力图打破那种单旋律的创作思维模式，完全运用我在音乐学院读书时所学的那一套作曲技法。我感受到，创作思想一解放，顿时就海阔天空，自由翱翔。"

作为川剧《死水微澜》的编剧，著名剧作家徐棻对蓝天赞不绝口："我的唱词结构有点不合常规，老先生们看着头痛，有点狂的蓝天和执意创新的我一拍即合。我以艺术指导的身份，发掘他'狂'的创造力，又控制他'狂'的破坏力。而他的睿智总能使他从善如流，长足进步。川剧《死水微澜》获得文华大奖第一名，他也获得该奖的作曲单项奖。以后，我们在《马克白夫人》《阴阳河》等戏中再度合作，他的作曲再次得到川剧界乃至戏曲界的一致称赞。阔别多年后，他近期在我的滇剧《贵妇还乡》中的作曲，也令我非常满意。现在，蓝天已成长为音乐界卓有成就的作曲家。我作为他走向成功的见证人，深感欣慰和骄傲！"

得意之作，娇美《俏花旦》登上春晚

熟悉蓝天的人都知道，他的特别不仅在于才华横溢，还有性格反差。几乎与他接触过的人都会产生这样一种深刻的印象：他时而是一个郁郁寡欢的文弱书生，时而又会是一个十足的"疯子"。尤其当他谈到音乐时，那种"疯"劲一定会感染在场的每一个人。

蓝天也反复强调自己是个"疯子"，音乐疯，排练疯，录音疯，他的疯狂总是让人措手不及。"我是一个非常感性的人，有时候真的很疯狂，这种疯狂不是装出来，是抑制不住的，完全没有办法控制。"蓝天疯起来旁若无人，周围的一切仿佛都静止了，他身处深渊，只有不顾一切地通过音乐释放出来。

"可能因为我既是双子座，又属鸡"，蓝天用星座、属相解释自己的"疯"，"从小别人就觉得我与众不同，一般会觉得我这个人神经兮兮的"。蓝天的"疯"常常体现在作曲创作过程中，"我经常会陷入一种境界，眼前浮现很多画面，这些画面作用于我内心的感觉，是我脑子里的形象思维"，非常典型的作品，就是2004年登上央视春晚的舞蹈《俏花旦》。

"俏花旦，花旦俏，俏呀俏呀俏花旦，七分灵巧三分笑。"舞台上，一群头顶着野鸡翎子的俊俏川妹子，乖巧伶俐、幽默风趣，她们巧妙地将戏曲中花旦的手眼身法步与舞蹈语汇结合在一起，在或凝重如苍天厚土、或飘逸如行云流水的优美音乐中，传递出川妹子的热情和火辣，风姿绰绰，精彩连连。这部音乐是蓝天创作生涯中的经典之作。

"俏花旦最重要是表现'俏'字，在四川，俏是俏皮、诙谐、活泼，我把她设定为小姐身边的丫鬟，特别灵活、自由、多变。"因为了解川剧，了解花旦行当，蓝天的音乐构思很快成型。音乐里，既有川剧的唢呐、板胡，也有一声声"肉锣鼓"，热情四溢，深受观众喜爱。"比如那个'三分笑'的音乐，我就用连续的七度和六度上行下行的弧度，来表现女孩的摇头、甩发，写的时候，我自己一边有动作一边出旋律。"

《俏花旦》登上央视春晚之后，闻名全国，成为戏曲界、音乐界的经典之作。蓝天也因此名声大噪，陆续收到全国各地不少团体创作邀约。他长居上海十余年，听了无数次别人播放《俏花旦》音乐，当不知情者得知他是《俏花旦》音乐作者以后，纷纷表示敬仰和崇拜。

江南幻梦，《十里红妆》走遍世界

继《俏花旦》大"爆发"之后，蓝天又创作出了越剧《家》，因此第二次获得了文化部"文华音乐奖"，这个单项奖是极难获得的，而且是他第一次写越剧时获得的，这显示出蓝天音乐艺术的张力，可见他川剧之外的音乐写作同样非常成功。随后，蓝天又创作出舞剧《十里红妆》、滇剧《水莽草》等享誉中外的音乐作品。这些创作，他没有刻意追求达到《俏花旦》呈现出来的效果。"艺术家肯定都希望自己的作品可以达到某种效果，有了对艺术效果的追求，他才会去研究、去安排、去设计。人都想把事情做好，最好是'做到最好'，但人重要的事情就是通过点点滴滴的积累，踏踏实实、勤勤恳恳做事。"

如今，荣获全国精神文明建设"五个一工程"奖的舞剧《十里红妆》已经走遍了世界近二十个国家和地区，该剧分《梦恋》《梦别》《梦月》《梦嫁》四个篇章，分别以初恋、离别、诉思念、守望和成亲为主题，围绕江南汉族的婚嫁习俗和广泛流传于浙江大地的风土人情展开。该剧用中国古典舞和浙江民间音乐舞蹈元素相结合的手法，展现江南女子一生中最唯美精致的"梦"。

让蓝天欣慰的是，"它到现在还在演出，亚非拉全部走遍了，美国最顶级的剧场也演出过。剧团的人跟我说，十几年了，观众听一场哭一场。这就对了！你能让人深深感悟音乐的魅力，从而化为他们对艺术的感悟，这就对了。"蓝天还强调，"不能玩艺术，艺术不只是为专家服务，更要为普通人服务，这样才能让你的艺术感觉、艺术价值最大化。"

蓝天的川剧音乐既优雅动听，富有立体美感，又不失川剧韵味。他还在"戏歌"和歌曲创作中有机地融入了川剧音乐、四川曲艺和四川民歌的元素，使作品具有浓郁的四川风格。2001年，"戏与歌——蓝天音乐作品专场"在成都举行，这是川剧历史上，迄今唯一举办个人音乐作品专场的作曲家。专场晚会共上演了川剧《死水微澜》《都督夫人》《秋江》《阴阳河》《四川人》等剧目的重要唱腔和表演选段七组和《彭祖传奇》《康定情歌》《槐花几时开》《长江的故事》等六首戏歌。

这台传统音乐艺术和现代音乐艺术完美结合的演出，在川剧界、音乐界、以及广大观众中引起强烈反响，获得了普遍好评。有业内人士评价：蓝天的音乐"歌中有戏、戏中有歌"，他在歌曲里引进各种戏曲音乐元素，可以让人们在欣赏歌曲的同时，感受民族戏曲音乐的艺术魅力。集艺术性、创新性、地域性于一体，强烈的创新意识张扬着时代精神，专业的艺术水准表现出扎实的技术功力，作品婉约而不失大气，辉煌里透出细腻，具有典型个人音乐风格，让人很容易从众多的作品中分辨出蓝天的心声。

（本文原载于2019年6月3日《华西都市报》

封面新闻记者：荀超）